dtv

Berlin 1927. Bei einer Modenschau im Romanischen Café werden zwei Vorführdamen verletzt. Ihre Kleider wurden mit einem Kontaktgift präpariert. Offenbar ein gezielter Anschlag gegen den Modesalon Morgenstern & Fink am Kurfürstendamm, der die Schau veranstaltet hat. Leo Wechsler, inzwischen Oberkommissar bei der Berliner Kripo, wird mit den Ermittlungen beauftragt. Die Besitzerin der Firma ist Lotte Morgenstern, doch der kreative Kopf ist ihr Ehemann Carl Fink. Seit er für das Unternehmen arbeitet, ist es zu einem Stern am Berliner Modehimmel geworden. Steckt ein neidischer Konkurrent hinter dem Anschlag? Kurz darauf wird in Schöneberg ein Mann namens Rainer Vogt erschlagen aufgefunden. Er war Mitarbeiter von Dr. Magnus Hirschfeld am Institut für Sexualwissenschaft. Und in seiner Wohnung entdeckt man einen Prospekt von Morgenstern & Fink. Welche Verbindung hatte er zu dem Modehaus?
»Das Zeitporträt, das Goga zeichnet, ist sehr genau, sehr leicht, sehr elegant, weniger hart, aber sehr lebendig, sehr lebensnah.« (Elmar Krekeler in der ›Welt‹)

Susanne Goga lebt als Autorin und Übersetzerin in Mönchengladbach. Sie hat außer ihrer Krimireihe um Leo Wechsler einige historische Romane veröffentlicht und wurde mit mehreren literarischen Preisen ausgezeichnet. Bei dtv sind sämtliche Bände ihrer Leo-Wechsler-Reihe erschienen. Für ›Mord in Babelsberg‹ erhielt Susanne Goga den Goldenen HOMER 2015.

Susanne Goga

Es geschah in Schöneberg

Kriminalroman

dtv

Ausführliche Informationen über unsere Autoren und Bücher
www.dtv.de

Von Susanne Goga
sind bei dtv außerdem erschienen:
Leo Berlin (21390)
Tod in Blau (21487)
Die Tote von Charlottenburg (21381)
Mord in Babelsberg (21486)
Nachts am Askanischen Platz (21713)

MIX
Papier aus verantwortungsvollen Quellen
FSC® C019821

Originalausgabe 2016
4. Auflage 2018

Vermittelt durch die Literarische Agentur
Thomas Schlück GmbH, Garbsen
Umschlaggestaltung: Wildes Blut, Atelier für Gestaltung,
Stephanie Weischer unter Verwendung eines Fotos von
ullstein bild/Alfred Eisenstaedt
Gesetzt aus der Sabon LT Pro 10/13˙
Satz: Fotosatz Amann, Memmingen
Druck und Bindung: Druckerei C.H.Beck, Nördlingen
Gedruckt auf säurefreiem, chlorfrei gebleichtem Papier
Printed in Germany · ISBN 978-3-423-21622-7

Für die ersten Leserinnen –
Angelika, Rebecca und Sabine

Prolog

Leo Wechsler blickte von seiner Akte auf, als jemand in die Hände klatschte. Sein Kollege Robert Walther stand im Türrahmen, eine Zeitung unter dem Arm, und applaudierte grinsend. »*Der Witwenretter vom Alex* – Leo, du hast einen neuen Ehrentitel!«

Er warf seinem Freund die Zeitung hin, doch Leo winkte ab. »Danke, damit hat Clara mich schon geärgert. Ob sie jetzt eifersüchtig werden müsse?«

»Sie dachte wohl eher an einen Witwentröster«, feixte Walther und ließ sich auf den Stuhl vor dem Schreibtisch fallen. »Aber mal im Ernst, das war gute Arbeit.«

»Nicht meine allein«, sagte Leo und schlug die Akte zu.

»Das nicht, aber du hattest die entscheidende Idee.«

Vier Frauen, die einander nicht kannten und in unterschiedlichen Gegenden wohnten, alle verwitwet und wohlhabend. Und alle vier waren beraubt und in ihrer Wohnung erschlagen worden.

Die Presse hatte mächtig Druck gemacht, weil es sich offenkundig um einen Serientäter handelte, der sich den Zugang zu den Wohnungen der Frauen erschlich. Weder Fenster noch Türen wiesen Einbruchsspuren auf. Ältere alleinstehende Damen wurden von Polizei und Presse aufgefordert, Unbekannten entweder gar nicht oder nur bei vorgelegter Kette die Tür zu öffnen. Es gab keine weiteren Vorfälle, doch damit war die Gefahr nicht aus der Welt.

Leo hatte seine Kommission eine Liste von Personen zusammenstellen lassen, die für eine solche Tat in Frage kamen: Handwerker, Dienstboten, Kohlenhändler, Ärzte, selbst vor Pfarrern hatten sie nicht Halt gemacht, was für einige Aufregung gesorgt hatte.

»Wenn du nicht gesagt hättest, es müsse jemand sein, der schwer zu fassen ist, auf den niemand achtet, der vielleicht keinen festen Wohnsitz hat, wären wir Bartels nicht auf die Spur gekommen.«

Peter Bartels war Hausierer und lebte in leerstehenden Häusern, bis man ihn von dort vertrieb. Gelegentlich kampierte er auch in Unterführungen und Wartesälen, doch es war ihm gelungen, dabei eine gepflegte Erscheinung zu wahren. Immer sauber, die Haare ordentlich geschnitten und frisiert, nicht mit einem schäbigen Bauchladen unterwegs, sondern mit einer Ledertasche, in der er seine Kollektion aufbewahrte. Er trug sogar Visitenkarten mit Wellenrand bei sich, auf denen er sich als *Peter Bartels, Reisender in feinen Kurzwaren* vorstellte.

Es klopfte. Auf Leos »Herein« trat sein Chef Ernst Gennat ein. Walther stand sofort auf und bot dem schwergewichtigen Kriminalrat seinen Stuhl an. Nachdem sich dieser ächzend niedergelassen hatte, wollte Walther zur Tür gehen, doch Gennat winkte ab.

»Sie können ruhig hören, wie ich Ihren Chef belobige. Sind ja nicht ganz unbeteiligt am Erfolg.« Er lehnte sich zurück und schaute zu Leo. »Gute Arbeit, das mit Bartels. Wie man mir sagte, war es nicht nur Ihre Idee, dass der Täter Hausierer sein könnte, Sie haben auch die Nachbarn nach sprachlichen Eigenheiten gefragt.«

»Nun ja, laut einer Zeugin hatte der Mann einen Sprachfehler. Also haben wir uns das noch einmal ganz genau beschreiben lassen.«

Walther lachte. »Gude Taach, gnädische Fraa. Ick frage Ihnen, wer redet denn so?«

»Ein Frankfurter«, sagte Leo. »Das fällt in Berlin anscheinend unter ›Sprachfehler‹.«

Daraufhin hatten sie eine Fahndung ausgelöst und einen entscheidenden Hinweis auf Peter Bartels erhalten. Bei seiner dramatischen Flucht war der Hausierer aus dem zweiten Stock eines leerstehenden Hauses gesprungen und hatte sich mit gebrochenem Knöchel noch einige hundert Meter weit geschleppt, bevor sie ihn stellen konnten.

Bei der Befragung war er zusammengebrochen und hatte seine Verstecke genannt, in denen die Beamten einen Teil der Beute fanden. Den Rest hatte er bereits verkauft.

Vierfacher Mord aus Habgier – er musste mit der Todesstrafe rechnen.

»Jedenfalls haben Sie ausgezeichnete Arbeit geleistet, Herr Wechsler. Und darum habe ich zwei Nachrichten, eine gute und eine zweite, die Sie weniger freuen wird.«

Leo rieb sich nachdenklich das Kinn. »Fangen Sie bitte mit der schlechten an.«

Gennat grinste und deutete auf Walther, der neben ihm stand. »Da Sie alle diesen Fall so vorbildlich gelöst haben und zurzeit nichts Großes ansteht, wird Herr Walther für einige Wochen in die Inspektion B versetzt. Dort sind einige Kollegen an Grippe erkrankt, die anderen ersticken in Arbeit.«

Leo und Walther sahen einander an. Sie verstanden sich ohne Worte.

»Ja, Herr Kriminalrat, gewiss«, sagte Walther. »Du kommst sicher ein paar Wochen ohne mich zurecht, Leo.«

»Das erwarte ich auch von einem Oberkommissar«, sagte Gennat und ging mit schweren Schritten zur Tür. »Das war übrigens die gute Nachricht, meine Herren.«

1

10. Januar 1927

Ein neuer Stern im Westen
von Kurt Korff

Wer heute in Berlin in die Zukunft schauen will, geht nicht zum Hellseher, sondern blickt nach Westen. In wenigen Jahren ist rund um den Kurfürstendamm ein zweites Zentrum entstanden, und wer im Osten Rang und Namen hat, eröffnet eine Dependance drüben in Berlin W. Dies ist auch der Ort für aufstrebende neue Modeateliers. Und unter ihnen sollte man sich einen Namen merken: Morgenstern & Fink.
Lotte Morgenstern ist ein frischer Wind im ohnehin wilden Westen. Ihre Spezialität ist Kleidung für die Frau von heute – elegant, aber ohne Schnörkel, sportlich, aber nur aus den besten Materialien.
Vor vier Jahren hat sie ihr eigenes Atelier am Kurfürstendamm eröffnet, doch richtig Schwung kam in die Sache, als sie den bekannten Modeschöpfer Carl Fink für sich gewinnen konnte.
Er hat sich einen Namen gemacht, als er den sogenannten »Fink-Rücken« erfand. Niemand gestaltet die Rückenausschnitte eleganter Abendroben hinreißender als er – Höhepunkt der letzten Kol-

lektion war ein Kleid, über dessen Rücken sich eine Goldkette mit edelsteinbesetztem Vorhängeschloss spannte.
Fink hat lange am Hausvogteiplatz gearbeitet, und so können wir sagen, dass sich hier eine gelungene Verbindung von Ost und West, von männlichem und weiblichem Modeverständnis ergeben hat. (Und auch eine eheliche Verbindung, wie wir im vergangenen Jahr berichten konnten.)

Robert Walther faltete die *Berliner Illustrirte* zusammen, als sie am Zoo ausstiegen. Überall drängten Menschen zur Arbeit, rempelten einander an, in der Luft lag der Duft von hundert Parfüms und Rasierwässern, der sich mit den Schwaden vom Bratwurststand vor dem Bahnhof vermischten.

Sie gingen zu Fuß weiter in die Hardenbergstraße. Walther kam das ganze Tempo dieser Ermittlung sehr gemächlich vor, so etwas war er von Einsätzen bei Mordermittlungen nicht gewöhnt. Vor allem nicht, seit die Inspektion A im vergangenen Herbst ihren speziell gefertigten Einsatzwagen erhalten hatte, den die Presse rasch »Mordauto« getauft hatte. Ernst Gennat hatte das bahnbrechende Fahrzeug entworfen, das ein Büro und eine vollständige Ausrüstung zur Spurensicherung enthielt und Aufsehen erregte, wann immer die Kripo damit vorfuhr.

Ranke sah den Kollegen von der Seite an. »Schauen Sie nicht so, Walther, Sie dürfen bald wieder in die Inspektion A.«

Walther grinste verlegen. »Tut mir leid. Merkt man mir das so sehr an?«

»Ach was, so ist das eben, wenn man vorübergehend vom Olymp herabsteigt.«

Die Umstellung fiel Walther schwer, und er zählte die Tage, bis er wieder in die vertraute Umgebung zurückkehren konnte. Seine Freundin Jenny, die als Blumenverkäuferin arbeitete und auf eine Karriere als Sängerin hoffte, hatte ihn schon damit aufgezogen und gedroht, ein Lied über seinen Abstieg innerhalb der Kripo zu verfassen.

Ranke zeigte auf die gegenüberliegende Straßenseite. »Sehen Sie mal, schon für heute Abend.«

Nun bemerkte auch Walther die Arbeiter, die Absperrungen vor dem Ufa-Palast aufstellten. An der Fassade prangte in riesigen Lettern das Wort »Metropolis«, darunter, ähnlich groß, »Ein Film von Fritz Lang«, rechts und links eingerahmt vom charakteristischen Symbol der UFA.

»Oh, den will ich mir ansehen«, sagte er. »Letztes Jahr haben wir den Mordfall Viktor König bearbeitet. Seit König tot ist, ist Lang wieder Alleinherrscher des deutschen Films.«

Ranke zuckte mit den Schultern. »Ich weiß nicht – wenn der Film sein Geld wert ist, müsste er schon ein Meisterwerk sein. Fünf Millionen Mark, stellen Sie sich das vor! Der teuerste Film, der je in Deutschland gedreht wurde.«

Als sie sich dem Kurfürstendamm näherten, kam Walther auf den Grund ihres Einsatzes zu sprechen. »Was genau ist bei Morgenstern passiert?«

»Komische Sache. Die Chefin ist heute Morgen ins Atelier gekommen und hatte sofort das Gefühl, dass etwas nicht stimmt. Keine Anzeichen von Gewalt an der Tür, kein Vandalismus, auf den ersten Blick nichts gestohlen.«

»Aber?«

»Sie sagt, die Atmosphäre sei anders gewesen.« Walther bemerkte Rankes leicht verächtlichen Ton. »Einige Entwürfe hätten nicht so gelegen wie zuvor. Entwürfe für die neue Kollektion.«

»Werksspionage?«, fragte Walther interessiert. Seltsam, genau das, was den Kollegen zu belustigen schien, ließ ihn die Angelegenheit ernster nehmen.

»Ich weiß nicht. Es klang alles sehr vage. Sie wissen schon, künstlerisch veranlagte Frauen neigen gelegentlich zur Hysterie ...«

Walther schaute ihn mit hochgezogenen Augenbrauen an, verkniff sich aber eine Antwort. Ranke wäre ein handfester Einbruch mit aufgestemmter Tür und herausgerissenem Safe vermutlich lieber gewesen. Er selbst hingegen war dankbar, wenn er sich die Zeit fern der Mordinspektion mit etwas Ausgefallenem vertreiben konnte.

»Die Presse berichtet lobend über Frau Morgenstern«, sagte er beiläufig.

»Ihr Modegeschmack ist sicher über jeden Zweifel erhaben. Aber ob wir es mit einem Verbrechen zu tun haben, wird sich noch zeigen.«

Sie betraten den Kurfürstendamm, der selbst am Vormittag von Menschen wimmelte. Die Theater und Kinos waren noch geschlossen, dafür drängte sich alles in den Cafés und Geschäften.

Walther kam privat nicht oft in diese Gegend, da viele der Vergnügungsstätten für einen Kriminalbeamten unerschwinglich waren. Vor ein paar Wochen war er mit Jenny im nahe gelegenen Lunapark gewesen, wo sie sich prächtig amüsiert hatten, obwohl der Park seine beste Zeit hinter sich hatte. Der Teddybär, den er für Jenny geschossen hatte, thronte seither auf einem Ehrenplatz in ihrem Wohnzimmer.

»Hier ist es.« Ranke war vor einem Ladenlokal mit zwei großen Schaufenstern stehengeblieben. Der Schriftzug *Morgenstern & Fink* über der Tür war in dezentem Gold gehalten, die Schaufensterpuppen waren aufwändig gestaltet, lenkten aber nicht von den Kleidern ab. Im rechten Fenster waren sportliche Ensembles ausgestellt, im linken herrliche Abendroben aus Seide und Brokat. In jedem Fenster stand ein Würfel aus transparentem Kunststoff, der mit den Unterschriften von Carl Fink und Lotte Morgenstern versehen war.

Die Modelle würden Jenny gefallen, dachte Walther flüchtig, doch sie überstiegen seine Möglichkeiten bei weitem. Wenn ihre Karriere als Sängerin an Schwung gewann, dann vielleicht …

Sie traten durch die Tür mit dem schönen Griff aus schwarzem, golden eingefasstem Bakelit.

Eine junge Frau kam ihnen entgegen. »Verzeihung, aber wir haben noch nicht geöffnet.«

Walther und Ranke wiesen sich aus.

»Kommen Sie bitte mit, ich führe Sie zu Frau Morgenstern.«

Walther versuchte, so viel wie möglich von den Räumen aufzunehmen – die Standspiegel, Paravents und Polstersessel, die zum Verweilen einluden. Modeillustrierte auf kleinen Tischen. Große Bodenvasen. Keine Bilder an den Wänden, nur Spiegel und vereinzelte gerahmte Modezeichnungen. Räume, in denen man sich wohlfühlen konnte und die gleichzeitig eine absolute Konzentration auf das Wesentliche erlaubten – auf die Kleider sowie die Kundinnen und ihre Wünsche.

Sein Blick fiel auf eine Schaufensterpuppe, die mit dem Rücken zum Betrachter stand. Sie trug ein dunkelgrünes Abendkleid mit einem tiefen Rückenausschnitt, über den sich Girlanden aus vergoldeten Efeublättern rankten. Ein »Fink-Rücken«, wie er nach der Lektüre in der Bahn jetzt wusste.

Lotte Morgenstern trug einen exakt geschnittenen Pagenkopf. Ihr dunkles Haar glänzte wie Lack, und sie wirkte auf den ersten Blick kühl und distanziert. Ihre grünen Augen blickten forschend, aber nicht unfreundlich, und als sich ihr Mund zu einem Lächeln verzog, trat eine unerwartete Wärme in ihre Züge. Sie trug ein weinrotes Kleid, dessen einziger Schmuck eine schwarze Knopfleiste war, die an ein Herrenhemd erinnerte.

»Danke, dass Sie so rasch gekommen sind.«

»Bitte erzählen Sie uns genau, was Ihren Verdacht geweckt hat, Frau Morgenstern«, sagte Ranke.

Walther holte sein Notizbuch heraus, um mitzustenographieren. Ihm fiel die Ruhe auf, die in den Räumen herrschte. Es war kaum zu glauben, dass das Modeatelier an einer der hektischsten Straßen Berlins lag, doch die dicken Teppiche und die Vorhänge, die die Räume geschickt unterteilten, schienen darauf angelegt, die Kundinnen von der Außenwelt abzuschirmen.

Lotte Morgenstern führte sie in einen großen, hellen Raum, dessen Fenster auf einen Innenhof hinausgingen. »Das Entwurfszimmer«, sagte sie. »Der hellste Raum. Wir brauchen viel Licht.«

Große Tische mit Zeichenutensilien, Regale voller Stoffmuster, zwei Schneiderpuppen, Modefotos aus Illustrierten an den Wänden, aufgeschlagene kostümgeschichtliche Bildbände.

»Wo sind Ihre Mitarbeiter?«, erkundigte sich Walther.

»Im Pausenraum. Ich war heute Morgen als Erste hier und wollte Ihnen den Raum so zeigen, wie ich ihn vorgefunden habe.«

»Danke, das war umsichtig von Ihnen. Oft werden Tatorte verändert, das erschwert uns die Arbeit«, sagte Ranke. »Daher bin ich Ihnen sehr dankbar. Kommen Sie, Walther, schauen wir uns um.«

An diesem Abend saßen Leo Wechsler und Robert Walther in der Kneipe Ecke Turmstraße und Emdener Straße, in der Nähe von Leos Wohnung. Da sie zurzeit nicht zusammenarbeiteten, trafen sie sich alle paar Tage auf ein Bier und hielten einander auf dem Laufenden. Die Kneipe war gut besucht, der Boden blitzsauber und mit Sand bestreut.

Leo gab dem Wirt Gustav einen Wink, noch eine Runde Weiße zu bringen. Zu Walther gewandt, sagte er: »Clara kommt spät nach Hause. Sie hält einen Vortrag.«

»Einen Vortrag?«

»Über neue amerikanische Literatur.« Leo konnte den Stolz in seiner Stimme nicht verbergen. »Sie kennt einen Professor von der Universität, der seine Studenten zu ihr schickt, damit sie englische Bücher bei ihr kaufen. Über ihn hat sie Verbindung zu einem Arbeiterbildungswerk bekommen und spricht dort gelegentlich über Literatur. Sie zahlen nicht viel, aber Clara hat großen Spaß daran.«

Walther pfiff leise vor sich hin. »Deine kluge Frau ...«

»Oh, ja«, meinte Leo lächelnd.

»Verliebt wie am ersten Tag. Wenn ich dran denke, wie ihr damals umeinander rumgeschlichen seid ...«

Leo boxte ihm freundschaftlich gegen den Oberarm, dass das Bier in Walthers Glas gefährlich schwappte. »Wie war's bei Morgenstern & Fink? Schon was für Jenny ausgesucht?«

Walther wischte sich mit dem Handrücken über den Mund und schüttelte den Kopf. »Frag mich das, wenn ich in der Lotterie gewonnen habe. Aber mal im Ernst, die Kleider sind erstklassig. Da wäre so einiges dabei, in dem ich Jenny gerne sehen würde.«

»Und der Fall?«, fragte Leo.

»Sofern es einer ist.« Er schilderte Leo die Umstände. »Wenn überhaupt, dann ist es kein klassischer Einbruch, sondern ein Fall von Werksspionage«, schloss er.

»Hat die Inhaberin einen Verdacht geäußert?«

»Nein«, sagte Walther und stippte seine Bulette in den Senf. »Und solange es keine Verdachtsmomente gibt, haben wir nichts in der Hand. Trotzdem hat mich Frau Morgenstern völlig überzeugt. Sie macht nicht den Eindruck, als bildete sie sich Dinge ein. Eine vernünftige Frau, klarer Verstand, präzise Ausdrucksweise. Aber ohne Spuren kommen wir nicht weiter.«

»Und ihr Kompagnon? Was sagt der dazu?«

»Carl Fink haben wir nicht angetroffen. Geschäftstermin.« Walther seufzte. »Du glaubst nicht, wie sehr ich mich darauf freue, wieder zu euch zu kommen. Ich weiß, einer musste es machen, aber ich habe einfach keinen Spaß mehr an Einbrüchen. Die Arbeit mit dir hat mich ein für alle Mal verdorben.«

Leo lachte und stellte sein Bierglas ab, bevor er dem Wirt erneut winkte. »Gustav, noch zwei Weiße für den Herrn vom Einbruchsdezernat und meine Wenigkeit.« Sie stießen miteinander an. »Ach, es gibt gute Neuigkeiten – Sonnenschein wird Vater.«

»Oh, das freut mich! Das macht sein Glück komplett.« Ihr Kollege hatte im September geheiratet. Es war eine rauschende Hochzeit gewesen, bei der sie bis in den frühen Morgen gefeiert hatten.

Leo sah ihn an. »Ich weiß, du kommst mir gleich wieder mit dem Vorwurf, dass ich immer etwas zu unken habe, dabei freue ich mich ja auch für ihn. Aber wenn ich mir die Beamtengehälter so ansehe ... da wird es mit einer Familie eng.«

»Nein«, sagte Walther ernst, »da gebe ich dir recht. Die Politiker erzählen zwar, es sei uns nie so gut gegangen ...«

»... was in vieler Hinsicht auch stimmt«, warf Leo ein.

»Aber die verdienen auch mehr als ein mittlerer Beamter.«

»Sehr richtig«, sagte Leo und hob sein Glas. »Na ja, trotzdem – denk mal an die Zeiten, die wir durchgemacht haben. Vor vier Jahren sind wir im wertlosen Geld ersoffen, und es sah aus, als würde Deutschland nie mehr auf die Beine kommen. Seither hat sich viel getan. Darum trinken wir auf die Zukunft, Robert!«

Sein Freund sah ihn überrascht an. »Mir scheint, du hast endlich von mir gelernt. Ein bisschen Optimismus kann nicht schaden.« Er stieß mit ihm an. »Auf die Zukunft.«

»Bist du dir ganz sicher, dass sich jemand an den Entwürfen zu schaffen gemacht hat?«, fragte Carl und setzte sich neben Lotte aufs Sofa.

Sie schaute nachdenklich in ihr Weinglas, als könnte sie darin die Antwort finden, und zuckte mit den Schultern. »Ich kann es nicht beweisen, aber es kommt mir vor, als hätte jemand darin herumgestöbert und sich große Mühe gegeben, sie genau so wieder hinzulegen, wie sie waren. Und ich hatte einen Notizzettel in eine Mappe getan, der lag am nächsten Morgen auf dem Boden.«

»Hast du der Polizei davon erzählt?« Er rutschte auf dem Sofa hinunter, bis sein Kopf auf der Lehne ruhte.

»Natürlich. Sie waren sehr freundlich, aber auch skeptisch. Ich kam mir etwas dumm vor, als würde ich einen Aufstand wegen einer Bagatelle machen …«

Carl räusperte sich. »Hast du mal überlegt, ob es jemanden in der Firma gibt, dem du nicht trauen kannst?« Er hob die Hand, als sie heftig antworten wollte. »Ich verdächtige niemanden. Du kennst die Leute länger als ich. Aber wenn nichts auf einen Einbruch hindeutet und wirklich jemand die Entwürfe durchsucht hat, muss es eine Angestellte gewesen sein. Oder jemand hat seinen Schlüssel aus der Hand gegeben.« Seine blauen Augen betrachteten forschend ihr Gesicht, als fürchtete er, sie verletzt zu haben.

Sie schluckte und sah ihn dann frei heraus an. »Du hast ja recht, aber ich habe nichts in der Hand. Vielleicht wäre es besser, die Sache auf sich beruhen zu lassen, bis die neue Kollektion steht. Wenn ich vor der Frühjahrsmodenschau unsere Leute vergraule, können wir zumachen.« Carl stand auf und ging im Zimmer umher. Er blieb vor einem Sideboard stehen, auf dem eine kleine Marmorstatue stand, die er Lotte aus Italien mitgebracht hatte.

»Lass uns nach Paris fahren, wenn die Modenschau vorbei ist.«

Sie blickte überrascht auf und lächelte. »Ja, vielleicht sollten wir das wirklich tun.«

An der Ecke Beethovenstraße/In den Zelten Nr. 10, am Rande des Tiergartens, war seit acht Jahren das Institut für Sexualwissenschaft untergebracht. An diesem Morgen saß Dr. Hirschfeld, der Gründer und Leiter des Instituts, mit seinen Kollegen Dr. Franke und Rainer Vogt zusammen.

»Der Film muss durch die Zensur, das haben wir ja gewusst. Sollen sie ruhig ihren Senf dazugeben. Wir reichen ihn so lange ein, bis er genehmigt wird«, sagte Hirschfeld und nahm die kleine, runde Brille ab, um sie mit einem weichen Tuch zu polieren.

Rainer Vogt warf einen Blick auf das Schreiben der Film-Oberprüfstelle. »Sie verlangen, dass wir die Szene herausschneiden, in der mit einem Pinselstrich der Paragraph 175 beiseitegefegt wird. Das war immer eine meiner Lieblingsstellen«, fügte er leise hinzu.

Er erinnerte sich gut daran, wie er *Anders als die Andern* als junger Mann gesehen und sich zum ersten Mal verstanden und gewürdigt gefühlt hatte. Selbst als ein Trupp lärmender Soldaten durchs Lichtspielhaus gezogen war und Beleidigungen in Richtung Leinwand geschrien hatte, war er still sitzengeblieben und hatte beschlossen, den Film am nächsten Tag noch einmal anzusehen. Was er auch getan hatte, in der Elf-Uhr-Vorstellung, die bei weitem nicht so überfüllt war und in der niemand die Schöpfer des Films in Grund und Boden verdammt hatte.

»Wir sind darauf gefasst, Kompromisse einzugehen«, sagte Franke. »Es wäre schon ein Erfolg, den Film wieder in die Theater zu bekommen, selbst wenn wir die eine oder andere Szene streichen müssen.«

Hirschfeld wiegte den Kopf. »Gewiss. Es täte mir weh, die Szene herauszuschneiden, weil sie unser Anliegen so treffend verdeutlicht, aber der Tag wird kommen, an dem wir sie offen zeigen können.«

Franke sah ihn mit leisem Zweifel an. »Deinen Optimismus möchte ich haben.«

Hirschfeld lächelte nachsichtig. »Ich bin fast sechzig Jahre alt. Zu meinen Lebzeiten hat sich viel verändert, und wir stehen erst am Anfang. Wenn wir drei Schritte vor und zwei zurückgehen, gelangen wir dennoch irgendwann ans Ziel. Selbst wenn ich es nicht mehr miterlebe.« Er schaute Vogt an. »Die nach uns kommen, werden ihren Nutzen davon haben.«

»Soll ich die Stelle herausschneiden und den Film erneut einschicken?«, fragte Vogt.

Die beiden Männer nickten.

»Ich kann es nicht erwarten, ihn endlich wieder auf der Leinwand zu sehen«, sagte Hirschfeld. »Schade, dass Veidt nach Hollywood gegangen ist, sonst hätten wir ihn zur Premiere einladen können.«

Conrad Veidt hatte im Film den homosexuellen Geiger verkörpert, der einem tückischen Erpresser zum Opfer fällt. Im vergangenen Jahr war er nach Amerika gegangen, ein Abschied für immer, wie manche munkelten.

»Und Anita Berber ist schwerkrank, auf sie können wir auch nicht zählen«, sagte Vogt bedauernd. Es war kein Geheimnis, dass die berühmte Tänzerin, die im Film mitgespielt hatte, seit Jahren drogensüchtig war.

»Wir brauchen keine berühmten Gesichter, unser Werk spricht für sich«, sagte Franke selbstbewusst. »Wenn sonst nichts ansteht, gehe ich wieder an die Arbeit.« Er nickte den beiden Männern zu und verließ den Raum.

Hirschfeld schaute Vogt interessiert an. »Wann haben Sie den Film zum ersten Mal gesehen? Ich dachte daran, einige Zuschauerstimmen ins Programmheft zu setzen.« Er machte eine auffordernde Handbewegung. »Nur zu, Rainer, erzählen Sie.«

2

Februar 1927

Lotte Morgenstern hatte sich einen möglichst ausgefallenen Rahmen für die nächste Modenschau gewünscht und war aufs Museum für Naturkunde verfallen – Vorführdamen zwischen Vitrinen mit anatomischen Präparaten, das würde Aufsehen erregen –, doch die Museumsleitung hatte entschieden abgelehnt. Man sei eine ernsthafte wissenschaftliche Institution und dulde keinen Modezirkus.

Lotte war enttäuscht. Sie lief im Büro auf und ab und blieb dann unvermittelt vor ihrem Mann stehen. »Das Romanische Café.«

Carl Fink, an die Schreibtischkante gelehnt, zog eine Augenbraue hoch und schüttelte dann den Kopf. »Das schaffst du nie und nimmer. Als wenn Fiering sein Lokal für eine geschlossene Gesellschaft hergeben würde. Das würde ihm seine Stammkundschaft nie verzeihen.«

Das Romanische Café, gleich gegenüber der Gedächtniskirche, war der berühmteste Künstler-Treffpunkt in Berlin und hatte es nicht nötig, seine Räume für solche Veranstaltungen herzugeben. Umso aufregender würde es sein, wenn Morgenstern & Fink dort ihre Modelle zeigen durften.

»Ich brauche nur einen einzigen Raum. Er muss nicht einmal besonders groß sein. Aber es wird die

Kundinnen anlocken, die ganze Schau bekommt dadurch etwas Künstlerisches. Denk doch mal an Kersten & Tuteur, die ihre Kollektion im Theater am Nollendorfplatz vorgeführt haben. So etwas müssen wir den Kundinnen auch bieten.«

Lottes Begeisterung spiegelte sich in Carls Augen. Sie sah, wie seine Miene weicher wurde, und fuhr fort: »Es wäre nur für ein paar Stunden. Wir werden den Raum so nutzen, wie er ist, ohne große Dekorationen oder Aufbauten. Die Kleider sollen für sich sprechen. Aber die Atmosphäre trägt zur Wirkung bei, das Gefühl, an einem besonderen Ort zu sein, an dem sich besondere Menschen aufhalten.«

Carl nickte. »Wenn wir Fiering die Getränke abnehmen, könnte er sich womöglich überreden lassen.«

Lottes Gesicht leuchtete auf. »Das Bassin für Schwimmer, du weißt schon, der kleinere Gastraum für die Arrivierten. Wenn wir den bekommen könnten ...« Sie biss sich auf die Lippe. »Allerdings fürchte ich, dass Fiering es sich mit denen nicht verscherzen will.«

Carl trat zu ihr und legte ihr die Hände auf die Schultern. »Meine liebe Frau Fink«, so nannte er sie gern, auch wenn sie bei der Heirat ihren Namen behalten hatte, »du bekommst wohl Angst vor der eigenen Courage. Hier wird nicht gekniffen. Du hast mich überzeugt, dann wird uns das auch bei Herrn Fiering gelingen.«

Lotte lächelte ihn an. Dann legte sie einen Finger an die Lippen und begann erneut, auf und ab zu gehen, weil sie dabei am besten nachdenken konnte. »Vielleicht schreibt sogar jemand ein bissiges Gedicht über die Schau. Das wäre eine Gratis-Reklame.«

»Eben. Denn wir schneidern nicht für Kaiser Wilhelm, sondern für moderne, anspruchsvolle Frauen, für die der Kurfürstendamm der Nabel der Welt ist. Die finden ein Spottgedicht reizvoller als jede seriöse Annonce.«

Lotte sah ihn triumphierend an. »Und wenn wir erst berühmt genug sind, lassen sie uns mit unserem Modezirkus auch ins Museum.«

»Ich gehe gleich morgen hin und spreche mit dem Geschäftsführer«, sagte Carl. »Oder möchtest du das übernehmen?«

»Nein, er ist sicher stärker beeindruckt, wenn du dort auftauchst. Wie schrieb die *BIZ* doch gleich? Die stattlichste Erscheinung der Berliner Modewelt.«

»Die schreiben viel, wenn der Tag lang ist«, sagte Carl mit einer wegwerfenden Handbewegung, setzte sich und griff nach einem Notizblock. »So, ich warte auf deine Anweisungen.«

Lotte zählte die einzelnen Punkte an den Fingern ab und sprach so schnell, dass er kaum mitkam. »Wie viele Zuschauer wollen wir unterbringen? Datum? Uhrzeit? Wie viele Vorführdamen? Dekoration. Miete für den Raum. Verzehr.« Sie zögerte. »Frag Fiering, wann der Raum am wenigsten genutzt wird, das zeigt guten Willen und Entgegenkommen von unserer Seite.«

Carl lehnte sich zurück und klopfte mit dem Stift gegen die Zähne. »Was für eine kluge Frau du bist. Und noch etwas – wir sollten uns ein Motto ausdenken. Ein Thema für die Schau, etwas, das zieht und den Leuten im Gedächtnis bleibt.« Er dachte kurz nach und schnippte mit den Fingern, bevor er rasch den Schriftzug aufs Papier warf.

Mode von Morgen*stern und Fink.*

Lotte nickte. »Das ist gut. Schlicht und einprägsam.« Ihre Lippen berührten flüchtig sein Haar. »Was würde ich ohne dich anfangen?«

»Du bist doch früher auch ganz gut ohne mich zurechtgekommen«, sagte er, doch der Schalk in seinen Augen war nicht zu übersehen.

Lotte wurde ernst und setzte sich auf seine Armlehne. »Ja, das bin ich, aber es gibt immer eine Steigerung von gut. Ich möchte nicht mehr ohne dich sein. Es gibt kein besseres Gespann als uns.«

»Der Nächste, bitte«, sagte Ilse Wechsler und schaute ins Wartezimmer. Dort saß nur noch ein Herr von etwa fünfzig Jahren, der einen Cellokasten neben sich stehen hatte. Er blickte überrascht auf, als wäre er in Gedanken versunken und hätte gar nicht erwartet, aufgerufen zu werden.

»Herr Dohm, Sie sind jetzt dran.«

Er stand auf und strich seinen Mantel glatt. Mittlere Größe, glatte dunkle Haare, deren Scheitel wie eine weiße Kreidelinie exakt über den Kopf verlief. Er trug eine runde Brille und schaute schüchtern von Ilse zu seinem Instrument. »Kann ich es so lange … ich meine, ist es hier sicher?«

Sie musste sich ein Grinsen verkneifen. »Ich behalte Ihr Cello im Auge, Herr Dohm. Wenn Sie jetzt bitte zur Frau Doktor hineingehen möchten …« Sie wusste, dass Magda gerne Feierabend machen wollte, weil sie Karten für die Oper hatte. Und Herr Dohm war der letzte Patient.

Ilse räumte das Wartezimmer auf und die Krankenakten weg, fegte die Räume und überzeugte sich davon, dass alle Fenster geschlossen waren. Es bestand immer die Gefahr, dass Diebe Substanzen stahlen, die sie an Süchtige verkaufen konnten.

Ilse freute sich ebenfalls auf den Feierabend. Sie hatte mehr Zeit für sich, seit Marie und Georg älter waren und allein bleiben konnten, wenn ihre Eltern arbeiteten oder ausgingen. Sie hatte sich für einen Zeichenkurs angemeldet und besuchte gern Dia-Vorträge über weit entfernte Länder. In den letzten Jahren hatte sie sich verändert, auch äußerlich. Erst kürzlich hatte ihre Schwägerin Clara ihr gesagt, sie sehe heute jünger aus als vor fünf Jahren, und das spürte Ilse auch. Sie ging beschwingter als früher, hielt sich aufrechter, legte mehr Wert auf Frisur und Kleidung. Sie würde nie eine schöne Frau werden, hatte aber gelernt, das Beste aus sich zu machen.

Als sie ein Räuspern hinter sich hörte, drehte sie sich um.

»Herr Dohm, ich habe gut auf Ihr Cello aufgepasst.«

Er stand da, den Hut in der Hand, und nickte. Dann räusperte er sich erneut. »Danke, Fräulein Wechsler, das ist sehr freundlich. Ich wünsche einen angenehmen Abend.« Er nickte noch einmal, wickelte den Schal fester um den Hals, hängte sich den Cellokasten über die Schulter und verließ die Praxis.

Ilse steckte den Kopf ins Sprechzimmer, wo Dr. Magda Schott die Stiftablage auf dem Schreibtisch geraderückte. Eine Art Ritual und immer ihre letzte Handlung, bevor sie nach Hause ging.

»So, es wird Zeit. Erst *Così fan tutte* und danach heiße Suppe. Genau das Richtige bei diesem Wetter.«

»Sag mal«, sagte Ilse zögernd und deutete mit dem Daumen über die Schulter. »Was ist eigentlich mit Herrn Dohm? Er sieht eigentlich ganz gesund aus.«

Magda schaute sie an und zuckte mit den Schultern. »Frag mich was Leichteres. Ich habe schon überlegt, ob er ein Hypochonder ist. Mal klagt er über Husten, dann wieder über Verspannungen im Rücken – bei seinem Beruf durchaus denkbar –, aber so richtig krank ist er nie.«

»Dafür kommt er aber ganz schön oft hierher«, erwiderte Ilse.

»Unsere Praxis scheint ihm zu gefallen«, sagte Magda trocken und griff nach ihrem Mantel. »Lass uns gehen, mir reicht es für heute.«

Als sie auf der Straße standen, fragte die Ärztin: »Hast du vielleicht Lust, mit in die Oper zu kommen? Alice ist krank geworden, wir haben eine Karte übrig.«

»Danke, das ist nett, aber ich gehe in einen Vortrag. ›Expedition nach Peru‹.«

»Dann viel Spaß und bis morgen.«

Magda Schott ging in Richtung Straßenbahn. Nach ein paar Schritten drehte sie sich noch einmal um und schaute ihrer Freundin lächelnd nach.

Bertha Focke drückte seufzend die Hände in den Rücken. Sie hatte vier Stunden ununterbrochen an der Nähmaschine gesessen und konnte kaum atmen vor Schmerzen. Sie stützte sich am Küchenschrank ab und schob ihren Stuhl mit dem Fuß an den Tisch, damit er in der übervollen Küche nicht so viel Platz wegnahm. Sie trat an den Korb, in dem ihr jüngstes Kind schlief, und warf einen Blick hinein. Immerhin blieb ihr Zeit, für die anderen zu kochen. Die drei älteren würden gleich aus der Schule kommen und Herbert von der Frühschicht.

Sie machte sich daran, die Kartoffeln zu waschen, und gab sie in einen großen Topf mit Salzwasser. Dann feuerte sie den Kohleherd an, holte mit einem Haken die inneren Ringe der Kochstelle heraus und stellte den Topf darauf. Sie öffnete das Kastenfenster und nahm eine Schüssel Quark heraus, die sie dort gekühlt hatte. Sie gab getrocknete Petersilie und Schnittlauch dazu, die sie in Dosen aufbewahrte.

Das übliche Essen für die Familie. Fleisch gab es höchstens sonntags, aber nur, wenn Herbert keine Kurzarbeit hatte und der Zwischenmeister genügend Arbeit für sie hatte.

Bertha Focke betrachtete den Stapel, der noch auf dem Tisch lag, und seufzte. Wie sie die Mäntel bis morgen schaffen sollte, war ihr schleierhaft. Vielleicht, wenn sie bis zehn weitermachte. Aber es war noch viel in der Wohnung zu tun. Dann mussten Gisela und Bernhard eben helfen, wenn sie mit den Schulaufgaben fertig waren.

Es klingelte. Sie nahm den Deckel vom Topf, damit die Kartoffeln nicht überkochten.

Vor der Tür stand Egon, der Laufjunge von Zwischenmeister Ehrhard.

»Was gibt es?«, fragte Bertha, wobei sie mit einem Ohr auf die Küche horchte.

Egon griff nach einem Paket mit Mantelstoff, das neben ihm auf dem Bogen lag. »Bis morjen Mittag, sagt Herr Ehrhard. Ick hole allet nach zwölfe ab.«

Bertha streckte abwehrend die Hände aus. »Nein, Egon, das geht nicht. Ich schaffe es so schon kaum.«

Egon bedachte sie mit einem hämischen Blick. »Dann soll ick Ihnen sagen, det Schluss is. Wenn Se nich liefern, muss er sich ’ne andere suchen. Et jibt jenuch Frauen, die für ihn nähen wollen.«

Also hatte der Zwischenmeister schon damit gerechnet, dass sie in Zeitnot geraten würde, und Egon die Antwort gleich mit auf den Weg gegeben. Und am schlimmsten war, dass er recht hatte. Es gab so viele Heimarbeiterinnen, dass er sich das erlauben konnte. Immer öfter nähten auch gut situierte Frauen, die keine Familie davon ernährten, sondern sich ein Zubrot verdienen wollten.

Bertha Fockes Mäntel landeten in Geschäften, wo sie auf hübschen Puppen drapiert wurden und zu beachtlichen Preisen angeboten wurden. Bei einem Schaufensterbummel hatte sie einen leichten Sommermantel gesehen, der fünfundzwanzig Mark kosten sollte. Sie selbst hatte fünf Stunden daran genäht und eine Mark verdient. Den Stoff hätte sie unter Tausenden erkannt, er war ihr lange genug durch die Finger geglitten.

Sie schluckte. Also nicht bis zehn, sondern bis zwei an der Maschine sitzen. Vielleicht, aber auch nur vielleicht, würde sie es dann schaffen.

»Das eine Mal noch«, sagte sie mit aller Würde, deren sie fähig war. Doch Egons Blick verriet ihr, dass er sie durchschaute. Bertha verharrte reglos, bis unten die Haustür ins Schloss gefallen war, griff nach dem Paket und kehrte in die Küche zurück.

Als Gisela aus der Schule kam, hielt sie einen Brief in der Hand und streckte ihn ihrer Mutter aufgeregt entgegen. »Der war im Briefkasten. Wir bekommen doch nie Post. Ist es wichtig?«

Bertha Focke nahm den Umschlag verwundert entgegen. Ihr Name und die Adresse waren mit der Maschine getippt, es stand kein Absender darauf. Sie steckte den Brief in die Schürzentasche und schickte Gisela zum Händewaschen. Erst als das Mädchen den Raum verlassen hatte, trat Bertha ans Fenster, drehte den Umschlag neugierig in den Händen und öffnete ihn. Nachdem sie ihn überflogen hatte, holte sie tief Luft und las ihn gleich noch einmal.

»Darf ich nächsten Monat mit zum Zelten fahren?«, fragte Georg und schaute seinen Vater erwartungsvoll an.

»Von der Schule aus?«, fragte Leo, der noch beim Abendessen saß, weil es im Präsidium spät geworden war.

»Nein. Wolfgang hat mich mit in seinen Jugendklub genommen. Die nennen sich die Adler und machen tolle Fahrten, mit Zelten und Lagerfeuer. Und sie lesen einander aus Büchern vor, Karl May, James Fenimore Cooper und so weiter. Sie lernen angeln und wie man mit trockenem Holz Feuer macht. Es kostet nicht viel, und ich habe was vom Zeitungsaustragen gespart.«

Leo runzelte die Stirn. »März? Bisschen früh fürs Zelten, oder?«

»Na ja, da müssen wir durch. ›Was mich nicht umbringt, macht mich stärker‹, sagt Nietzsche. Siehst du, man lernt da sogar was über Philosophie, das hat Wolfgang auch erzählt«, verkündete Georg im Brustton der Überzeugung, und Leo konnte nicht länger hart bleiben.

»Na schön, wenn du dein Taschengeld dazugibst, können wir drüber reden. Ist das der Wolfgang Müller aus der Turmstraße?«

»Ja, Vati.«

Georg war jetzt dreizehn. Seit er aufs Realgymnasium gewechselt war, hatte er alte Freunde verloren und ein paar neue gefunden, traf sich aber immer noch am häufigsten mit Wolfgang, den er aus der Volksschule kannte. In Moabit gingen nicht viele Jungen auf die höhere Schule, und Georg hatte auch einen längeren Schulweg als früher, besaß aber genügend Ehrgeiz, um die Nachteile in Kauf zu nehmen. Leo war es nicht immer leicht gefallen, die achtzehn Mark Schulgeld aufzubringen; da war die Beförderung zum Oberkommissar sehr gelegen gekommen.

»Nichts gegen Wolfgang, aber du könntest dich auch mal mit den Jungs aus deiner Klasse treffen.«

»Ja, Vati.« Es klang etwas gelangweilt, und Leo schaute seinen Sohn mit hochgezogener Augenbraue an. Georg wurde rot, und Leo boxte ihm spielerisch gegen den Arm.

»Ich habe noch einen alten Rucksack auf dem Speicher. Den kannst du haben, falls er noch zu gebrauchen ist.«

»Danke. Und übrigens – ich habe eine Zwei in Mathe.«

Leo stieß einen leisen Pfiff aus. »Respekt. Jemand anders hätte mir erst von der Note erzählt und dann wegen des Zeltens gefragt.«

»Du hast ihn gut erzogen«, sagte Clara, die gerade hereingekommen war.

»Kann ich noch eine Stunde zu Wolfgang gehen?«,

fragte Georg, und Leo nickte. Er freute sich, ein bisschen Zeit allein mit Clara zu verbringen.

Erst als die Wohnungstür ins Schloss gefallen war, bemerkte Leo ihren ernsten Blick. »Was gibt's? Geht es um das Zelten?«

»Nein, was anderes.« Sie nahm seine Hand und zog ihn vom Stuhl hoch. »Gehen wir ins Wohnzimmer. Ich möchte nicht, dass Marie uns hört.«

Bevor er ihr folgte, nahm er zwei Flaschen Bier vom Fensterbrett und Gläser aus dem Küchenschrank.

»Ich hoffe, es ist nichts Schlimmes«, sagte er und goss ihnen ein. Dann setzte er sich neben Clara aufs Sofa, ließ aber ein bisschen Platz zwischen ihnen, damit er sie richtig ansehen konnte.

»Nicht schlimm«, sagte sie zögernd. »Aber es könnte sein, dass wir ... uns nicht einig sind.«

»Geht es um Marie?«

»Leo, sie ist in der vierten Klasse. Wir müssen bald entscheiden, wie es weitergehen soll.«

»Weitergehen?«

Clara seufzte. »Wir sollten sie nicht auf der Volksschule lassen. Ich habe mit ihrer Lehrerin gesprochen, und sie sagt, Marie sei sehr gut in Mathematik und Naturwissenschaften. Viel besser noch als vor einem Jahr, und sie arbeitet fleißig mit.«

»Also Mittelschule?«, fragte Leo.

»Ich hatte an eine Oberrealschule gedacht.«

»Da gehen doch nur Jungs hin«, sagte Leo spontan.

»Heutzutage nicht mehr. Natürlich wäre sie eines von wenigen Mädchen, aber wenn sie es wirklich möchte, wird sie es sicher schaffen. Ich habe es noch nicht erwähnt, weil ich erst mit dir darüber sprechen wollte. Aber sie wäre sicher sehr glücklich, wenn sie dorthin gehen könnte.«

»Dass sie Tiere zeichnet und zu Weihnachten einen Chemiebaukasten bekommen hat, ist noch kein Grund, sie auf die Oberrealschule zu schicken«, sagte Leo. Er bereute es, als er Claras enttäuschten Blick bemerkte. »Verzeih mir, es war nicht so gemeint.«

»Warum hast du es dann gesagt?« Sie sah ihn über ihr Bierglas hinweg an, und er las das Unverständnis in ihren Augen. »Bei Georg hast du nicht gezögert, obwohl die Zeiten viel schwieriger waren. Und Marie hat ebenso gute Noten wie er.«

Leo wandte sich ab, weil er fürchtete, sie könnte in seinem Gesicht lesen, wie unsicher er sich plötzlich fühlte.

»Leo, was ist los? Für meine Arbeit hast du immer Verständnis gehabt. Und jetzt geht es um deine Tochter, die du so lieb hast. Du kannst Marie doch nicht verwehren, was ihr Bruder darf, nur weil …«

Sie zuckte zusammen, als er sich abrupt zu ihr umdrehte. »Ich weiß nicht, ob ich es mir auf Dauer leisten kann!« Er hatte lauter gesprochen als gewollt, und sein Atem ging heftig. Er stand auf und ging unschlüssig ein paar Schritte, bevor er stehenblieb und Clara ansah. »Ja, ich bin befördert worden, und ja, die Zeiten sind besser. Aber ich verdiene immer noch deutlich weniger als ein Geschäftsmann oder Anwalt. Zwei Kinder auf dem Gymnasium, das sind vierzig Mark im Monat. Und wenn die Wirtschaft noch einmal zusammenbricht wie vor vier Jahren, muss ich womöglich ein Kind von der Schule nehmen. Wie soll ich dann entscheiden? Wem von ihnen soll ich sagen, du darfst nicht länger dorthin gehen, weil ich es nicht mehr bezahlen kann?«

Er versuchte, seinen Atem zu beherrschen, doch es gelang ihm nicht ganz.

Clara saß ganz still da und sah ihn an. Ihre Miene war schwer zu deuten. »Hörst du dich eigentlich reden?«, fragte sie schließlich. »Du sprichst immer nur von dir. Aber du musst die Verantwortung nicht allein tragen, nicht mehr. Wie kommst du nur auf diesen Gedanken?«

Er zuckte mit den Schultern. »Ich bin so erzogen. Und es ist immer noch ungewöhnlich, dass eine Frau wie du mitverdient.«

»Eine Frau wie ich?« Sie grinste ein wenig. »Du meinst, die Frau eines ehrbaren Beamten?«

»Ach, Clara, du verstehst mich schon.«

Sie trat auf ihn zu, legte ihm beide Hände auf die Brust und sah ihn an. »Ich habe einen Dummkopf geheiratet, wie konnte mir das bloß passieren?«

Clara verstand ihn manchmal besser als er sich selbst und sah klar, wo er sich in etwas verrannte. Bevor Leo etwas sagen konnte, fuhr sie fort: »Ich gebe alles, was ich mit meinen Vorträgen verdiene, für das Schulgeld. Und das Honorar für die Buchbesprechungen auch. Den Rest bezahlst du. Und wenn es irgendwann eng werden sollte, überlegen wir in Ruhe, wie es weitergeht.«

Er schluckte, musste seinen Stolz überwinden.

Clara wartete geduldig ab, bis er die richtigen Worte fand. »Du hast recht. Wir dürfen es Marie nicht verwehren.« Dann lachte er leise. »Mein Mädchen auf der Oberrealschule, wer hätte das gedacht?«

3

Dienstag, 15. März 1927

»So wie Olga Desmond«, hatte Carl gesagt. »Die Tänzerin, kennst du die noch? Sie hat ihre beste Zeit hinter sich, aber die Idee war toll.«

Lotte war zunächst skeptisch gewesen, aber die Vorstellung, zwei Vorführdamen mit Körperfarbe zu bemalen, die sie wie Marmorstatuen aussehen ließ, und dann in schwarze Abendkleider mit eng anliegendem, beinahe streng wirkendem Oberteil und hauchdünnem Chiffonrock zu hüllen, war zu verlockend.

Die Proben im Atelier hatten sie schließlich überzeugt. Der Kontrast zwischen der weißen Farbe, die die Haut wie eine Skulptur aussehen ließ, und den edlen Kleidern war verblüffend. Der Rahmen, den das Café mit seiner ganz besonderen Atmosphäre bot, begeisterte Lotte und Carl, und sie planten den Auftritt der bemalten Damen gleich für die Eröffnung der Schau. Danach würden Teekleider und sportliche Kostüme präsentiert, dann Carls Abendroben und ganz am Ende ein Brautkleid.

Sie hatten den Slogan, den Carl erfunden hatte, auf alle Einladungen gedruckt und an die Presse weitergegeben. Ausgewählte Journalisten waren eingeladen und natürlich die Stammkundinnen des Hauses, darunter auch einige Stars von Film und Bühne. Sie konnte nur hoffen, dass die eine oder andere tatsächlich kommen würde. Viele Damen fanden sich bekanntermaßen spontan ein, als würden sie den Modeschöpfern königsgleich die Ehre erweisen.

»Wie weit seid ihr?«, fragte Lotte ihre Assistentin, die mit einem Karton in der Hand am Büro vorbeiging.

Anita Haase steckte den Kopf zur Tür herein. »So gut wie fertig. Wir bringen gleich alles zusammen mit den Kleidern ins Café. Wann sollen die Vorführdamen da sein?«

Lotte sah auf die Uhr. »Wir beginnen um sieben. Also halb sechs. Dann bleibt genügend Zeit für einen letzten Durchgang, bevor sie geschminkt und frisiert werden.«

Anita nickte. »Die *Dame* hat angerufen. Herr Korff ist verhindert, sie schicken jemand neues.«

Lotte Morgenstern seufzte. »Schade, aber es lässt sich nicht ändern. Wir müssen nehmen, wen wir kriegen können.«

Der Raum im Romanischen Café war genau so geworden, wie Lotte und Carl es sich erhofft hatten. Als Laufsteg diente ein weinroter Läufer, und die Stühle waren versetzt angeordnet, um allen Gästen eine gute Sicht zu gewähren. Ein Pianist spielte dezent in einer Ecke, während im Nebenraum die letzten Vorbereitungen getroffen wurden. Zwei Kellner gingen mit Tabletts umher, in den Gläsern perlte der Sekt. Im überwiegend weiblichen Publikum wurde geflüstert und gelacht, der ganze Raum war von teuren Düften erfüllt.

Lotte steckte den Kopf in den Ankleideraum. »Das darf nicht wahr sein!«

Carl, der gerade letzte Hand an das Brautkleid legte, drehte sich um. »Was ist denn passiert?«

Lotte deutete mit dem Daumen über die Schulter. »Der lästige Ludwig ist da.«

»Der Kunstseidene?« Carl verdrehte die Augen. Ludwig Ellert war ein Cousin von Lotte, der sich und seine Arbeit in der Kunstseidenbranche ungemein wichtig nahm. »Hast du ihn etwa eingeladen?«

»Natürlich nicht«, zischte Lotte, »aber er hat sich am Eingang sicher aufgespielt, das kann er gut.« Sie zuckte mit den Schultern. »Na ja, letztlich tut er keinem weh. Und ich habe keine Lust auf Ärger, dann soll er eben bleiben. Er schielt schon nach dem Sekt.«

Dann änderte sich Lottes Stimmung schlagartig. »Carl, die Bergner ist gekommen!«

Er sprang auf und trat neben sie.

»Wie hast du das bloß geschafft?«

»Ein Wunder! Sie war noch nie bei uns, obwohl ich finde, dass unsere Modelle wunderbar zu ihrem zarten Typ passen.«

Er hauchte ihr einen Kuss auf die Haare, dann drückte er ihre Schulter. »Du bist gleich dran. Die Gründerin des Hauses begrüßt das Publikum.« Er drehte sich um und schaute zu den vier Vorführdamen, von denen zwei noch in Unterwäsche dastanden, während die anderen mit Körperfarbe in Marmorstatuen verwandelt und angekleidet worden waren. Sie hörten, wie der Pianist sein Stück beendete. Alle hatten Platz genommen, die Tür zum großen Gastraum war geschlossen. Erwartungsvolle Stille breitete sich aus.

»Jetzt.« Carl nickte ihr zu.

Lotte strich ihr Kleid glatt – schwarz, mit Jettperlen

besetzt, dazu eine Kette aus Jett und kein anderer Schmuck. Sie straffte die Schultern und betrat den Raum. Applaus erhob sich. Sie trat vor die Gäste und neigte leicht den Kopf. »Guten Abend. Es ist mir eine Ehre und ein Vergnügen, Sie in diesem besonderen Rahmen zu unserer Frühjahrs- und Sommermodenschau zu begrüßen. Wir hoffen, dass sich die Kreativität und der Esprit, die uns hier umgeben, auch in der Kollektion wiederfinden und unsere geschätzten Kundinnen und jene, die es vielleicht werden wollen –« sie nickte in Richtung der Bergner –, »begeistern und erfreuen. Nun aber möchte ich die Modelle für sich sprechen lassen. Viel Vergnügen.«

Sie verbeugte sich unter dem Applaus des Publikums und kehrte in den Nebenraum zurück. Der Pianist stimmte eine beliebte Melodie an. Jetzt musste es schnell gehen, sie durften die Kundinnen nicht warten lassen.

Lotte warf einen letzten Blick auf die beiden Vorführdamen. »Ihr seht atemberaubend aus. Macht mir keine Schande«, sagte sie mit einem Augenzwinkern und hielt ihnen die Tür auf.

Carl nähte gerade einen Knopf an, wobei ihm die Haare ins Gesicht fielen. Sie trat zu ihm und strich ihm die Strähne aus den Augen, woraufhin er lächelnd zu ihr aufsah.

Nebenan erhob sich donnernder Applaus.

Dann ein Schrei. Nein, mehrere Schreie, zwei Stimmen, zwei Frauen!

»Es brennt! Es brennt wie Feuer!«

Lotte stürzte zur Tür und sah, wie die Vorführdamen an den Kleidern zerrten und verzweifelt versuchten, sie abzustreifen. Eine von ihnen rang nach Atem und umklammerte ihren Hals. Die Zuschauerinnen waren aufgesprungen und sahen sich panisch um, während der Pianist hilflos neben seinem Instrument stand.

»Tut doch etwas!«, schrie jemand. »Helft ihnen!«

Carl schob Lotte beiseite und rannte zu den Frauen. Eine kniete weinend am Boden, die andere riss so heftig an dem Kleid, dass Knöpfe absprangen und über den Teppich kullerten. Ein Herr führte Elisabeth Bergner, die sich besorgt zu den schreienden Vorführdamen umdrehte, aus dem Raum.

Lotte war einen Moment wie erstarrt. Carl hockte neben der knienden Frau und öffnete mit geschickten Fingern die Knöpfe am Rücken, während Anita Haase ihren Kopf hielt und beruhigend auf sie einsprach.

Nun kam wieder Leben in Lotte. Sie eilte zur Tür und entschuldigte sich bei den Gästen. »Ich kann es mir nicht erklären. Ein Unfall, es muss sich um einen schrecklichen Unfall handeln. Es hat ganz sicher nichts mit den Kleidern zu tun.«

Die konsternierten Blicke ließen sie verstummen, und sie biss sich auf die Lippen, um nicht in Tränen auszubrechen.

»Carl, meinst du, es ist die Farbe?«, rief sie in Panik.

Sie hörte seine tiefe Stimme, ein Anker in dem albtraumhaften Durcheinander. »Das wird sich zeigen. Als Erstes brauchen wir einen Arzt. Und dann die Polizei!«

»Olga Desmond«, sagte Leo, woraufhin Robert Walther ihn verständnislos ansah.

»Eine Tänzerin. Trat gerne mit bemaltem Körper

auf, komplett weiß wie eine Statue. So etwas haben sie bei der Modenschau anscheinend auch versucht, und es ist schiefgegangen.«

Walther fluchte, weil sich der Verkehr in Richtung Westen staute. Vergnügungssüchtige aus ganz Berlin strebten an diesem Abend in die Straßen um den Kurfürstendamm.

Sie waren mit Jakob Sonnenschein losgefahren, nachdem die Meldung der Schutzpolizei hereingekommen war.

»Es ist ein Fall für die Kripo«, hatte der Kollege gesagt, der vom Romanischen Café aus anrief. »Körperverletzung. Zwei Personen. Sie wurden in die Charité gebracht.«

»Die Gäste dürfen den Raum nicht verlassen.«

Betretenes Schweigen am anderen Ende. »Die meisten sind schon weg«, hatte der Schupo gesagt. »Die waren schon weg, als wir kamen.«

Leo hatte einen Fluch unterdrückt. »Gut, aber Sie sorgen dafür, dass alle Leute, die mit dieser Modenschau zu tun haben, im Haus bleiben. Riegeln Sie sämtliche Zugänge zum Gebäude ab. Und die Ärzte in der Charité sind hoffentlich angewiesen, einen ausführlichen Bericht über die Verletzungen zu verfassen.«

»Selbstverständlich, Herr Oberkommissar.«

»Sie sichern sämtliche Beweisstücke, vor allem die Kleider und die Farbe, die für den Körper benutzt wurde. Nichts verändern, Sie kennen das Procedere.«

»Welches Atelier hat die Schau veranstaltet?«, fragte Walther. »Und seit wann gibt es solche Auftritte im Romanischen Café?«

»Auf jeden Fall ein Atelier, das das Außergewöhnliche liebt und seinen Kundinnen etwas bieten will«, warf Sonnenschein von der Rückbank ein.

Leo blätterte in seinem Notizbuch. »Morgenstern & Fink.« Er stutzte, doch Walther kam ihm zuvor.

»Die kenne ich! Du erinnerst dich doch an den Einbruch, der gemeldet wurde, während ich in Inspektion B war. Es war dasselbe Atelier.«

Er hupte, als ein Betrunkener vor ihnen auf die Straße taumelte und von seinem Begleiter in letzter Sekunde zurückgerissen wurde. »Idiot!«, stieß Walther hervor, scherte aus und fuhr über die Straßenbahnschienen, bis sie endlich in den Kurfürstendamm abbogen.

»Du hast wohl zu viele Gangsterfilme gesehen«, bemerkte Leo trocken.

4

Sie hielten vor dem Café, und Leo winkte einem Schupo zu. »Kripo, Abteilung A.« Der Polizist nickte und deutete auf den Vordereingang des vollbesetzten Cafés.

Sie betraten den Hauptraum, und Leo fragte sich flüchtig, wie dieses Café zu einem verzauberten Ort hatte werden können. Die hohen, gewölbten Decken mit den schweren Lampen und die Säulen mit der Marmorverkleidung wirkten eindrucksvoll, aber nicht gemütlich. Die kleinen, runden Tische mit den harten Holzstühlen sahen karg aus. Und doch trafen sich hier zahlreiche Künstler, die erfolgreich waren. Oder solche, die es zu sein vorgaben oder nur davon träumten. Manch einer verbrachte hier sein halbes Leben und nährte sich vom Glanz, der auf ihn abfiel, auch wenn er selbst nie etwas Bleibendes zustande brachte. Immer ein Notizbuch oder Heft dabei, in das oft stundenlang kein Wort geschrieben wurde. Gäste, die sich an einem Kaffee oder Bier festhielten und hofften, auf ein Glas eingeladen zu werden, wenn jemand etwas zu feiern hatte.

Ein Herr kam ihnen mit besorgter Miene entgegen. »Mein Name ist Fiering, ich bin der Besitzer. Ein schrecklicher Vorfall. Wenn ich Sie bitten dürfte, möglichst diskret vorzugehen …«

Leo hob die Hand und zeigte seine Marke vor. »Gewiss, aber unsere Arbeit hat Vorrang.«

Der Mann trat beiseite, als ein Schupo auf die drei Kriminalbeamten zukam. »Wittkowski. Wir haben miteinander telefoniert.«

Leo stellte sich und die Kollegen vor.

»Kommen Sie bitte mit, Herr Oberkommissar.«

Der Gastraum war deutlich kleiner als der Saal, aus dem sie gekommen waren. Die Tische hatte man weggeräumt und die Stühle in Reihen links und rechts eines roten Teppichs angeordnet, auf dem zwei scheinbar achtlos weggeworfene schwarze Kleidungsstücke lagen.

In einer Ecke stand ein Klavier, auf dem Hocker saß der Pianist mit einem Schnapsglas in der Hand.

Als sie hereinkamen, erhob sich eine Frau mit dunklem Pagenkopf, die ein Taschentuch umklammert hielt. Neben ihr stand ein großer blonder Mann im grauen Anzug, der ihr den Arm um die Schultern legte und sie zu Leo begleitete.

»Lotte Morgenstern. Das ist mein Mann, Carl Fink.« Sie schluckte und kämpfte mit den Tränen. Dann deutete sie hilflos in die Runde. »Unsere Modenschau sollte hier stattfinden. Ich … ich kann nicht begreifen, was passiert ist. Es war grauenhaft, ihre Haut war ganz … und sie bekamen keine Luft mehr …« Sie presste die Hand vor den Mund.

Leo gab beiden die Hand. »Bitte beruhigen Sie sich, Frau Morgenstern. Das sind meine Kollegen Walther und Sonnenschein.«

Er wandte sich kurz an die beiden: »Ihr kümmert euch um die Angestellten, Delbrück kommt gleich nach.« Sie gingen mit Wachtmeister Wittkowski in einen Nebenraum.

Leo schickte den Pianisten mitsamt seinem Schnaps nach draußen und setzte sich mit dem Ehepaar in eine Ecke. »Bitte schildern Sie genau, was vorgefallen ist. Und zwar nacheinander.«

Frau Morgenstern beschrieb die Planung der Modenschau und die Entscheidung, die Vorführdamen zu bemalen.

»Augenblick. Könnten Sie mir das bitte genauer erklären?«

»Wir wollten gleich mit den ersten Kleidern einen besonderen Akzent setzen«, sagte Carl Fink, der seine Frau besorgt anschaute. »Deshalb hatten wir uns entschieden, die Körper der Frauen anzumalen. Die Farbe wird von Theatern und Revuen benutzt, sie ist nicht unsere Erfindung. Sie schadet der Haut nicht, wie man uns versichert hat.«

»Darum sind wir uns auch nicht sicher, ob es wirklich die Farbe war«, meldete sich Lotte Morgenstern zu Wort. »Als sie geschminkt wurden, war noch alles in Ordnung. Sie begannen erst kurz nachdem sie die Kleider angezogen hatten, zu schreien. Und ihre Haut brannte am Oberkörper, also dort, wo sie bekleidet waren. Sie haben am Stoff gerissen und sind zu Boden gestürzt.« Sie schloss die Augen und drückte den Handrücken vor den Mund.

Leo schaute von ihr zu Carl Fink. »Hatten Sie den gleichen Eindruck?«

Er nickte. »Das Schminken hat eine Weile gedauert, Kopf und Gliedmaßen mussten sorgfältig bemalt werden. Wenn etwas mit der Farbe nicht gestimmt hätte, wären die Symptome sicher früher aufgetreten.«

»Sie beide glauben also, dass die Kleider für die Verletzungen der Frauen verantwortlich sind?«

Lotte Morgenstern nickte und wischte sich die Augen. Die zerlaufene Wimperntusche bildete schwarze Ränder, sie sah aus wie eine überdramatisch geschminkte Filmdarstellerin.

»Wir werden die Farbe und die Kleider im Labor untersuchen lassen. Und die Ärzte, die sich um die Frauen kümmern, können uns sicher mehr zu den Verletzungen sagen.«

Leo drehte sich um. Die Kleider lagen noch auf dem Teppich, offensichtlich hatte niemand gewagt, sie anzufassen. Er würde die Kollegen vom Erkennungsdienst anweisen, die Kleider mit den nötigen Sicherheitsvorkehrungen zu verpacken.

»Sie erstellen bitte eine Gästeliste, Frau Morgenstern. Und wir brauchen ein Verzeichnis Ihrer Angestellten, Lieferanten und Kundinnen. Ob es sich um einen Anschlag handelt, können wir erst mit Sicherheit sagen, nachdem die Opfer und die Kleider gründlich untersucht wurden. Falls sich der Verdacht bestätigt, müssen wir feststellen, ob sich die Tat gegen die Frauen selbst richtet – oder gegen Ihre Firma.«

Sie seufzte und zuckte mit den Schultern. »Diese Branche lebt von Klatsch, Mundpropaganda und Empfehlungen. Es geht bisweilen gehässig zu, wenn man versucht, anderen Firmen Kundinnen abzuwerben. Und es ist schwer, gegenüber den großen Häusern wie Gerson und Manheimer zu bestehen. Aber so etwas habe ich noch nie erlebt.«

Leo wandte sich an ihren Mann. »Und Sie, Herr Fink?«

»Ich arbeite seit vielen Jahren in dieser Branche, aber das ist mir neu. Glauben Sie wirklich, es könnte ein Anschlag auf unser Haus gewesen sein?«

»Wie gesagt, wir müssen die Untersuchungsergebnisse abwarten. Mein Kollege war übrigens vor einigen Monaten bei Ihnen im Atelier, nachdem dort angeblich eingebrochen wurde.«

»Die Entwürfe«, sagte Fink. Seine Frau nickte und schaute Leo verlegen an. »Es war mir unangenehm, dass ich die Polizei überhaupt damit behelligt habe. Aber jetzt …«

»Wir haben die Akte im Präsidium und werden alles noch einmal prüfen. Wenn Sie möchten, können Sie jetzt nach Hause fahren. Wir melden uns morgen bei Ihnen.«

»Wann kann ich mich nach dem Zustand der Frauen erkundigen?«, fragte Lotte Morgenstern. »Ich … ich habe ein schlechtes Gewissen, weil ich im ersten Moment nur an die Modenschau gedacht habe und was es für unser Haus bedeutet.« Sie wurde rot, sah Leo aber tapfer ins Gesicht.

»Genesungswünsche sind erlaubt. Nur muss ich Sie bitten, mit den beiden nicht über die Angelegenheit zu sprechen, sie müssen zuerst von uns befragt werden.«

Carl Fink legte seiner Frau den Mantel um die Schultern. »Wir rufen gleich morgen früh in der Klinik an. Herr Wechsler, ich fahre noch heute ins Atelier und stelle die Unterlagen für Sie zusammen.« Seine Frau wollte etwas sagen, doch er legte ihr liebevoll die Hand auf den Unterarm und schüttelte den Kopf. »Du ruhst dich aus. Ich kümmere mich um alles, und morgen sehen wir, wie es weitergeht.« Er gab Leo die Hand. »Ich danke Ihnen.«

»Nichts zu danken. Wir tun nur unsere Arbeit.«

Fink führte seine Frau zur Tür, drehte sich aber noch einmal um und kam zurück. »Wie sieht es mit der Presse aus? Man wird uns mit Fragen bestürmen, ebenso wie unsere prominenten Kundinnen. Es soll nicht herzlos klingen, aber …«

»Es ist Ihr Geschäft, das verstehe ich durchaus. Verweisen Sie die Presse ruhig an uns. Sie können natürlich versuchen, den Schaden zu begrenzen, sofern es die Ermittlungen nicht behindert.«

»Ganz sicher nicht. Es ist doch in unserem Interesse, dass man feststellt, wer dahintersteckt.« Fink tippte sich an den Hut und kehrte zu seiner Frau zurück. Leo schaute den beiden nach, als sie den Raum verließen. Ihm war sofort aufgefallen, wie rücksichtsvoll die beiden miteinander umgingen. Man musste sich schon sehr gut verstehen, wenn man Arbeit und Privatleben miteinander verbinden konnte, ohne dass es zu Spannungen kam. Und obwohl die gescheiterte Modenschau sich als geschäftliche Katastrophe erweisen konnte, waren die beiden ruhig und gefasst geblieben.

Als Leo in den Nebenraum gehen wollte, wo Walther und Sonnenschein die Mitarbeiterinnen des Modeateliers und den Pianisten befragten, kam Paul Delbrück vom Erkennungsdienst mit seinen Kollegen herein. Leo begrüßte ihn kurz und schilderte ihm die Lage.

»Die Kleider müssen mit besonderer Vorsicht behandelt werden. Unbedingt Handschuhe und Mundschutz tragen. Und genauestens fotografieren, bevor sie verpackt werden, damit keine Hinweise verlorengehen.«

Delbrück nickte und machte sich an die Arbeit.

»Gut, dass du kommst«, sagte Walther, als Leo hereinkam. »Wir brauchen noch einen Raum für die Befragung, Einzelgespräche sind hier nicht möglich.«

Leo schaute sich um. Den Pianisten konnten sie schnell abhandeln; er kam vermutlich nicht als Täter in Frage. »Sonnenschein, Sie gehen mit dem Herrn nach nebenan.«

Sonnenschein nickte und führte den Pianisten, der sein Glas noch immer fest umklammert hielt, hinaus.

Leo schaute sich um. Zwei Vorführdamen saßen dicht beieinander in der Ecke und sahen die Kriminalbeamten verängstigt an. Eine gefasst wirkende ältere Frau wartete auf einem Hocker vor dem improvisierten Schminktisch. Und eine junge Frau mit blondem Bubikopf und einem hübschen, aber unscheinbaren Gesicht saß auf einem Stuhl und sah ihn abwartend an. Ihre grauen Augen blickten kühl.

»Robert, du kümmerst dich um die Vorführdamen und die Maskenbildnerin.« Er trat zu der jungen blonden Frau und stellte sich vor.

»Anita Haase. Ich bin die Assistentin von Frau Morgenstern.«

»Kommen Sie bitte mit.«

Leo begab sich in den großen Gastraum an die Theke. »Können wir uns irgendwo ungestört unterhalten?«

Der Mann hinter der Theke grinste, doch seine Miene erstarrte, als Fiering auftauchte, ihm ein Zeichen gab und Leo samt Fräulein Haase in sein Büro führte. »Sie können den Raum benutzen, solange Sie möchten«, sagte er beflissen.

Als sie saßen, kam Leo sofort zur Sache. »Wir müssen herausfinden, ob sich die Substanz, die die Verletzungen hervorgerufen hat, in der Farbe oder in den Kleidern befindet. Daher habe ich einige Fragen: Woher kam die Körperfarbe? Hat die Maskenbildnerin sie mitgebracht? Haben Sie schon früher mit ihr zusammengearbeitet?«

Die Frau hörte sich seine Fragen mit einer Ruhe an, die ihn überraschte. Fräulein Haase schien das zu merken und lächelte. »Ich hoffe, ich mache mich nicht verdächtig, aber ich neige nicht zur Hysterie. Und meine Erfahrung in dieser hektischen Branche hat mich gelehrt, dass es klüger ist, Ruhe zu bewahren.«

»Gut, das macht es für mich einfacher. Hysterische Menschen zu verhören, ist mühsam.«

»Therese Carroux, die Maskenbildnerin, hat die Farbe besorgt. Sie genießt einen ausgezeichneten Ruf, wir arbeiten seit Jahren mit ihr. Haller-Revue, Schauspielhaus, Komische Oper, sie wird überall geschätzt und ist sehr gefragt. Meines Wissens hat es noch nie einen Vorfall wie heute gegeben.«

Leo machte sich Notizen und blickte dann hoch.

»Wie wurden die Kleider hierhertransportiert? Wo befanden sie sich bis unmittelbar vor der Veranstaltung? Wer hatte Zugang zu ihnen?«

»Wir haben sie gestern Abend im Atelier auf Ständer gehängt. Heute Mittag wurden sie zum Schutz mit Tüchern verhüllt und auf den Ständern hierhergefahren. Es ist ja nicht weit.«

»Also hätte sich das gesamte Personal daran zu schaffen machen können?«

»Ja.« Keine Ausweichmanöver, keine Ausreden.

»Und hier?«

Fräulein Haase schüttelte den Kopf. »Das halte ich für unwahrscheinlich. Ich war von Anfang an dabei, und es waren immer mehrere Personen im Raum. Nein, da fällt mir ein – ich war als Erste hier und einige Minuten allein mit den Kleidern. Erst danach kam der Botenjunge mit dem zweiten Ständer.« Sie sah ihn offen an.

»Seit wann arbeiten Sie für die Firma? Wie lange kennen Sie Frau Morgenstern und Herrn Fink?«

Fräulein Haase schlug die Beine übereinander und nahm eine Zigarette aus ihrer Handtasche. Sie gab sich selbst Feuer, ohne zu warten, ob Leo sich bemühte.

»Ich kenne Lotte seit fünf Jahren. Damals war sie bei Simon & Block angestellt, konnte ihre Ideen aber nicht verwirklichen. Es war ein großer Schritt, sich selbstständig zu machen. Vor vier Jahren hat sie es gewagt.«

»Woher hatte sie das Geld?«

»Darlehen. Eine kleine Erbschaft. Und mein Erspartes.«

Bei den letzten Worten blickte er ruckartig auf. »Sie sind also mehr als ihre Angestellte?«

»Wir sind befreundet«, erwiderte Anita Haase. »Die Miete am Kurfürstendamm ist teuer, aber für Lotte kam keine andere Lage in Frage. Und die Einrichtung des Ateliers, die Werkstatt – wir haben mit drei Angestellten begonnen. Heute sind es neun, mich eingeschlossen.«

»Haben Sie das Geld zurückbekommen?«, fragte Leo.

»Aber sicher. Mit Zinsen.«

»Und Herr Fink?«

»Er ist seit drei Jahren in der Firma. Kam von einem großen Haus am Hausvogteiplatz. Janson, der Name sagt Ihnen vielleicht etwas. Man munkelte damals, der alte Janson persönlich hätte ihn angefleht, bei ihm zu bleiben.«

»Warum hat er die Firma verlassen?«

»Das weiß ich nicht.«

»Sie arbeiten seit drei Jahren für ihn, sind mit seiner Frau befreundet und wissen nicht, warum er bei Janson gekündigt hat?«

Fräulein Haase zuckte mit den Schultern. »Es war von einem Streit mit dem alten Janson die Rede. Angeblich hatte es mit den Arbeitsbedingungen der Näherinnen zu tun. Heimarbeiterinnen, Sie wissen schon. Herr Fink soll ihm vorgeworfen haben, er würde produzieren wie vor zwanzig Jahren.«

»Das müssen Sie mir näher erklären. Waren ihm die Methoden zu altmodisch?«

Anita Haase lachte bitter. »So kann man es auch nennen.« Sie lehnte sich zurück. »Kennen Sie das System, mit dem in der Konfektion gearbeitet wird? Die Firmen um den Hausvogteiplatz besorgen nur die Entwürfe und den Verkauf der Kleidungsstücke. Die Entwürfe werden an Zwischenmeister weitergegeben, die die Einzelteile zuschneiden. Und sie wiederum geben die Zuschnitte an Heimarbeiterinnen weiter, die sie zusammennähen.«

»Und schlecht bezahlt werden?«, fragte Leo.

Fräulein Haase nickte. »Außerdem haben sie keinerlei Sicherheit, denn sie sind nicht fest angestellt, sondern erhalten einen Stücklohn. Wenn die Firma in eine Krise gerät, bekommen die Frauen einfach weniger Aufträge.«

»Und die Firma geht kein Risiko ein, weil sie die Gehälter nicht weiterzahlen muss.«

»So ist es.«

»Und bei Morgenstern & Fink läuft es anders?«

»Ja. Wir haben unsere eigene Fertigungswerkstatt mit fest angestellten Kräften. Wir müssen höchste Qualität liefern, um unsere Preise zu rechtfertigen und unseren Ruf zu wahren.«

»Das heißt also, Herr Fink kam aus einer Firma, die weniger exklusive Mode herstellt?«

»Janson bietet gute Ware, aber bei weitem nicht so elegant wie unsere. Keine Maßkleidung. Keine Einzelanfertigung.«

Sie schien anzudeuten, dass Finks Weg von Janson zum Atelier am Kurfürstendamm ein deutlicher Aufstieg gewesen sei, womit sie vermutlich recht hatte.

»Das wäre vorerst alles. Wir werden Sie und alle anderen Angestellten erneut befragen, sobald wir genau wissen, womit wir es bei diesem Anschlag zu tun haben.«

Fräulein Haase erhob sich. »Besteht weiterhin Gefahr? Wie können wir uns davor schützen?«

Leo musterte sie forschend. Für die beiden Modeschöpfer musste es ungeheuer beruhigend sein, eine so sachlich denkende Person an ihrer Seite zu haben. »Ich sehe keine unmittelbare Gefahr. Ich kann nur wiederholen, dass wir erst ansetzen können, wenn wir wissen, was die Verletzungen der Frauen verursacht hat. Aber Sie sollten aufmerksam bleiben und alle verdächtigen

Vorfälle umgehend melden. Es ist besser, wir kommen umsonst, als wenn jemand Schaden nimmt.«

Leo gab ihr seine Visitenkarte. Sie steckte sie in die Handtasche und verließ ohne jede Hast den Raum.

5

Mittwoch, 16. März 1927

Am nächsten Mittag saß Leo bei Dr. Lothar Gessler in der Charité. »Die Körperfarbe besteht aus harmlosen Substanzen, wie sie in Kosmetika üblich sind. Meine Kollegen konnten nichts Außergewöhnliches feststellen, das diese Reaktionen rechtfertigen würde. Allerdings ist unser Labor woanders fündig geworden. Im Innenfutter der Kleider, die die Frauen getragen haben, fand sich – und zwar nur bei diesen beiden Modellen – eine pulverförmige Substanz namens Capsaicin. Könnte diese die Symptome hervorrufen, die Sie bei den Patientinnen festgestellt haben?« Die Kollegen im Labor hatten eine Nachtschicht eingelegt, um die Substanz so schnell wie möglich zu ermitteln.

Dr. Gessler sah ihn überrascht an. »Capsaicin, sagen Sie?«

»Ja. Das, was Chilischoten scharf macht, wie man mir erklärte. Können Sie mir aus ärztlicher Sicht etwas dazu sagen?«

»Nun, der Stoff lässt sich chemisch isolieren. Es ist weltweit die schärfste bekannte Substanz. Sie wird gewöhnlich nur stark verdünnt eingesetzt. Kommt sie mit der Haut in Berührung, führt das zu heftigem Brennen und Schwellungen, es können sich Quaddeln bilden. Es kann zu Atemnot kommen. Die Patientinnen haben

Glück gehabt, dass nichts davon in den Mund oder offene Wunden gedrungen ist. Eine von ihnen hat sich anscheinend die Augen gerieben, das ist äußerst schmerzhaft und wird ihr noch eine Weile Beschwerden bereiten. Um Ihre Frage zu beantworten – die Symptome bei den Patientinnen würden durchaus dazu passen.«

»Wir haben schon ermittelt, dass Apotheken die Substanz besorgen können. In manchen Ländern wird Capsaicin für Gewürzzubereitungen verwendet, aber bei uns isst man ja nicht gerne scharf. Gibt es noch andere Verwendungsmöglichkeiten?«

Dr. Gessler stand auf und trat an ein Regal, wo er in einem Stapel Fachzeitschriften suchte. Schließlich hatte er die richtige gefunden und legte sie vor Leo auf den Tisch. »Auf Seite 52 steht ein Aufsatz. Man arbeitet zurzeit an Pflastern, die auf der Haut eine starke Wärme entfalten und gegen Schmerzen in Muskeln und Sehnen helfen sollen. Dabei kommt Capsaicin zur Anwendung, natürlich nicht in Reinform. Ich weiß nicht, ob sich das durchsetzen wird, aber es klingt interessant.«

»In geringerer Dosis könnte es also eine heilende Wirkung haben?«, fragte Leo.

»Durchaus. Wie so viele schädliche Substanzen.«

Leo überlegte. »Das Pulver ist sehr fein und kam durch winzige Löcher im Innenfutter der Kleider auf die Haut. Das Futter war doppelt genäht, vermutlich, damit die Substanz nicht vorzeitig austreten und das Vorhaben des Täters gefährden konnte. Gehe ich recht in der Annahme, dass niemand in Gefahr war, solange die Kleider nur von außen angefasst wurden?«

»Das ist richtig. Die Substanz muss mit der Haut in

Berührung kommen, um in dieser Weise zu wirken. Ich kann Ihnen aber versichern, dass die Patientinnen keine bleibenden Schäden zurückbehalten werden.«

»Ich danke Ihnen«, sagte Leo und legte seine Visitenkarte auf den Tisch. »Bitte halten Sie mich auf dem Laufenden, falls es neue Erkenntnisse gibt.«

Robert Walther hatte die verletzten Frauen, Anna Holtmann und Irene Weiß, bereits befragt. Sie waren wie üblich einige Wochen vor der Modenschau verpflichtet worden, hatten den Ablauf im Atelier geprobt und im Café die Kleider angezogen, die sie bereits mehrfach bei den Anproben getragen hatten. Vermutlich hatte man die Substanz erst kurz vor der Modenschau darin untergebracht.

Sie arbeiteten für verschiedene Modehäuser im Westen und im Konfektionsviertel und waren miteinander bekannt, aber nicht näher befreundet. Nichts deutete darauf hin, dass sich der Anschlag gegen die Vorführdamen persönlich richtete – jemand hatte das Atelier und seine Besitzer damit treffen wollen.

Der große Tisch im Besprechungszimmer der Abteilung A war mit Zeitungen bedeckt. Alle Blätter berichteten über den Vorfall vom gestrigen Abend – in seriösen Artikeln oder mit grellen Schlagzeilen wie »Medea am Ku'damm – Gift in der Couture« und »Für Morgenstern ist Feierabend«.

»Falls es dem Täter oder den Tätern um Aufmerksamkeit ging, hatten sie Erfolg«, sagte Walther, der mit verschränkten Armen am Tisch lehnte. »Ganz Berlin redet über nichts anderes.«

»Da geht es um mehr als nur Aufmerksamkeit«, erwiderte Leo. »Jemand will die Firma zerstören. Die Person, die dahintersteckt, hat sich genau überlegt, wie sie Morgenstern & Fink am meisten schaden kann.«

Sonnenschein nickte. »Keine Frau wird auch nur eine Mark für ein Kleid bezahlen, das vergiftet sein könnte. Wie sollen sie den Kundinnen garantieren, dass ihnen nicht das Gleiche passiert?«

»Heute Morgen in der Bahn hat sich niemand dafür interessiert, dass die Frauen überlebt haben, alle redeten nur von todbringenden Kleidern«, sagte Walther nachdenklich.

»Im Januar gibt es Hinweise auf einen Einbruch«, sagte Leo. »Zwei Monate später kommt es zu einem Anschlag auf die Modenschau des Ateliers. Das sieht nach Sabotage aus. Die Presse von heute ist der beste Beweis dafür.«

Sonnenschein ergriff wieder das Wort: »Haben wir den oder die Täter unter den Angestellten zu suchen? Das ist für mich die erste Frage. Was könnten die Gründe sein – Unzufriedenheit mit der Tätigkeit oder Bezahlung oder persönliche Ressentiments gegen Frau Morgenstern und ihren Mann?«

Leo nickte. »Oder kommen die Täter von außen? Sind es Konkurrenten? Oder ist es jemand aus dem persönlichen Umfeld, der ihnen auf diese Weise schaden will?«

»Es gibt noch eine dritte Möglichkeit«, sagte Walther. »Der Anstifter kommt von außen, benutzt aber Angestellte für seine Zwecke. Gegen Bezahlung oder weil er sie in irgendeiner Weise in der Hand hat.«

»Wir brauchen mehr Leute«, sagte Leo. »Ich rede mit Gennat. Danach fahren wir ins Atelier, um die Unterlagen abzuholen. Wir müssen wissen, wer die unmittelbaren Konkurrenten sind, ob es Auseinandersetzungen innerhalb der Branche gab, wer von einem Niedergang der Firma profitieren würde.«

Walther blätterte in seinem Notizbuch. »Angestellte, die entlassen wurden oder gekündigt haben. Lieferanten, mit denen Morgenstern & Fink nicht mehr zusammenarbeiten. Wir müssen in viele Richtungen ermitteln.«

»Wenn wir dort sind, gehst du als Erstes in die Buchhaltung und klärst diese Punkte.«

»In Ordnung.«

Leo stand auf und schaute die Kollegen an. »Ich gehe zu Gennat. Wir treffen uns unten im Hof.«

Als Leo das Modeatelier am Kurfürstendamm zum ersten Mal betrat, schaute er sich bewundernd um. Schlichte Eleganz, die nicht von den ausgestellten Modellen ablenkte. Dicke Teppiche, Stand- und Wandspiegel, in denen sich die Kundinnen von allen Seiten betrachten konnten. Bequeme Sessel, die zum Verweilen einluden und wohl für männliche Begleiter gedacht waren, die sich in Geduld übten, während die Damen sich die Modelle vorführen ließen.

Anita Haase hatte sie hereingelassen, als sie klingelten. An der Tür hing ein Schild mit der Aufschrift »Heute bleibt das Atelier geschlossen«. Ein Grund wurde nicht angegeben, man ging wohl davon aus, dass ganz Berlin es in der Zeitung gelesen hatte.

»Kommen Sie bitte mit, Frau Morgenstern hat alles vorbereitet.« Fräulein Haase wirkte gefasst und freundlich wie am Vortag. Sie führte die drei Kriminalbeamten zu einer Tür im hinteren Bereich. Walther stieß Leo an. »Das ist das Entwurfszimmer. Hier hatte sich angeblich jemand an den Entwürfen zu schaffen gemacht.«

Fräulein Haase drehte sich um und musterte Walther. »Stimmt, Sie waren im Januar schon einmal hier. Was meinen Sie mit ›angeblich‹? Dass die Polizei nichts herausgefunden hat, bedeutet noch lange nicht, dass sich niemand an den Unterlagen zu schaffen gemacht hat.«

Sie will ihre Chefin schützen, dachte Leo spontan. Ihre Chefin, der sie so nahesteht, dass sie ihr Geld für die Firmengründung geliehen hat.

Anita Haase trat beiseite und öffnete die Tür, bevor sie sich diskret zurückzog.

Lotte Morgenstern und Carl Fink erhoben sich, als Leo und seine Kollegen den Raum betraten, und man begrüßte einander.

»Wer ist hier für die Buchhaltung zuständig? Und für Personalangelegenheiten?«

Carl Fink deutete nach nebenan. »Dort arbeitet Fräulein Müller. Sie kann Ihnen weiterhelfen.«

Walther nickte und begab sich ins Nebenzimmer.

Frau Morgenstern reichte Leo einen Stapel Blätter. »Das sind die Aufstellungen, um die Sie uns gebeten hatten. Ich habe in der Liste der Einladungen markiert, wer im Café war. Hoffentlich habe ich niemanden vergessen. Es war kein so großer Kreis, aber ich war aufgeregt. Und nach dem schrecklichen Vorfall konnte ich nicht mehr klar denken. Dahinter finden Sie das Verzeichnis der Stammkundinnen, Lieferanten und die Adresse der Fertigungswerkstatt, mit der wir zusammenarbeiten.«

»Sie beschäftigen keine Heimarbeiterinnen?«, fragte Leo, der sich an Fräulein Haases Bemerkung erinnerte.

»Nein«, antwortete Fink anstelle seiner Frau. »Das kommt für uns nicht in Frage.«

»Wir fertigen Einzelstücke oder kleine Serien«, fügte Frau Morgenstern hinzu. »Es ist eine völlig andere Arbeitsweise als bei den großen Konfektionshäusern.«

»Ich habe bis vor wenigen Jahren in einer dieser Firmen gearbeitet«, sagte ihr Mann. »Es ist ein veraltetes, unmenschliches System, das wir von Anfang an abgelehnt haben. Es gibt also auch niemanden, der sich aufgrund solcher Arbeitsbedingungen an uns rächen wollte, Herr Wechsler.«

Leo mochte es nicht, wenn Zeugen für ihn Schlussfolgerungen zogen. »Das mag sein, aber es könnten Angestellte dahinterstecken, die entlassen wurden oder sich in anderer Weise ungerecht behandelt fühlen. Wir dürfen niemanden ausschließen. Der oder die Täter könnten Angestellte sein, aber auch Lieferanten oder Konkurrenten, die Angestellte bestochen oder überredet haben, die Kleider zu präparieren.«

Frau Morgenstern hob die Hand. »Das kann ich mir nicht vorstellen. Ich vertraue meinen Angestellten, sie wurden sorgfältig ausgewählt und leisten gute Arbeit. Es hat nie Entlassungen oder Streit gegeben.«

»Dennoch müssen wir in alle Richtungen ermitteln, Frau Morgenstern.«

Sie wechselte das Thema. »Darf ich fragen, womit die Kleider präpariert wurden? Ich habe die Frauen heute Morgen im Krankenhaus besucht, aber man wollte mir keine Auskunft geben.«

»Weil es die laufenden Ermittlungen betrifft«, sagte

Leo. Er warf einen Blick zu Sonnenschein, der in einer Ecke saß und mitstenographierte. Dann schaute er Frau Morgenstern und Herrn Fink an, die gespannt auf seine Antwort zu warten schienen. »Capsaicin-Pulver.«

»Was ist das?«, fragte Carl Fink.

»Eine Substanz, die in scharfen Paprika vorkommt und stark reizend wirkt. Da man die Substanz nur von innen in den Kleidern gefunden hat, haben sich die Personen, die die Kleider bei der Veranstaltung angefasst haben, nicht verletzt. Nur die beiden Vorführdamen, die sie unmittelbar auf dem Körper getragen haben.«

Die beiden wirkten betroffen, aber nicht nervös.

»Wir werden Ihre Angestellten befragen. Und die Mitarbeiter des Romanischen Cafés. Das Capsaicin muss zwischen der letzten Anprobe und der Modenschau in den Kleidern untergebracht worden sein. Wann war die letzte Anprobe?«

»Vorgestern, nach Ladenschluss. So gegen halb acht«, sagte Frau Morgenstern.

»Wer war um die Zeit noch im Laden?«

Sie überlegte und schaute ihren Mann an. »Wir beide, Anna und Irene … alle anderen waren schon gegangen, oder?«

»Das stimmt«, sagte Fink. »Fräulein Winterscheidt hat die Ladentür abgeschlossen und den Hintereingang genommen. Sie hatte gefragt, ob wir sie noch brauchen, und du hast gesagt, sie könne gehen.«

»Fräulein Winterscheidt?«

»Die Chefverkäuferin. Sie ist von Anfang an bei uns.«

Leo nickte. »Ich brauche eine Liste aller Personen, die einen Schlüssel haben. Wir werden jetzt mit den

Angestellten sprechen. Sie halten sich in den nächsten Tagen bitte zu unserer Verfügung.« An der Tür drehte er sich noch einmal um. »Eins noch, Frau Morgenstern. Fräulein Haase hat mir erzählt, sie habe Ihnen Geld für die Firmengründung geliehen.«

»Ja, das stimmt.« Sie zögerte kurz. »Ich habe es längst zurückgezahlt.«

Etwas in ihrem Ausdruck ließ ihn weiterfragen. »Und das hat gereicht?« Er machte eine ausladende Geste mit der Hand. »Dieses Atelier, Miete, Ausstattung, Reklame, das alles dürfte nicht billig gewesen sein. Nichts für ungut, aber Fräulein Haase war Verkäuferin bei Gerson, da verdient man kein Vermögen.«

Lotte Morgenstern schaute zu ihrem Mann und dann wieder zu Leo. »Ich hatte auch etwas gespart. Zusammen war es genug.«

»Gut. Frau Morgenstern, Herr Fink, Sie hören von mir. Auf Wiedersehen.«

Der Blick, dachte er auf dem Weg nach draußen, der Blick und das Zögern waren seltsam gewesen. Hatte Lotte Morgenstern etwas zu verbergen?

Als sich die Tür geschlossen hatte, schauten Lotte und Carl einander an.

»Er macht vor niemandem Halt, oder?«, fragte sie leise. »Für ihn sind wir alle verdächtig.«

Carl wollte antworten, als das Telefon klingelte.

Lotte griff nach dem Hörer und wollte das Gespräch schon abwimmeln, doch dann veränderte sich ihre Miene.

»Was fällt dir ein, meine Lage so auszunutzen? Du schreckst wirklich vor nichts zurück.«

Er sah, wie sie rot anlief.

»Wage es nicht, noch einmal danach zu fragen.« Dann warf sie den Hörer auf die Gabel.

»Wer …?« Weiter kam Carl nicht.

»Cousin Ludwig bietet mir großzügig eine Zusammenarbeit an«, stieß Lotte hervor. »Ich hätte ja schon einmal abgelehnt, aber nun befände ich mich in einer offensichtlichen Notlage, da könne er nicht tatenlos zusehen. Sein Angebot stünde nach wie vor.«

Carl legte ihr beruhigend die Hand auf den Arm. »Er ist ein Idiot, das weißt du doch.«

Lotte atmete heftig. »Aber das entschuldigt es nicht. Er hat wirklich keine Skrupel.«

Rainer Vogt ging die Alexandrinenstraße entlang, sein Blick streifte im Vorbeigehen die Adonis-Diele. Er mochte die einfachen, manchmal auch schäbigen Lokale in der Nähe des Halleschen Tores lieber als die mondänen Etablissements im Westen, die sich gern als Kuriositätenkabinett für sensationslüsterne Besucher gebärdeten. Reisende aus der Provinz, die sich verrucht vorkamen, wenn sie einen Abend inmitten von Puppenjungs und Transvestiten verbrachten. Wer unter sich bleiben wollte, zog diese Gegend den schillernden Straßen um den Kurfürstendamm vor.

Die Adonis-Diele hatte einen besonderen Platz in seinem Herzen, weil er dort den Mann seines Lebens kennengelernt hatte. Der Mann seines Lebens – das klang nach einem schwülstigen Roman, und doch war es so.

Eigentlich war er damals mit einem Freund in dem Lokal gewesen, doch sie hatten Streit bekommen, weil Alfred zu viel trank und, wenn er zu viel trank, unangenehm und laut wurde. Als sie mitten in der schönsten Auseinandersetzung waren, hatte ihm ein Mann charmant auf die Schulter getippt und »Der nächste Tanz gehört mir« gesagt. Danach hatte Rainer nicht zurückgeblickt.

Inzwischen blieben sie meist zu Hause. Rainer verspürte kein Bedauern. Er war mittlerweile dreißig Jahre alt und hatte genug ausprobiert. Berlin war immer die einzige Stadt für ihn gewesen, seit er zehn Jahre zuvor hergekommen war. Nur weg aus der Provinz, wo er sich verstellen musste, wo man von ihm erwartete, dass er mit Mädchen tanzte und eine von ihnen heiratete und mit zahlreichen Kindern beglückte. Weg von den Eltern, die nur noch davon sprachen, welcher ehemalige Mitschüler sich nun wieder verlobt hatte. Trotz aller Gesetze fühlte Rainer sich hier frei, zumal zwischen der Polizei und vielen Lokalen eine stillschweigende Übereinkunft herrschte. Man wurde in Ruhe gelassen, solange man nicht provozierte und offen gegen den Paragraphen 175 verstieß.

Ein Zeitungsjunge riss ihn aus seinen Gedanken. »Giftanschlag auf Modeatelier! Zwei Frauen schwer verletzt! Der Tod im Modellkleid!«

Rainer Vogt warf einen Blick auf die Zeitung, die ihm der Junge entgegenstreckte. Dann holte er hastig eine Münze aus der Tasche.

6

Donnerstag, 17. März 1927

»Wir haben die Verstärkung bekommen, die ich angefordert habe«, verkündete Leo. »Wie Sie wissen, ist der Tatort eines der am stärksten frequentierten Cafés von Berlin, das macht die Ermittlungen nicht einfacher.«

»Wäre es denkbar, dass die Kleider erst im Café präpariert wurden?«, fragte Fritz Hasselmann. »Danach müssten wir gezielt fragen.«

»Im Café herrscht ein ständiges Kommen und Gehen, das wäre zu riskant gewesen«, gab Leo zu bedenken. »Vor allem aber blieb zu wenig Zeit, um das Pulver sicher im Futter unterzubringen. Ich bin davon überzeugt, dass die Kleider bereits im Atelier präpariert wurden, und zwar zwischen acht Uhr abends am 14. März, dem Tag vor der Modenschau, und zwei Uhr mittags am 15. März, dem Zeitpunkt, zu dem sie ins Café gebracht wurden.«

Sonnenschein hob die Hand. »Ich habe eine Idee. Vielleicht sollten wir mit den einschlägigen Modeillustrierten sprechen. Die werden wissen, wer sich mit wem gut steht und wo es Rivalitäten gibt. Klatsch kann bisweilen nützlich sein. Von den Zeugen haben wir bisher wenig erfahren.«

»Ausgezeichnet, Sonnenschein, das übernehmen Sie«, sagte Leo. »Sie können gleich damit anfangen.«

Der Kollege nickte und verließ das Zimmer.

Leo schaute den Kollegen Becker an, der neu hinzugekommen war. »Für Sie habe ich eine etwas mühselige, aber wichtige Aufgabe. Sie gehen in alle Abteilungen und fragen, ob jemand etwas über Lotte Morgenstern weiß.«

Walther sah ihn überrascht an. »Hast du einen Verdacht?«

Leo berichtete von dem Gespräch über die Finanzierung des Ateliers.

»Vielleicht war es ihr nur unangenehm, über den Kredit der Freundin zu sprechen«, sagte Becker.

Leo wiegte den Kopf. »Möglich. Aber ich hatte das Gefühl, dass mehr dahintersteckt. Sie hat ihrem Mann einen seltsamen Blick zugeworfen. Entweder weiß er etwas, das sie vor uns verheimlichen will, oder sie will nicht, dass er etwas Bestimmtes erfährt. Wir müssen uns in jedem Fall vergewissern, dass wir nichts übersehen haben. Sollte sie unrechtmäßig erworbenes Geld benutzt haben, um sich selbstständig zu machen …«

»Erpressung«, warf Walther ein. »Wäre doch möglich.«

Becker stand auf. »Ich mache mich sofort an die Arbeit. Wenn jemand hier die Dame kennt, werde ich ihn finden. Den Namen vergisst man nicht so leicht.«

Leo schickte Hasselmann mit zwei Kollegen ins Romanische Café, um die Angestellten zu befragen.

Dann war er mit Walther allein. »Bleibt noch die delikateste Befragung – die Gäste der Modenschau. Das erledigen wir.«

Bei Kurt Korff ohne Termin vorgelassen zu werden, schafften nur die wenigsten. Jakob Sonnenschein hingegen war geradewegs ins imposante Ullstein-Haus in der Kochstraße marschiert und hatte nur die Dienstmarke zeigen und den Namen Morgenstern & Fink erwähnen müssen, um ins Büro des Chefredakteurs zu gelangen.

Er schaute sich flüchtig um und bemerkte die zahlreichen gerahmten Titelbilder der Wochenzeitschrift *Die Dame*, die eine ganze Wand einnahmen.

»Mögen Sie Mode?« Der Mann hinter dem Schreibtisch war um die fünfzig und schaute Sonnenschein aufmerksam an, als wäre er aufrichtig an der Antwort auf seine Frage interessiert.

»Was heißt mögen? Ich verstehe nicht viel davon. Aber ich weiß, worin mir meine Frau gefällt. Und sie sagt, ich hätte einen guten Geschmack. Da widerspreche ich ihr natürlich nicht.«

Der Chefredakteur lachte und kam um den Tisch herum, um ihm die Hand zu schütteln. »Schöner Name«, sagte er, woraufhin Sonnenschein rot wurde.

Korff bot ihm einen Platz in einem dunkelgrünen Ledersessel an. »Wenn sich hier einer schämen sollte, dann ich«, sagte er leichthin und nahm wieder hinter dem Schreibtisch Platz. »Bis 1919 hieß ich Karfunkel. Nun schauen Sie nicht so überrascht. Als nach dem Krieg die alte Leier von den Juden wieder losging, wollte ich nicht nach meinem Namen beurteilt werden. Es war nicht leicht, sich mit dreiunddreißig daran zu gewöhnen, aber jetzt höre ich allmählich, wenn man mich ruft.«

Sonnenschein nickte lächelnd.

»Nun aber zu Ihrem Anliegen. Es geht um den Zwischenfall bei Morgenstern & Fink?«

»Ja. Sie drücken es sehr vornehm aus. Da habe ich in der Presse anderes gelesen.«

»Wir sind kein Sensationsblatt. Leider war ich an dem Abend verhindert, sonst wäre ich vor Ort gewesen und hätte selbst darüber berichtet. Ich kann den Beteiligten nachfühlen, wie furchtbar dieser Vorfall für sie sein muss. So etwas kann ein Modeatelier ruinieren.«

»In der Tat.«

»Darf ich fragen, wie es passiert ist?«

Sonnenschein zögerte kurz.

Korff bemerkte es sofort. »Ah, die Polizei und die Presse. Verstehe. Ich mache Ihnen einen Vorschlag. Ich halte meinen Artikel so lange zurück, bis Sie mir die Erlaubnis erteilen. Aber dann sollte auch etwas drinstehen, das die Konkurrenz nicht weiß.«

Eine Hand wusch die andere. Sonnenschein wusste, dass der Nutzen im besten Fall beiderseitig war. Der Chef hätte es nicht anders gemacht. »Es handelt sich um einen geplanten Anschlag, der zu schwerer Körperverletzung in zwei Fällen geführt hat.«

»Und wie wurde dieser Anschlag durchgeführt, wenn ich fragen darf?« Korff ließ sein Notizbuch demonstrativ geschlossen.

»Mit Capsaicin-Pulver. Die Kleider wurden von innen damit präpariert. Die Substanz ist stark reizend und hat die Haut der Frauen binnen kürzester Zeit angegriffen.«

Der Chefredakteur stieß einen leisen Pfiff aus. »Donnerwetter, das klingt höchst kriminell.«

»So ist es. Um zu ermitteln, wer dahintersteckt, müssen wir möglichst viel über das Atelier erfahren. Vermutlich kennen Sie die Branche wie kein Zweiter –«

»Ich bin erst seit zwei Jahren bei der *Dame*, leite aber seit über zwanzig Jahren die *Berliner Illustrirte*, in der wir auch über Mode berichten.«

»Bitte erzählen Sie mir, was Sie über das Atelier und die Eigentümer wissen. Seriöses, Klatsch, Gerüchte, was immer Ihnen einfällt.«

»Ich hoffe, Sie haben genügend Zeit mitgebracht«, erwiderte der Chefredakteur lächelnd. »Kaffee?«

Nachdem eine Sekretärin duftenden Kaffee und eine Schale erlesen aussehender Kekse serviert hatte, lehnte sich Korff in seinem Sessel zurück. »Unterbrechen Sie mich, wann immer Sie wollen.«

Sonnenschein nickte mit vollem Mund und griff nach seinem Stift.

»Morgenstern & Fink besteht seit vier Jahren. Davor hat die Gründerin bei Simon & Block in der Kronenstraße gearbeitet.«

»Was für eine Firma ist das?«, fragte Sonnenschein.

»Sie fertigen gehobene Damenkleider und Kostüme, also das, worauf sich auch Morgenstern & Fink spezialisiert haben. Eine sehr erfolgreiche Firma, Frau Morgenstern hätte sich keine bessere aussuchen können, um ihr Handwerk zu lernen.«

»Wie wird dort produziert? Mit Zwischenmeistern und Heimarbeiterinnen?« Sonnenschein dachte an die Geschichte, die er über Carl Fink gehört hatte.

»Teils, teils. Sie haben ein großes Atelier, in dem ihre eigenen Vorführdamen den Kundinnen die Modelle präsentieren. Erlesene Einrichtung, damit sich die anspruchsvollen Damen wohlfühlen. Sie beschäftigen vierzig bis fünfzig Angestellte allein im Atelier, die dort Modelle anfertigen und auf Wunsch Änderungen vornehmen. Darüber hinaus gibt es Zwischenmeister und Heimarbeiterinnen, wenn auch in einem geringeren Maß als bei den ganz großen Konfektionshäusern, die sich auf Massenware spezialisiert haben. Dort wird nur nach diesem System produziert.«

Sonnenschein räusperte sich. »Simon & Block ist also größer als Morgenstern & Fink?«

»Um einiges größer. Ach, meinen Sie, man könnte dort besorgt sein, dass die ehemalige Mitarbeiterin die Kundinnen abwirbt? Das kann ich mir nicht vorstellen. Simon & Block ist eine eingeführte Firma, die können mit der Konkurrenz leben. Gewiss haben sie es nicht nötig, ein junges Modeatelier mit solchen Methoden zu bekämpfen.«

»Kennen Sie Anita Haase, die Assistentin von Frau Morgenstern?«

Korff zuckte mit den Schultern. »Kaum. Ich bin ihr mal bei einem Fototermin begegnet. Eine tüchtige Frau.«

Sonnenschein legte sein Notizbuch beiseite. »Können Sie mir Bilder von den Modellen beider Firmen zeigen? Fotos oder Zeichnungen? Sie haben sicher ein großes Archiv, und ich würde die Entwürfe gern vergleichen.«

»Gute Idee«, sagte Korff lächelnd. »Ich glaube zwar nicht, dass die Morgenstern plagiiert, aber ich lasse etwas für Sie kommen.« Er ging zur Tür und sprach kurz mit seiner Sekretärin.

»Bis dahin kann ich Ihnen etwas über Carl Fink erzählen. Er kommt von der Firma Janson am Hausvogteiplatz, einem der traditionellen Häuser im Konfektionsviertel, die hauptsächlich im mittleren Segment produzieren.«

Sonnenschein sah ihn fragend an.

»Verzeihung. Diese Firmen verkaufen an den gut situierten Mittelstand, sie stehen zwischen Modellkonfektion und Massenware.«

»Danke.« Sonnenschein notierte sich etwas. »War es nicht ein ziemlich gewagter Schritt für Fink, ein großes Haus zu verlassen und sich mit Morgenstern zusammenzutun?«

»Ja und nein. Man munkelte, Fink habe dem alten Janson in den Ohren gelegen, er solle eine neue, exklusivere Linie aufbauen und ihm die Verantwortung dafür übertragen. Er hielt im Übrigen auch nicht viel davon, schlecht bezahlte Heimarbeiterinnen zu beauftragen.«

»Interessant. Und aus dieser Linie wurde nichts?«

»Janson wollte wohl nicht. Er ist ein konservativer Geschäftsmann und geht nicht gern neue Wege. Vermutlich war ihm das Risiko zu groß.«

»Aber er hat riskiert, einen guten Mann zu verlieren. Fink ist doch gut, oder?«

»Einer der besten«, erwiderte Korff. »Seine Abendkleider sind unübertroffen, vielleicht die schönsten in ganz Berlin. Ich halte ihn für noch kreativer als die Morgenstern, aber sie hat das Händchen fürs Geschäft. Die Verbindung zwischen den beiden ist in jeder Hinsicht profitabel – für die Modewelt und auch für sie persönlich. Da spricht natürlich der Gesellschaftsredakteur in mir. Ein bisschen Klatsch gehört dazu.«

Sonnenschein nickte interessiert. »Hat es böses Blut gegeben, als Fink bei Janson gekündigt hat?«

»Meines Wissens nicht. Der alte Janson war sicher nicht begeistert, aber es wäre schlimmer gewesen, wenn Fink zur direkten Konkurrenz gegangen wäre. So aber stellte er keine Gefahr für ihn dar, da sich die Genres der Firmen nicht überschneiden. Ach, danke, Frau Lemke.«

Die Sekretärin legte ihm zwei große Mappen auf den Schreibtisch, die mit den Namen der beiden Firmen versehen waren. Korff räumte beflissen eine Schale mit Stiften und mehrere Aktenordner beiseite, damit sie den Inhalt auf dem Tisch ausbreiten konnten.

Sonnenschein hob die Augenbrauen. Die Modelle beider Firmen waren hinreißend. Dezente Kostüme mit ausgefallenen Blumen am Kragen; Nachmittagskleider mit Pelzbesatz am Ausschnitt; sportliche Strickkostüme, die sich eng an den Körper schmiegten, schimmernde Abendkleider. Alle waren schmal und mit tiefsitzender Taille geschnitten, wie es die Mode seit einigen Jahren verlangte. Kleider für Frauen, die wie Knaben aussahen.

»Die sind herrlich«, sagte er bewundernd.

»Nicht wahr? Aber sehen Sie mal, das ist die Handschrift von Fink.« Korff deutete auf einige Abendroben, die von vorn ganz einfach wirkten, aber tiefe Rückenansichten präsentierten. Oft spannten sich Perlenketten oder aufwändig verzierte Schnüre über die Ausschnitte. »Und hier, so mutig war die Morgenstern früher nicht.« Er zeigte auf ein Nachmittagskleid, zu dem ein Gürtel aus Pelz gehörte. Sonnenschein notierte Stichworte wie »avantgardistischer«, »zurückgenommene Linienführung« und »kühne Saumlänge« und freute sich schon darauf, Leo Wechsler einen Vortrag über Damenmode zu halten.

»Seit die Morgenstern selbstständig ist, wagt sie mehr und hat sich von der traditionellen Eleganz von Simon & Block entfernt«, erklärte Korff. »Und sie ist auch ein wenig teurer geworden. Das ist natürlich eine Grundsatzentscheidung, wenn man sein eigenes Modeatelier eröffnet – entweder die Konkurrenz preislich unterbieten oder selbstbewusst sagen, ich liefere etwas Besonderes, und das hat seinen Preis.«

Sonnenschein blickte von den Modebildern auf. »Sie sprechen von Preisen. Wie sehen die aus?«

Korff musste nicht lange nachschlagen, sondern legte gleich los: »Die Preisspanne ist gewaltig. Nehmen wir Mäntel. Im unteren Segment bekommen Sie Mäntel ab acht bis zehn Mark, und die Qualität ist nicht schlecht. Bei dreißig Mark bewegen Sie sich schon in einem exklusiveren Bereich. Das sind Modelle wie diese hier.« Er deutete auf eine Werbeanzeige, die einen »flotten Nachmittagsmantel« für 29,50 Mark anpries. »Und dann habe ich hier eine Rechnung der Firma Goetz, Kurfürstendamm 213. Sie haben eine anspruchsvolle Kundschaft, dort kaufen auch Schauspielerinnen von Film und Bühne ein. Ein grauer Mantel, 300 Mark. Ein Mantel geändert, 15 Mark. Sie sehen, allein das Ändern kostet hier mehr als anderswo ein neuer Mantel.«

Sonnenschein schrieb mit und fragte dann: »Wo würden Sie Morgenstern & Fink ansiedeln?«

»Knapp unterhalb von Goetz«, antwortete der Redakteur, ohne lange zu überlegen. »Sie haben noch nicht so viele illustre Kundinnen, sind aber auf dem besten Weg dorthin. Oder waren es.« Er zuckte mit den Schultern, als er Sonnenscheins Blick bemerkte. »Der Vorfall wird ihnen schaden, was ich sehr bedauere. Wie es heißt, war Elisabeth Bergner unter den Gästen der Modenschau. Sie als Kundin zu gewinnen, wäre ein großer Erfolg für Morgenstern gewesen, aber der dürfte jetzt gefährdet sein.« Er zögerte und schaute auf die Uhr. »Leider habe ich gleich eine Besprechung. Falls Sie noch Fragen haben, stehe ich Ihnen jederzeit zur Verfügung. Ich hoffe, die hässliche Geschichte wird bald aufgeklärt.«

Sonnenschein erhob sich, gab Korff die Hand und wollte zur Tür gehen.

»Eins noch, Herr Sonnenschein – wer immer hinter diesem Anschlag steckt, kennt sich in der Branche aus und hat sich zielsicher für eine Methode entschieden, mit der er dem Atelier am meisten schaden kann. Das war kein Außenstehender, das kann ich Ihnen versichern.«

Bei der ersten Adresse auf Leos Liste von Kundinnen schickte man sie wieder weg: Die Dame sei in den Harz gereist, erklärte das Dienstmädchen. Danach sprachen sie mit der fülligen Frau eines Reichstagsabgeordneten, die ihnen ebenso freundlich wie redselig begegnete, aber nichts Neues über den Zwischenfall im Romanischen Café zu sagen hatte.

»Mein Mann war ohnehin der Meinung, dass es ein sonderbarer Rahmen für eine derartige Veranstaltung sei, aber ich fand es ganz aufregend, mich unters Künstlervolk zu mischen. Natürlich sind das keine Leute, die wir bei uns empfangen würden, aber ein kleiner Abstecher dorthin erschien mir reizvoll.«

»Ist Ihnen irgendetwas aufgefallen, bevor die Veranstaltung begann? Personen, die nicht dorthin zu gehören schienen, die sich verdächtig verhielten?«

Die Frau überlegte ausgiebig und schien sich in der Rolle der Zeugin zu gefallen, schüttelte dann aber den Kopf. »Ich bin erst kurz vor Beginn der Veranstaltung gekommen, als die meisten Gäste schon Platz genommen hatten. Mir ist nichts Ungewöhnliches aufgefallen. Außerdem war ich etwas aufgeregt, weil die Bergner schräg vor mir saß. Meine Schwester sagt nämlich, ich hätte ein Profil wie die Bergner, da musste ich sie mir genauer anschauen.«

Walther schaffte es bis vor die Haustür, dann brach er in Gelächter aus. Leo konnte auch nicht an sich halten.

»Was schreiben die doch immer über die Bergner? Elfenzarte Gestalt? Knabenhafte Schönheit?«

»Es ging nur ums Profil«, erklärte Walther so feierlich, dass Leo wieder lachen musste.

»Sie steht übrigens als Nächste auf unserer Liste. Wie sollen wir ihr gegenübertreten, ohne an das Profil zu denken? Da müssen wir uns ganz schön zusammenreißen.« Dann wurde Leo ernst. »Der Täter war sicher viel zu geschickt, um sich dem Publikum gegenüber zu verraten. Aber wir müssen allem nachgehen.«

»Hast du die Bergner mal gesehen?«, fragte Walther, als sie in Richtung Dahlem fuhren.

»Im Film, nicht auf der Bühne. Letztes Jahr haben Clara und ich uns *Liebe* angesehen.«

»Und?«

»Die Geschichte war nicht so ganz meine Sache – eine Frau, die aus enttäuschter Liebe ins Kloster geht und sich umbringt, als der Mann sie dort aufspürt. Weil sie weder Gott noch ihre Liebe verraten will.«

»Du hast keinen Sinn für Romantik«, bemerkte Walther belustigt.

»Ich fand den Film eher deprimierend. Es hat auch noch geregnet an dem Abend. Ich habe um mich herum einige Frauen schluchzen hören, Clara zum Glück nicht. Vielleicht ist sie ebenso unromantisch wie ich. Aber die Bergner ist eine hervorragende Schauspielerin. Für die Geschichte konnte sie ja nichts.«

»Du hättest Filmkritiker werden sollen.«

Leo hob streng den Zeigefinger. »Und jetzt denken wir zur Abwechslung mal wieder an den Fall.«

Walther nickte. »Ich frage mich, ob der Täter sich damit zufriedengibt. Oder ob es beim nächsten Mal Frau Morgenstern oder Herrn Fink trifft.«

»Nicht, wenn es darum geht, das Atelier wirtschaftlich zu ruinieren. Dann wäre es ihm ein Genuss, wenn die beiden zusehen müssten, wie alles, was sie aufgebaut haben, den Bach runtergeht. Ich kann mir nicht vorstellen, dass ihnen körperliche Gefahr droht. Auch die Frauen waren für den Täter nur Mittel zum Zweck.«

Sie fuhren durch Dahlem. Selbst das braune Laub vom letzten Herbst, das die Rasenflächen bedeckte, konnte der stillen Pracht des Villenvorortes nichts anhaben. Sie bogen in den Faradayweg, und Leo hielt auf Höhe des Kaiser-Wilhelm-Instituts für Physikalische Chemie und Elektrochemie. In der Villa daneben wohnte seit Jahren Fritz Haber, der Leiter des Instituts.

Als sie ausstiegen, sah Walther zu der Villa hinüber. »Wie war das doch gleich mit Haber? Du hast mir mal etwas über ihn erzählt …«

Leo warf einen Blick auf das weiße Haus mit dem klassizistischen Giebel. »Seine Frau hat sich während des Krieges auf der Wiese vor dem Haus erschossen. Sie war Chemikerin, genau wie er. Angeblich hat sie es nicht ertragen, dass er maßgeblich für den Einsatz von Giftgas an der Westfront verantwortlich war. Sie hieß auch Clara.« Leo gab sich einen Ruck, als müsse er den Anflug von Düsternis abschütteln, der ihn beim Anblick der Villa überkommen hatte.

»Wir müssen da drüben hin, Nr. 15.« Er deutete auf die gegenüberliegende Straßenseite, wo ein großes Haus mit rotem Dach und grünen Fensterläden inmitten eines weitläufigen Parks stand. Wie durch ein Wunder hatten sie mit Frau Bergners Sekretärin einen Termin vereinbaren können. Die Schauspielerin war ständig in ganz Deutschland auf Tournee und verdankte diesem unbedingten Fleiß auch die Villa, die sie mit einer Freundin zusammen erworben hatte.

Ein Hausmädchen in schwarz-weißer Uniform öffnete ihnen die Tür. »Die gnädige Frau erwartet Sie.«

Die Schauspielerin empfing sie in einem Raum mit Sekretär und Bücherschrank, der als Empfangszimmer und Büro zu dienen schien. Sie sah beeindruckend aus, das musste Leo zugeben. Klein und zierlich, in einer weißen Bluse mit dunkler Kragenschleife, die beinahe maskulin wirkte, und einem dunklen Rock, der knapp die Knie bedeckte. Ihre Augenbrauen waren gezupft und nachgezogen und wölbten sich wie zarte Bögen über den großen, dunklen Augen.

»Bitte, meine Herren, setzen Sie sich. Leider habe ich nicht viel Zeit, da ich in zwei Tagen auf Tournee gehe. Man sagte mir, es ginge um die Modenschau.«

Sie hat eine zauberhafte Stimme, dachte Leo, deutlich tiefer, als ihr zartes Äußeres erwarten ließ, und mit einer präzisen Diktion, als wollte sie jedem einzelnen Buchstaben gerecht werden. Sie brauchte sich nicht zu fürchten, wenn Filme irgendwann vertont würden. Die Menschen würden in die Kinos strömen, nur um sie sprechen zu hören.

»Vielen Dank, dass Sie sich die Zeit genommen haben, Fräulein Bergner. Ich möchte Sie bitten, uns die Vorfälle während der Modenschau der Firma Morgenstern & Fink aus Ihrer Sicht zu schildern. Sind Sie Kundin dort?«

»Nein, noch nicht, aber ich erhielt eine Einladung und wurde neugierig. Ich habe meine bevorzugten Modehäuser, bin aber immer auf der Suche nach neuen Talenten und experimentiere gern. Also bin ich mit einem Bekannten dorthin gegangen. Wir haben Platz genommen, ein Glas Sekt bekommen, es waren Leute von der Presse da, die Fotos gemacht haben. Das Übliche eben.« Sie biss sich flüchtig auf die Lippe. »Frau Morgenstern hat einige Worte zur Begrüßung gesprochen, dann kamen die beiden Vorführdamen aus dem Nebenraum. Danach ging alles sehr schnell ... einige Schritte über den Teppich, dann schrien beide auf, schlugen mit den Händen auf Arme und Oberkörper und versuchten, die Kleider auszuziehen. Sie stürzten zu Boden, das Publikum sprang auf und rief durcheinander. Jemand lief nach draußen, um Hilfe zu holen. Mein Bekannter hat mich rasch hinausgeführt, weil mir ganz schwindlig wurde. Sie haben so fürchterlich geschrien.«

Leo räusperte sich. »Ist Ihnen irgendjemand aufgefallen? Leute, die nicht dorthin zu gehören schienen, entweder vor der Veranstaltung oder danach? Jemand, der sich davonstehlen wollte oder sich in sonst einer Weise auffällig verhalten hat?«

Elisabeth Bergner legte die Hand an die Stirn, eine Geste, die Leo als leicht theatralisch empfand. »Sie müssen verstehen, wie aufgewühlt ich war. Niemand wusste, was mit den armen Frauen geschehen war. Sie lagen am Boden, man drängte sich um sie, wollte helfen, ihr Geschrei traf einen bis ins Mark. Das alles war so unerhört und außergewöhnlich, dass ich auf nichts anderes achten konnte. Ich wollte nur noch auf die Straße, ins Freie, durchatmen und nicht mehr diese Schreie hören.«

Walther hielt inne, den Stenoblock auf den Knien. Er hob die Hand und blickte zu Leo, der nickte. Dann wandte er sich an die Schauspielerin: »Frau Bergner, gestatten Sie mir eine Frage, die Sie hoffentlich als nicht zu persönlich empfinden – würden Sie nach diesem Vorfall bei Morgenstern & Fink kaufen? Das ist keine moralische Frage, und Ihre Antwort wird diskret behandelt. Sie dient nur unseren Ermittlungen.«

Leo schaute Frau Bergner erwartungsvoll an. Sie überlegte kurz, schluckte und sagte dann mit leiser Stimme: »Kleidung ist etwas sehr Persönliches. Ich lasse sie nah an mich heran, sie bedeckt mich wie eine Haut. Daher lautet meine Antwort nein. Ich könnte dieser Firma nicht vertrauen.«

»Sehr weit sind wir noch nicht gekommen«, sagte Leo zu Walther, als sie kurz vor Feierabend ins Büro zurückkehrten. »Ich bin gespannt, ob Becker in den anderen Abteilungen etwas gefunden hat.«

»Glaubst du wirklich, die Morgenstern hat sich etwas zuschulden kommen lassen? Gestohlen oder unterschlagen?«, fragte sein Freund. »Ich verstehe natürlich deine Zweifel, der Laden ist ganz schön feudal. Und wie viel kann eine Verkäuferin wie Fräulein Haase schon gespart haben?«

»Oder eine Angestellte bei Simon & Block?«, ergänzte Leo. »Die werden sicher nicht schlecht bezahlt, aber überleg mal, sie hat sich 1923 selbstständig gemacht. Mitten in der dicksten Inflation.«

»Das war eine schlimme Zeit«, sagte Walther und schüttelte sich leicht, als überliefe ihn bei der Erinnerung daran ein Schauer. »Vielleicht bist du wirklich an was dran. Möglicherweise hat sie Dreck am Stecken, und jetzt, wo sie Karriere gemacht hat, will sich jemand an ihr rächen.«

Becker kam ihnen entgegen, als sie durch die Glastür der Inspektion A traten. »Herr Oberkommissar!« Er wedelte mit einigen zusammengehefteten Blättern. »Ich bin tatsächlich fündig geworden.«

Die drei Männer gingen rasch in Leos Büro. Beckers Wangen waren gerötet, er war sichtlich stolz auf seinen Fund. »Es hat ein paar Stunden gedauert, und ich musste mir einige dumme Bemerkungen von wegen Klinkenputzen anhören, aber dann waren die Kollegen von der Inspektion E an der Reihe. Voilà!«

Er legte die Blätter auf den Tisch. Leo beugte sich darüber und pfiff durch die Zähne. »Sieh mal, Robert. Frau Morgenstern ist bei der Sitte bekannt.«

»Lies vor.«

Am 13. Februar 1923 gegen zehn Uhr abends wurde auf Hinweis des Informanten D. ein Klub im Hinterzimmer einer Etagenwohnung in Wilmersdorf ausgehoben, in dem nicht nur gesetzwidriges Glücksspiel für ausländische Gäste betrieben, sondern auch galante Damengesellschaft angeboten wurde.
Eine Bordelltätigkeit im engeren Sinne des Gesetzes konnte nicht nachgewiesen werden, wohl aber, dass die Damen dort unter angenommenen exotischen Namen, häufig Adelstiteln, firmierten, um neugierige Herren anzulocken.
Dies erwies sich als lukrativ, da die Gäste häufig in Naturalien wie Schmuck und Gold oder in Dollar zahlten. Die Frauen wurden mit aufs Präsidium genommen und einer Befragung unterzogen. Da man ihnen keine gesetzwidrige Tätigkeit nachweisen konnte, wurden sie freigelassen, nachdem man sie fotografiert und ihre Angaben zur Person zu den Akten genommen hatte.

Das angeheftete Foto zeigte eine jüngere, anders frisierte, aber deutlich erkennbare Lotte Morgenstern.

7

Donnerstag, 17. März 1927/ Freitag, 18. März 1927

Rainer Vogt war froh, als er die Wohnungstür hinter sich geschlossen hatte. Der Tag im Institut war anstrengend gewesen – eine Auseinandersetzung wegen eines sensationslüsternen Presseartikels, für den niemand verantwortlich sein wollte, und die Sprechstunde war voll wie selten gewesen. Als er endlich Feierabend machen konnte, hatte ihm nicht der Sinn nach überfüllten Omnibussen oder Straßenbahnen gestanden, weshalb er vom Tiergarten bis nach Schöneberg zu Fuß gegangen war. Jetzt taten ihm die Füße so weh, dass ein warmes Fußbad verlockend erschien, aber es war Donnerstag.

Also zog er Schuhe, Jackett und Weste aus, krempelte die Ärmel hoch, schrubbte sich die Hände und machte sich ans Kochen. Während er Gemüse schnitt und Kartoffeln schälte, besserte sich seine Stimmung. Beim Kochen konnte er sich gut konzentrieren. Während die Kartoffeln garten, briet er das Gehackte an und gab die Zwiebeln dazu. Er öffnete eine Flasche Rotwein, schnupperte daran und gab einen großzügigen Schuss in die Pfanne. Der Duft von Wein und gebratenem Fleisch erfüllte die ganze Wohnung, und er konnte es kaum erwarten, die Schritte auf der Treppe zu hören, Schritte, die er unter tausend anderen erkannt hätte.

Als die Kartoffeln und das Gemüse gar waren, gab er alles in die Pfanne und schmeckte mit Salz, Pfeffer und anderen Gewürzen ab, die er in einem Regal über dem Herd aufbewahrte. Er hackte Kräuter mit einem Wiegemesser und fügte sie als Letztes hinzu.

Er stellte die Pfanne in der Kochkiste warm und ging ins Schlafzimmer, wo er sich nackt auszog und Hemd, Unterhose und Socken in den Wäschekorb warf. Dann stieg er unter die Brause, ein Luxus, über den er jeden Tag aufs Neue staunte, und spülte den Schweiß des Arbeitstages von sich ab.

Er rasierte sich und rubbelte die Haare trocken, ohne sie mit Pomade nach hinten zu kämmen. Das machte er an solchen Tagen nie. Er betupfte den Hals mit Eau de Cologne und schaute zufrieden in den Spiegel.

Im Schlafzimmer kleidete er sich mit besonderer Sorgfalt an – weißes Hemd, graue Hose, keine Krawatte. Er warf einen Blick auf die Uhr. Gleich acht.

Er schenkte zwei Gläser Wein ein und stellte sie auf den Tisch, legte Stoffservietten und Besteck dazu. Zupfte Kragen und Manschetten zurecht. Warf einen letzten Blick in den Spiegel und lächelte über sich selbst, weil er sich wie ein verliebter Junge aufführte. Aber war er das nicht auch?

Nein, dachte Rainer Vogt, er war mehr. Viel mehr.

Als er die Schritte auf der Treppe hörte, breitete sich die Wärme von seiner Brust bis tief in seinen Unterleib aus. Er ging in die Diele und öffnete die Tür, bevor von außen der Schlüssel ins Schloss gesteckt wurde.

»So ungeduldig, Herr Vogt?«

Rainer musste lachen. Dann wurde er ins Wohnzimmer gedrängt, spürte Lippen auf seinen und Daumen, die sanft und dann fordernder über seine Wangen fuhren.

Diese Stunden und die gemeinsamen Nächte danach waren es, für die er lebte. Gewiss, die Arbeit im Institut erfüllte ihn, aber diese Augenblicke waren es, die seinem Leben eine Form verliehen, die Wärme, die ihn nach einem nüchternen Tag umhüllte. Natürlich wäre es schön gewesen, ihn immer für sich zu haben, gemeinsam eine Wohnung zu mieten, in der Öffentlichkeit vertraut miteinander umzugehen, aber er wusste, dass er das nicht haben konnte. Er hatte sich mit dem Gedanken abgefunden, es vielleicht nicht mehr zu erleben, dass eine Liebe wie ihre erlaubt wäre. Er wusste, dass er alles hatte, was er sich erhoffen konnte. Und das war viel.

Am nächsten Morgen rief Leo sofort bei Morgenstern & Fink an, ließ sich mit der Chefin verbinden und kam gleich zur Sache.

»Um Ihren Fall aufzuklären, müssen wir die Vergangenheit aller beteiligten Personen überprüfen. Ihr Name taucht in den Unterlagen der Inspektion E auf, die für Sittlichkeitsdelikte zuständig ist.«

Die Stille am anderen Ende war beinahe greifbar. Er hörte, wie Lotte Morgenstern schluckte und sich dann räusperte. »Ich verstehe. Aber es kann nichts mit dem Anschlag zu tun haben, ganz gewiss nicht. Ich habe niemandem geschadet, habe deswegen nicht vor Gericht gestanden … Ich brauchte das Geld, um mich selbstständig zu machen.«

»Es wäre aber ein Grund, Sie zu erpressen«, sagte Leo. »Jemand erinnert sich daran oder erkennt Sie wieder und kommt auf die Idee, sein Wissen zu Geld zu machen.«

»Angenommen, es wäre so – hätte der Erpresser nicht eher gedroht, damit an die Presse zu gehen? Wozu der ganze Aufstand mit dem Gift in den Kleidern, ohne dass jemand eine Forderung an mich stellt?«

Die Frau war klug, dachte Leo. »Denkbar wäre aber auch, dass jemand aus Rache gehandelt hat. Sie haben sich damals in zwielichtigen Kreisen bewegt und Männer zum Glücksspiel verleitet, bei dem es möglicherweise nicht ganz mit rechten Dingen zuging. Vielleicht hat sich jemand ruiniert, der jetzt, da Sie Erfolge feiern, die Gelegenheit nutzt, um es Ihnen heimzuzahlen.«

»Gewiss«, sagte sie bedächtig, als legte sie sich die Antwort beim Sprechen zurecht, »aber die meisten Kunden waren Ausländer, die sich längst nicht mehr in der Stadt aufhalten. Nachdem die Inflation und damit auch der große Spaß vorbei war, sind sie weitergezogen. Das wissen Sie ebenso gut wie ich, Herr Wechsler.«

»Sie können mir also versichern, dass es wegen dieser alten Geschichte keine Erpressung oder Drohung gegen Sie gegeben hat?«

»Das würde ich sogar beschwören«, kam die prompte Antwort. Dann fügte sie zögernd hinzu: »Es ist nicht nötig, es publik zu machen, oder? Ich habe niemandem davon erzählt, es ist mir heute unangenehm.«

Leo verabschiedete sich, ohne sich auf Versprechungen einzulassen, und legte auf.

Walther sah ihn fragend an. »Niete?«

»Sieht ganz so aus.«

»Wäre auch zu schön gewesen. Halbseidener Nebenverdienst im Spielklub, während sie tagsüber brav Kleider entwirft, dann der große Durchbruch, und schon steht der Erpresser auf der Matte. Aber wir können nicht alles haben. Also Janson?«

Leo ging zu Fuß zum Hausvogteiplatz. Der Weg vom Präsidium war nicht weit und führte durch das Herz Berlins, den ältesten Teil der Stadt. Am Werderschen Markt kam er am Kaufhaus Gerson vorbei. Eine gute Adresse, hier hatte früher der preußische Hof eingekauft. Und doch zog es die anspruchsvolle Kundschaft in letzter Zeit nach Westen, zum Kurfürstendamm und in die umliegenden Straßen.

Leo lief gern zu Fuß durch Berlin, wenn er Gelegenheit dazu hatte. Nie lernte man mehr über eine Stadt, als wenn man sich durch die Straßen treiben ließ. Er kam selten in dieses Viertel. Obwohl sich die Couture inzwischen im Westen angesiedelt hatte, war dies immer noch das Zentrum der Berliner Konfektion. Hier entstand Kleidung, die in der ganzen Republik und weit über deren Grenzen hinaus verkauft wurde.

Er blieb stehen und betrachtete die Fassaden der grauen Häuser, an denen sich die Firmennamen drängten, ein Spiegelbild des Konkurrenzkampfs, der hinter ihren Mauern herrschte. Die Straßen waren voller Lieferwagen, Pferdefuhrwerke, Fahrräder und Botenjungen, die Handkarren schoben oder zogen. Leo dachte bei sich, wie wenig glanzvoll dieser Platz doch wirkte. Nichts ließ erahnen, dass hier seit hundert Jahren halb

Deutschland eingekleidet wurde. Die Firmen hätten ebenso gut Wasserhähne oder Kochtöpfe verkaufen können.

Als ihn ein Botenjunge unsanft anrempelte, zuckte Leo zusammen. In Berlin blieb man nicht stehen und starrte in die Luft.

Er schaute auf die Tafel mit den Namen, die neben dem Eingang hing. *H. Janson & Sohn – Damenmäntel und Kleider.* Hier war er richtig. Schon wurde die Tür von innen aufgerissen, und ein Mann zwängte sich ungeduldig an ihm vorbei, während ein Paketbote hinter Leo in den Flur eilte und mit einer knappen Entschuldigung zur Treppe stürzte.

Leo ging in den zweiten Stock hinauf, wo es allmählich ruhiger wurde. Er trat durch die Doppeltür mit den runden Fenstern aus geschliffenem Glas, neben der ein blank poliertes Messingschild mit dem Firmennamen angebracht war.

Das Vorzimmer war mit einem dicken Teppich ausgelegt. Hinter einem Schreibtisch saß eine Frau mittleren Alters mit goldgerahmter Brille, die gerade den Telefonhörer auf die Gabel legte. »Guten Tag. Was kann ich für Sie tun?«

Leo wies sich aus. »Ich bin mit Herrn Janson verabredet.«

»Senior oder junior?«, fragte sie und warf einen Blick in den aufgeschlagenen Kalender, der neben ihr lag.

»Wenn möglich, beide.«

Sie stand auf und deutete auf die Polsterstühle, die aufgereiht an der Wand standen. »Wenn Sie kurz Platz nehmen möchten.«

Fast wie beim Zahnarzt, dachte Leo, als er sich niederließ und die gerahmten Modebilder an den Wänden betrachtete. Die Modelle schienen von guter Qualität, waren aber weit entfernt von dem, was er bei Morgenstern & Fink gesehen hatte. Der Raum mit den schweren Möbeln, dem dunklen Teppich und den Messinglampen vermittelte den Eindruck von Tradition. Das hier war eine Firma, die schon im vergangenen Jahrhundert ihre Kundschaft bedient hatte, die im Kaiserreich aufgestiegen und zu Geld gekommen war. Er versuchte, sich Carl Fink in diesen Räumen vorzustellen, doch der Mann passte irgendwie nicht hierher.

Von nebenan drangen Stimmen herüber, irgendwo ratterte eine Nähmaschine, aber alles klang gedämpft.

»Herr Wechsler? Kommen Sie bitte mit.«

Er folgte der Sekretärin durch einen langen Flur, in dem alte Fotografien hingen – Aufnahmen des Hausvogteiplatzes aus der Zeit der Pferdekutschen, Innenansichten der Firmenräume, Zeichnungen von Nähmaschinen, gerahmte Urkunden, Porträts des Gründers und seiner Familie.

Die Sekretärin öffnete die Tür am Ende des Flurs. »Herr Direktor, Herr Oberkommissar Wechsler für Sie.« Sie trat beiseite und ließ ihn ein.

Allerheiligstes, war Leos erster Gedanke. Dunkelgrüne Samtvorhänge, die den Lärm des Platzes unter ihnen erstickten, Orientteppiche auf dem Boden, Möbel, wie in der Zeit erstarrt, einer Zeit, die umso ferner schien, da der Krieg sie für immer weit in die Vergangenheit geschoben hatte. Der Raum wirkte beklemmend, und Leo konnte kaum atmen, obwohl es angenehm nach Holz und Leder roch.

Der Mann hinter dem gewaltigen Schreibtisch war etwa siebzig Jahre alt. Mit seinen weißen Haaren und dem gepflegten Vollbart, Kneifer und goldener Uhrkette schien auch er dem vorigen Jahrhundert entstiegen. Doch Leo ließ sich nicht täuschen – die dunklen Augen betrachteten ihn aufmerksam, schienen geradezu Maß zu nehmen.

»Hermann Janson.« Er streckte die Hand über dem Schreibtisch aus. »Mein Sohn Ernst. Bitte nehmen Sie Platz.«

Der jüngere Mann verharrte schräg hinter seinem Vater, als säßen sie einem Maler Porträt. Leo schätzte ihn auf Mitte dreißig. Er war nicht groß, aber kräftig, mit braunem Haar, das bereits schütter wurde. Er trug eine Brille mit eckigem Stahlgestell und war glattrasiert, ein Gesicht ohne besondere Merkmale.

Der Seniorchef verschränkte die Hände auf der Tischplatte und schaute Leo erwartungsvoll an. »Wir haben nicht oft die Polizei im Haus. Was können wir für Sie tun?«

»Es geht um den Anschlag auf die Firma Morgenstern & Fink.«

»Steht hinter diesem entsetzlichen Vorfall wirklich ein Komplott gegen die Firma?«, fragte Ernst Janson. »In den Zeitungen hieß es, vielleicht habe man es auf die armen Frauen abgesehen.«

»Wir sind uns sicher, dass jemand diesen abscheulichen Weg gewählt hat, um dem Atelier zu schaden. Die Frauen waren nur zufällige Opfer des Anschlags.«

Der alte Janson räusperte sich. »Ich kann das nicht glauben. Ich bin seit über fünfzig Jahren in diesem Geschäft und habe viel erlebt, erbitterte Konkurrenzkämpfe, Werksspionage, Abwerben von Mitarbeitern – aber nicht so etwas. Ist das … die neue Zeit?« Seine Stimme klang fragend, als wäre er sich seiner selbst nicht sicher.

»So würde ich es nicht ausdrücken, Herr Janson. Aber in der Tat handelt es sich um einen grausamen Anschlag, bei dem zwei Frauen verletzt worden sind. Die Folgen für das Modeatelier dürften gravierend sein. Kundinnen werden sich womöglich zurückziehen und bei der Konkurrenz kaufen, weil sie fürchten, ihnen könnte etwas Ähnliches passieren. Der oder die Täter haben sich ganz bewusst die Kleider selbst als Ziel ausgesucht.«

»Das alles ist sehr bedauerlich«, warf der Sohn ein. »Aber gestatten Sie mir die Frage, warum Sie damit zu uns kommen.« Sein Vater nickte und schaute Leo abwartend an.

»Ganz einfach – um den oder die Schuldige zu ermitteln, müssen wir herausfinden, wer der Firma schaden will.« Er hob die Hand, als Ernst Janson widersprechen wollte. »Dazu müssen wir uns ein Bild von der Vergangenheit der betroffenen Personen machen und von ihrem beruflichen Werdegang. Soweit ich weiß, hat Herr Fink lange für Sie gearbeitet.«

»Das ist richtig«, erklärte Janson Senior. »Er hat – lassen Sie mich überlegen – 1906 als junger Bursche bei uns angefangen. Gleich in der Entwurfsabteilung, sein Talent war nicht zu übersehen. Er hat am Empfang drei Zeichnungen abgegeben, das war seine Bewerbung. Meine Sekretärin wollte sie schon wegwerfen, als ich sie zufällig gesehen habe. Ich habe ihn herbestellt und vor meinen Augen einen Entwurf anfertigen lassen. Ein Nachmittagskleid mit Spitzenkragen und geknöpftem Mieder, das vergesse ich nie.« Leo bemerkte, wie ein wehmütiges Lächeln über das Gesicht des Mannes huschte. »Daraufhin habe ich ihn eingestellt und es nie bereut. Er wurde unser wichtigster Konfektionär. Die Jahre ohne ihn waren schwer.«

»Meinen Sie die letzten Jahre, seit er die Firma verlassen hat?«, fragte Leo sofort.

Der alte Mann winkte ab. »Nein, nein, er war von 1915 bis 1917 an der Westfront. Danach brauchte er Zeit, um sich wieder einzugewöhnen. Als ich hörte, dass er zurück in Berlin ist, habe ich ihm geschrieben, seine Stelle sei noch frei. Zwei Wochen lang kam keine Antwort, dann stand er eines Morgens mit dem Hut in der Hand bei mir im Büro und sagte, er könne wieder anfangen.«

Der alte Mann hatte Fink geschätzt, dachte Leo, mehr noch, er hatte ihn gern gehabt. »Wie kam es zu der Trennung vor drei Jahren?«

Dies schien das Stichwort für den Sohn zu sein.

»Herr Fink besaß immer einen Hang zum Besonderen, zum Exklusiven. Unsere Ware ist hochwertig, aber wir fertigen keine Couture. Ich vermute, dass Fink einfach etwas Neues wagen wollte, und das hat er nun bei Morgenstern gefunden. In jeglicher Hinsicht.«

Leo sah ihn scharf an, doch das Gesicht des Mannes blieb unbewegt. »Sie sprechen von seiner Ehe?«

»Er hat es gut angetroffen, nicht wahr? Hat sich eine Ehefrau geangelt und die Teilhaberschaft am Atelier dazu. Kurfürstendamm, beste Adresse.«

Hermann Janson schob ruckartig den Sessel nach hinten, woraufhin sein Sohn beinahe stolperte. »Ich dulde nicht, dass du so über Carl redest. Er hat eine berufliche Entscheidung getroffen, die ich bedauere, die ihm aber Gutes gebracht hat. Wir haben passenden Ersatz gefunden, Herr Wechsler. Ich bin Geschäftsmann und weiß, dass niemand unersetzlich ist. Leider.«

Der jüngere Janson presste die Lippen aufeinander und trat ans Fenster, die Hände in den Hosentaschen. Die Erregung war ihm deutlich anzumerken, und Leo fragte sich, wie oft Vater und Sohn deswegen schon gestritten hatten.

»Haben Sie sich im Unfrieden voneinander getrennt?«, fragte Leo. »Sie beide und Fink? Oder einer von Ihnen?«

Ernst Janson drehte sich um und betrachtete ihn kalt. »Nein, das haben wir nicht. Mein Vater hat völlig recht, man kann jeden Mitarbeiter ersetzen. Ich gebe zu, ich war enttäuscht, als Fink gekündigt hat. Er hat alles, was er weiß, bei uns gelernt. Mein Vater war großzügig, hat ihn hervorragend bezahlt und ihm die Stelle frei gehalten, obwohl wir unter der Kriegswirtschaft zu leiden hatten. Andererseits …«

Sein Vater wollte etwas einwerfen, doch der junge Janson hatte sich in Rage geredet. »Andererseits habe ich auch, anders als du, erkannt, dass Fink nicht mehr zu uns passte. Er hatte sich Ideen in den Kopf gesetzt, wollte die Produktion völlig umstellen, aus dem System aussteigen, das seit Jahrzehnten funktioniert.«

»Jetzt fang nicht davon an, Ernst, das interessiert die Polizei doch nicht. Das sind alte Geschichten.«

»Mit Verlaub, Herr Janson, mich interessiert alles, was die berufliche Laufbahn von Herrn Fink betrifft. Ich nehme an, es geht um die Heimarbeiterinnen.«

Vater und Sohn sahen ihn überrascht an, und Leo holte sein Notizbuch aus der Tasche. »Ich zitiere eine Zeugenaussage: ›Es war von einem Streit mit dem alten Janson die Rede. Hatte mit den Arbeitsbedingungen der Näherinnen zu tun. Heimarbeiterinnen, Sie wissen schon. Herr Fink hat ihm vorgeworfen, er würde produzieren wie vor zwanzig Jahren.‹«

Er schaute von einem Mann zum anderen. Der Jüngere gab sich nach wie vor kampflustig, während sein Vater betroffen wirkte. Hermann Janson räusperte sich.

»Das ... erzählt man sich?«

»Ja. Entspricht es den Tatsachen?«

»Dass Fink das behauptet hat? Ja. Dass er damit recht hat? Nein«, erklärte der Sohn kurz angebunden. »Unser System hat sich für unsere Zwecke bewährt. Wer Mäntel verkauft, die mehrere hundert Mark kosten, kann sich eine eigene Werkstatt leisten. Wir können das nicht. Schluss, aus.«

»Haben Sie noch Verbindung zu Herrn Fink?«, fragte Leo.

Beide Männer verneinten. Hermann Janson begann, seinen Kneifer zu polieren, und Leo kam es vor, als wollte er damit seinem Blick ausweichen.

Er stand auf und gab den Männern die Hand.

»Wenn wir Ihnen behilflich sein können, melden Sie sich«, sagte der alte Janson, woraufhin sein Sohn ihn missbilligend ansah.

»Ich wüsste nicht, was es noch zu sagen gibt.«

»Manche Fragen fallen mir erst später ein«, sagte Leo höflich. »Aber ich bin sicher, dass ich mich auf Ihrer beider Unterstützung verlassen kann. Auf Wiedersehen, meine Herren.«

Leo atmete durch, als er in den Korridor trat. Nicht nur die Luft dort drinnen, auch die Atmosphäre zwischen den beiden Männern war geradezu erstickend gewesen. Und es schien, als hätte sich Fräulein Haase in einem geirrt – wenn es Streit gegeben hatte, dann zwischen Carl Fink und Janson junior.

»Bei mir sieht's düster aus«, sagte Robert Walther, als sie nach Feierabend bei Aschinger eine Suppe aßen. »Bei Simon & Block haben sie nur Gutes über Lotte Morgenstern zu berichten. Bedauern ihr Ausscheiden, haben ihren Aufstieg wohlwollend zur Kenntnis genommen, wussten allem Anschein nach nichts von dem Nebenverdienst im Spielklub. Wie war's bei Janson?«

Leo wischte sich den Mund ab. »Interessant. Da konnte ich psychologische Studien über das Verhältnis von Vater und Sohn betreiben. Aber ob es dem Fall hilft, wage ich zu bezweifeln.«

»Streit in der Familie?«

»Nicht unbedingt. Aber der Vater bedauert bis heute, dass Fink weggegangen ist, das war ihm deutlich anzumerken. Der Sohn hingegen ist herzlich froh. Könnte eifersüchtig gewesen sein. Der alte Janson hat Fink in den höchsten Tönen gelobt.«

Walther wischte mit der Schrippe den Suppenteller aus. »Und die Sache mit den Heimarbeiterinnen?«

»Diese Auseinandersetzung hat wohl eher zwischen Ernst Janson und Fink stattgefunden, nicht zwischen Fink und dem Senior.«

Walther schob den Teller weg und stützte den Kopf in die Hand. »Auch die Zeitungsredakteure haben bis jetzt nichts Greifbares geliefert. Natürlich versuchen

Morgenstern und Fink, der Konkurrenz die Kundinnen abzuwerben, aber das ist kein Verbrechen, das diese kriminelle Energie rechtfertigen würde.«

»Wir stehen aber auch noch ganz am Anfang«, sagte Leo.

Walther sah ihn überrascht an.

»Was ist los?«, fragte Leo.

»Du lernst also doch von mir. Von wegen Optimismus. Das Glas ist halb voll, nicht halb leer. Morgen ist auch ein Tag.«

Leo lachte. »Du hast mir so lange damit in den Ohren gelegen, bis ich irgendwann auf dich gehört habe.«

Walther wurde wieder ernst. »Quatsch. Es liegt an Clara, sie hat dich verändert. Wenn ich daran denke, wie du warst, als du mit Ilse und den Kindern zusammengewohnt hast. Immer so ernst, immer für dich. Ich sage dir, Frauen können einiges bewirken. Ich bin das beste Beispiel.«

»Du warst immer schon der größte Optimist, den ich kenne.«

»Das meinte ich nicht«, sagte Walther. »Ich will den Schrebergarten verkaufen.«

»Was?« Leo sah ihn entgeistert an. »Der war doch immer dein Zufluchtsort. Ich weiß noch –«

»– wie wir Erdbeeren gepflückt haben, als Rathenau erschossen wurde. Ich kann auch nie Erdbeeren essen, ohne daran zu denken. Es war eine schöne Zeit mit dem Garten, aber … Jenny hat am Wochenende oft zu tun, tritt abends auf, singt vor, muss proben. Da will ich lieber so viel Zeit wie möglich mit ihr verbringen, statt umzugraben und Unkraut zu jäten. Der Garten macht viel Arbeit. Und ist weit draußen.«

Leo musterte ihn. »Wenn Jenny es dir wert ist, dann mach es. Aber überlege es dir gut, sonst tut es dir irgendwann leid.«

Walther lachte unbekümmert. »Danke, aber ich hab's mir schon überlegt. Mit Jenny hat etwas Neues angefangen. Sie ist mir wichtiger als frisches Gemüse.«

»Das musst du Marie dann selbst erklären. Sie fragt mich nämlich jedes Frühjahr, wann es endlich wieder Erdbeeren gibt.«

Walther kniff ihm ein Auge. »Ich habe meine Quellen. Mein Nachbargärtner hebt mir sicher welche auf.«

Leo trank sein Bier aus. Walthers Worte hatten ihn an den bewegten Sommer vor fünf Jahren erinnert, in dem er Clara kennengelernt hatte. Er dachte an den Anschlag auf Rathenau, von dem er in Walthers Schrebergarten erfahren hatte, und an die schreckliche Armut nach dem Krieg. Auch er und Clara hatten Hindernisse überwinden müssen. Die wirtschaftliche Not, die Begegnung mit Claras geschiedenem Mann, der in einen Fall verwickelt war, die Auseinandersetzung mit Ilse, die ausgezogen war und sich ein neues Leben hatte aufbauen müssen. Er, Clara, Marie und Georg waren zu einer Familie zusammengewachsen, seine Schwester Ilse war ihren Weg gegangen. Und Leo war dankbar für das Glück, das sie gefunden hatten.

Er bezahlte an der Theke, dann verließen sie das Lokal und verabschiedeten sich, weil Walther in die andere Richtung musste. Der März in Berlin war noch kalt, und Leo wickelte den Schal fester um den Hals. Der Alexanderplatz verwandelte sich allmählich in die größte Baustelle Berlins, überall wurde das Erdreich umgegraben und das Pflaster aufgerissen, um Platz für die neuen U-Bahn-Linien zu schaffen. Alte Häuser mussten der Neugestaltung weichen; wo sie gestanden hatten, klafften Lücken wie Wunden, die sich erst in Jahren schließen würden. Der Lärm der Maschinen drang inzwischen bis ins Präsidium vor.

Auf dem Weg zur S-Bahn bemerkte Leo eine Gruppe Männer in gelbbraunen Hosen und Hemden, die sich vor dem Kaufhaus Tietz versammelt hatten. Trotz des kühlen Wetters trugen sie keine Mäntel, als wollten sie ihre Uniformen stolz zur Schau stellen.

8

Samstag, 19. März 1927/ Sonntag, 20. März 1927

Am Samstag hatte Magda Schott die Praxis nur vormittags geöffnet. Daher seufzte sie, als Ilse Wechsler um halb eins den Kopf hereinsteckte und noch einen Patienten ankündigte.

Magda winkte sie herein. »Ist es der Letzte für heute?« Sie wollte übers Wochenende nach Anklam fahren, um ihre Cousine zu besuchen, und so früh wie möglich Schluss machen.

Ilse nickte und schaute zur Tür. »Es ist Herr Dohm.«

»Schon wieder?«

Ilse zuckte mit den Schultern. »Dabei sieht er immer so gesund aus.«

Magda nahm die Brille ab und rieb sich den Nasenrücken. »Schick ihn rein.«

»Ich räume das Wartezimmer auf, dann können wir zusammen abschließen«, sagte Ilse. »Auf dem Heimweg bringe ich noch die Bestellung für das Verbandmaterial in der Apotheke vorbei.«

»Danke.«

Als Ilse ins Wartezimmer trat, schaute der Musiker sie an und erhob sich, den Hut in der Hand. Sein Blick wanderte zu seinem Instrument, und sie kam der Frage zuvor.

»Natürlich passe ich auf, gehen Sie nur hinein.«

Er nickte und verschwand im Sprechzimmer. Ilse konnte ein Lächeln nicht unterdrücken, als ihr Blick auf den Cellokasten mit dem Namensschild aus Messing fiel.

»Der Husten ist nicht besser geworden?«, fragte die Ärztin, nachdem sie Richard Dohm abgehört hatte. »Seltsam, Ihre Lunge ist nämlich ganz frei. Genau wie beim letzten Mal. Keinerlei Anzeichen von Bronchitis oder Lungenentzündung oder auch nur Heiserkeit.« Sie lehnte sich an den Schreibtisch und verschränkte die Arme, während Herr Dohm sein Hemd zuknöpfte und die Weste wieder anzog.

Er räusperte sich verlegen. »Es kommt vor allem nachts. So ein raues Gefühl im Hals, das nicht vergeht, selbst wenn ich ein Glas Wasser trinke. Ich mache mir Sorgen, dass es auch während der Proben auftritt, ein Husten oder Räuspern würde erheblich stören. Können Sie mir ein Mittel dagegen verschreiben?«

Die Ärztin setzte sich an den Tisch und notierte etwas auf ihren Rezeptblock.

»Falls die Beschwerden nicht nachlassen, würde ich nächste Woche gern noch einmal vorbeikommen.«

Magda Schott riss das Blatt ab und reichte es ihm. »Vielleicht ist das gar nicht nötig, Herr Dohm. Das hier sollte Ihren Husten kurieren.«

Der Cellist nahm das Blatt entgegen, las es und stutzte. »Was soll das, ich meine …«

»Das ist mein ärztlicher Rat«, erwiderte sie mit einem Lächeln. »Sie werden sich wundern, wie schnell Sie gesund werden, wenn Sie ihn befolgen. Ich wünsche Ihnen ein angenehmes Wochenende.«

Nachdem sich der Musiker mit hochroten Wangen verabschiedet hatte, räumte Magda in aller Ruhe den Schreibtisch auf und horchte dabei auf Geräusche aus dem Nebenzimmer. Sie hatte die gepackte Reisetasche mit in die Praxis gebracht, damit sie von hier aus gleich zum Bahnhof fahren konnte. Vor dem Spiegel richtete sie ihre Haare, wusch sich die Hände, setzte den Hut auf und rückte ihn zurecht. Dann zog sie Mantel und Schal an, trat ans Fenster und schob die Gardine beiseite. Richard Dohm ging gerade zur Straßenbahnhaltestelle, im Arm den Cellokasten, als wäre dieser eine weibliche Begleitung.

Hinter ihr öffnete sich die Tür. Ilse stand auf der Schwelle, angezogen und bereit zum Gehen.

»Was schaust du denn so?«, fragte Magda Schott. »Diesen Gesichtsausdruck habe ich noch nie an dir gesehen.«

»Mich hat auch noch nie ein Patient in die Konditorei eingeladen.« Ilse wurde verlegen. »Warum lachst du?«

»Ich freue mich immer, wenn Patienten meinen ärztlichen Rat befolgen.«

Ida Schinkel blieb unvermittelt auf der Treppe stehen, stellte die Einkaufstasche ab und horchte. Es war Samstagabend und still im Haus. In der Luft hing der Geruch von Bohnerwachs und Gulasch. Sie kam von ihrer Schwester, die ihr drei Pfund Kartoffeln mitgegeben hatte, die sie in der Tasche bis hierhergeschleppt hatte. Unten im Hausflur pfiff jemand vor sich hin, die

Schritte entfernten sich in Richtung Hof. Doch das war es nicht, was sie gehört hatte.

Ein Kratzen und Schaben, es kam vom Treppenabsatz hinter ihr. Plötzlich spürte sie ihren Herzschlag und machte einen Schritt zur Tür hin, obwohl sie lieber nach oben in ihre Wohnung geeilt wäre.

Dann blieb sie erneut stehen und horchte noch einmal. Da war es wieder, als kratzte jemand von innen an der Wohnungstür. Sie drückte die Klingel und wartete. Nichts, auch das Geräusch war jetzt verstummt. Sie blieb einige Minuten stehen und klingelte erneut, doch in der Wohnung rührte sich nichts mehr.

Sie ging nach unten, so schnell es ihr Rheuma zuließ, und klopfte im Erdgeschoss an die Tür der Hausmeisterwohnung.

»Moment!«, rief Herr Korte von drinnen. Schlurfende Schritte, dann öffnete er, ein Handtuch um die Schultern, die schütteren Haare feucht, das Gesicht gerötet. »Tut mir leid, Frau Schinkel, bin gerade beim Inhalieren. Um die Jahreszeit hab ich's immer an den Bronchien.« Er schlug sich auf die Brust, um die Worte zu unterstreichen. »Was gibt's denn?«

Sie erzählte es ihm. Der Hausmeister schaute sie argwöhnisch an und warf einen Blick über die Schulter zu dem Brett, an dem eine Reihe Schlüssel von beschrifteten Haken hingen. »Sie meinen, ihm sei was passiert?«

»Es ist jemand in der Wohnung, ich habe die Geräusche deutlich gehört. Unmittelbar hinter der Tür.«

Herr Korte nickte knapp. »Na schön, einen Augenblick.« Er lehnte die Tür an, und sie hörte, wie er drinnen mit seiner Frau sprach. Einige Minuten vergingen, dann tauchte er in Hemdsärmeln und Weste wieder auf, auf dem Kopf eine Strickmütze. Er geriet schon bei der zweiten Treppe außer Atem, und Frau Schinkel dachte unwillkürlich, dass Rheuma vielleicht nicht das Schlimmste war; immerhin war Herr Korte mindestens zehn Jahre jünger als sie.

»So.« Er blieb keuchend vor der Wohnungstür stehen und klingelte der Ordnung halber noch einmal. »Herr Vogt!«, rief er. »Machen Sie auf!«

Nichts.

Er schloss die Tür auf und drückte dagegen, doch sie rührte sich nicht. Korte sah Frau Schinkel an und zuckte mit den Schultern. »Die klemmt.«

»Versuchen wir es zusammen.« Sie trat neben ihn, dann stemmten sie sich mit aller Gewalt gegen die Tür. Sie gab nach, wenn auch zögernd. Der Spalt war nur eine Hand breit, reichte aber aus, um den reglosen Körper und die Blutlache zu sehen, die sich auf dem Linoleum ausgebreitet hatte.

Marie war bei einer Freundin und Georg beim Zelten. Also hatten Leo und Clara den Sonntagnachmittag genutzt und waren durch den Tiergarten gebummelt.

Jetzt saßen sie in der Konditorei Buchwald, vor sich Kaffeetassen und Teller mit Baumkuchen. Clara zwinkerte Leo zu, während sie die Gabel energisch in die Kuchenscheibe stieß.

»Das hier ist wohl eher für einsame Herzen«, sagte sie leise.

»Warum?« Leo schaute sich im Gastraum um, durch dessen Fenster man auf die von noch kahlen Bäumen gesäumte Spree blickte. Die Einrichtung hatte die Zeit überdauert, hier gab es weder Bauhaus noch Art Déco, nur solides Holz und Vitrinen mit Baumkuchen in Geschenkverpackung.

Dann bemerkte er, dass sie das einzige Paar waren.

Einige Tische weiter saßen zwei alte Damen, deren Hüte noch die Kaiserzeit erlebt hatten, in einer Ecke ein Herr von etwa siebzig Jahren, der sich hinter seiner Zeitung verschanzte.

»Stimmt. Fühlst du dich unwohl?« Er sah so besorgt aus, dass Clara lächelnd nach seiner Hand griff.

»Unsinn, überhaupt nicht. Sie tun mir nur leid, weil sie allein sind, während ich hier mit dem Mann sitze, den ich liebe.«

Leo küsste ihre Handfläche und drückte sie an seine Wange. Clara fuhr mit ihrem Fuß an seinem Unterschenkel empor, sicher verborgen unter der Tischdecke.

Er grinste. »Wir sollten nach Hause gehen, bevor sich jemand über uns beschwert.«

»Dann iss deinen Kuchen auf.« Sie schob ihren leeren Teller beiseite. »Georg war so aufgeregt heute Morgen. Dabei geht es nur in den Köpenicker Forst.«

»Er ist kaum einmal aus Berlin herausgekommen«, sagte Leo nachdenklich.

Clara sah ihn strafend an. »Hör auf, dir Gedanken um Geld zu machen. Wir kommen wunderbar zurecht, es ist uns nie so gut gegangen. Seine Klassenkameraden unternehmen auch keine großen Reisen.«

Leo lachte reumütig. »Robert würde mir die Leviten lesen, wenn er mich hören könnte. Erst gestern hat er gesagt, du hättest mich zu einem Optimisten gemacht.«

»Na bitte! Also hör auf, dir unnötige Sorgen um deinen Sohn zu machen. Er hat vor Glück gestrahlt, als er und Wolfgang mit Rucksack und Zelt losgezogen sind.« Sie hob die Kaffeetasse und stieß mit ihm an. »Auf den Optimismus.«

Dann gingen sie zu Fuß nach Hause; es war ein netter Spaziergang vom Hansaviertel bis nach Moabit, zumal es tagsüber ungewöhnlich warm war. Als sie in die Emdener Straße bogen, bemerkten sie einen Mann, der unsicheren Schrittes vor ihnen ging und sich mit einer Hand an den Hausmauern abstützte. Mit der anderen drückte er ein Tuch ans Gesicht. Leo überholte ihn und blieb vor ihm stehen.

»Joachim, was ist denn mit dir passiert?«

Sie waren seit vielen Jahren Nachbarn. Joachim Kern war Kommunist und im Rotfrontkämpferbund aktiv, und sie hatten sich in der Eckkneipe ebenso freundschaftliche wie hitzige Diskussionen geliefert.

Kern nahm das Tuch weg und gab den Blick auf eine Platzwunde an der rechten Wange frei, die vermutlich genäht werden musste. Das Auge darüber war zugeschwollen, unter seiner Mütze war Blut über das linke Ohr gesickert und zu einer dicken Kruste geronnen. Kern verzog den Mund zu einem schiefen Grinsen, zuckte aber zusammen, als sich sein Gesicht bewegte.

»Wir waren mit Hoffmann, dem Abgeordneten, auf dem Rückweg von Jüterbog. Die haben den Zug überfallen, zweimal, in Trebbin und dann noch mal am Bahnhof Lichterfelde-Ost.«

»Wer?«, fragte Leo. Clara war neben sie getreten und reichte Kern ein sauberes Taschentuch.

»SA-Leute. Hunderte. Die haben den Zug gestürmt und wollten auf uns los. Haben geschrien: ›Schlagt die roten Hunde tot!‹ Als sie nicht ins Abteil konnten, haben sie die Fensterscheiben eingeschlagen.« Er schloss kurz die Augen, als wäre ihm schwindlig. »Sind mit Fahnenstangen auf uns drauf. Haben Steine geworfen. Alles war voller Blut. Irgendwie bin ich in Lichterfelde-Ost entkommen. Aber einige von uns hat's schwer erwischt. Feige Schweine sind das, allesamt!«

»Mehrere hundert?«, fragte Leo ungläubig. »Und mit allen auf euch paar Mann?«

»Irgendwann kamen die Schupos und haben aufgeräumt.« Sie gingen langsam nebeneinander her.

»Ist Ihre Frau zu Hause?«, fragte Clara. »Eigentlich brauchen Sie einen Arzt.«

»Geht schon, ist ja nicht das erste Mal. Die Grete kennt das schon und kümmert sich um mich.«

Vor seiner Haustür blieben sie stehen. Leo drückte Kerns Schulter. »Sag Bescheid, wenn du Hilfe brauchst. Ich bin gespannt, was die Zeitungen darüber schreiben.«

Kern versuchte erneut zu grinsen. »Soll ich dir was sagen, Leo? Wenn die den Verein endlich verbieten, war es mir das wert. Heute haben sie es übertrieben, das kann die Politik nicht dulden. Dieser Goebbels, der sogenannte Gauleiter von Berlin, ist ein übler Hetzer. Der hat sie aufgestachelt, darauf gebe ich dir mein Wort. Aber das werden sich Polizei und Politik nicht bieten lassen. Hitler hat seit zwei Jahren Redeverbot, und dabei wird es nicht bleiben.«

»Das hoffe ich sehr.«

Kern tippte sich an die Mütze und wankte in den Hausflur.

Leo und Clara gingen schweigend die wenigen Meter bis zu ihrem Haus.

»Er sieht wirklich schlimm aus«, sagte Clara, als sie in den Hausflur traten. »Hoffentlich kann seine Frau die Wunde versorgen.«

»Feige Bande! Die schüren den Hass gegen Rote, Juden, wer immer ihnen nicht in den Kram passt. Ich kann nur hoffen, dass Joachim recht behält und die Politik eingreift. Die sollten den ganzen Verein verbieten.«

Lotte Morgenstern und Carl Fink hatten beim Frühstück beschlossen, den Sonntagnachmittag im Atelier zu verbringen. Sie hatten einander angesehen und gewusst, dass sie es nicht ertragen konnten, untätig in der Wohnung zu sitzen.

»Lass uns arbeiten«, hatte Carl gesagt.

»Ich habe Ideen für den Herbst«, hatte Lotte entgegnet, als müssten sie sich nicht fragen, ob das Atelier den nächsten Herbst erleben würde. Es war dieses Einverständnis, das ihre Beziehung so besonders machte. Die unbedingte Konzentration auf die Arbeit. Kein Widerspruch, man könne am Sonntag nicht arbeiten oder es sei pietätlos, so kurz nach dem Anschlag weiterzumachen, als wäre nichts geschehen.

Lotte war aufgestanden und hatte ihm übers Haar gestrichen. »Danke, dass du heute für mich da bist.«

Er hatte genickt. »Rainer weiß Bescheid. Wir treffen uns morgen.«

Im Atelier arbeiteten sie ruhig und konzentriert. Die Märzsonne schien warm ins Entwurfszimmer, und Lotte zog die Strickjacke aus. Zwischendurch schaute sie zu Carl, der an seinem Zeichenpult stand, weil er am liebsten im Stehen arbeitete. Es gab niemanden, mit dem sie besser arbeiten konnte, und doch schweiften ihre Gedanken heute ab.

»Möchtest du einen Kaffee?«, fragte sie schließlich, und Carl knurrte zustimmend.

Sie ging in die Teeküche, ließ Wasser in einen Topf laufen und stöpselte ihr neues Spielzeug, einen Eltron-Tauchsieder, ein. Die alten Geräte waren ihr zu unhandlich und gefährlich für den Hausgebrauch gewesen, doch dieser hatte sie sofort überzeugt. Letztes Jahr war sie in die Hinterhofwerkstatt in der Reichenberger Straße gefahren und hatte sich dort gleich zwei Geräte abgeholt – eins für zu Hause und eins fürs Atelier.

Sie hängte den Tauchsieder in einen Topf mit Wasser und wartete, bis Blasen darin aufstiegen. Dann gab sie Kaffee in den Porzellanfilter, goss das kochende Wasser darüber und sah gedankenverloren zu, wie der Kaffee in die Kanne tropfte.

Lotte wollte gerade Kanne und Tassen auf ein Tablett stellen, als jemand an die Ladentür hämmerte. Am Sonntag? Sie eilte nach vorn und traf auf Carl, den der Lärm ebenfalls aufgeschreckt hatte. Draußen war es dunkel, doch die Gestalt, die sich von außen an die Scheibe presste, war im Schein der Schaufensterbeleuchtung zu erkennen: ein älterer Mann, der verzweifelt mit den Fäusten gegen das Glas trommelte.

»Er blutet«, sagte Lotte, woraufhin Carl sofort den Schlüssel holte und die Tür öffnete. Er wollte den Mann hereinziehen, als vier SA-Leute hinterherdrängten.

»Her mit dem Juden!«

»Schnell!« Carl schob den Mann hinein, zu Lotte, die ihn rasch zu einem Sessel führte. »Setzen Sie sich. Ich bin gleich wieder da.«

Sie eilte zu Carl zurück, der sich mit aller Gewalt gegen die Tür stemmte und versuchte, den Schlüssel umzudrehen. Lotte warf sich ebenfalls dagegen, während die Männer in den braunen Uniformen draußen lärmten und gegen die Scheiben schlugen. In der Nähe splitterte Glas.

Dann endlich war die Tür zu. Carl ließ die Jalousie herunter und eilte nach hinten, um den kleinen Erste-Hilfe-Koffer zu holen, den sie in der Teeküche aufbewahrten, dazu ein trockenes und ein nasses Handtuch.

Lotte nahm die Sachen entgegen und fing an, das Gesicht des zitternden Mannes zu säubern. »Möchten Sie einen Schnaps? Carl, geh einen holen. Und Kaffee.«

Dann schaute sie den Mann genauer an. Er mochte Anfang siebzig sein, mit dichtem weißen Haar und dunklen Augenbrauen, einer kräftigen Nase und einem Mund, der von tiefen Falten umrahmt wurde. Seine Haut war leicht gebräunt. Er war dunkel gekleidet, trug aber keinen Hut. Vielleicht hatte er ihn bei dem Überfall verloren.

»Was ist passiert?«, fragte Lotte, nachdem sie ihm das Blut aus dem Gesicht gewischt hatte.

»Sie waren auf einmal da«, sagte er mit stockender Stimme. »Ich war gerade aus dem Taxi gestiegen und wollte zum Marmorhaus, um mir einen Film anzusehen. Jemand rief etwas von ›Judenpack‹, dann gingen sie schon auf mich los. Es kam so plötzlich, ich konnte die Hände nicht mehr vors Gesicht nehmen. Es waren junge Kerle in Uniformen.«

Lotte atmete tief durch und sah ihn fragend an. »Hat Ihnen niemand geholfen?«

»Doch, doch, ein Mann hat gerufen, sie sollen aufhören, sonst würde er die Polizei holen. Aber er war allein, und sie waren zu viert. Immerhin konnte ich bis zu Ihrem Geschäft laufen. Dann habe ich die Trillerpfeifen der Schupos gehört.«

Carl kam herein und reichte dem alten Mann das Schnapsglas. Seine Hände zitterten so sehr, dass er etwas davon auf seine Hose verschüttete.

»Soll ich die Polizei rufen?«

Der Mann schüttelte den Kopf. »Nein, danke. Wenn ich darf, ruhe ich mich noch ein wenig aus und nehme dann ein Taxi nach Hause.«

Lotte biss sich auf die Lippe und wollte etwas fragen, schluckte die Frage aber hinunter. Stattdessen erkundigte sie sich: »Brauchen Sie wirklich keinen Arzt? Oder soll ich jemanden anrufen, Ihre Frau, Ihre Kinder?«

Er winkte ab. »Ich bin Witwer.« Er ergriff Lottes Hände. »Vielen, vielen Dank, es hat gutgetan, so netten Menschen zu begegnen.« Dann schaute er sich um und schien zum ersten Mal die Ladeneinrichtung wahrzunehmen. »Oh, ich habe mich in einen Damenmodesalon verirrt?«

Danach plauderten Lotte und Carl mit ihm über die Modehäuser, in denen seine verstorbene Frau eingekauft hatte, welche Farben ihr am besten gestanden hatten und wo er sich selbst einkleidete. Als sein Gesicht wieder Farbe angenommen hatte, stand er auf und gab ihnen die Hand. »Nochmals ganz herzlichen Dank, das werde ich Ihnen nicht vergessen.«

Carl sah ihn an und sagte zögernd: »Ich finde, Sie sollten dennoch zur Polizei gehen. Je mehr Leute sich über diese Schläger beschweren, desto besser. Vielleicht können Sie sie sogar beschreiben, so dass sich die Täter ermitteln lassen.«

Der alte Mann nickte. »Ich werde es mir überlegen. Aber im Augenblick möchte ich den Vorfall lieber vergessen.«

»Ich rufe Ihnen ein Taxi.« Carl ging auf die Straße. Ein Stück weiter fuhr ein Mannschaftswagen der Polizei vor, die Schupos sprangen heraus und stürmten ins Romanische Café. Carl hörte, wie erneut Glas zersplitterte. Ein Junge rannte an ihm vorbei und rief atemlos: »Die schlagen das Romanische kurz und klein!« Auf der gegenüberliegenden Seite schlenderten Passanten dahin, als wäre nichts geschehen.

Ein Taxi hielt am Straßenrand, als der Fahrer Carls erhobene Hand bemerkte. Erst nachdem sie den alten Herrn zum Wagen begleitet und sich von ihm verabschiedet hatten, fiel ihnen auf, dass sie gar nicht nach seinem Namen gefragt hatten.

»Meinst du, er ist wirklich Jude?«, fragte Lotte, als sie die Ladentür abgeschlossen hatten und wieder nach hinten ins Entwurfszimmer gegangen waren. Sie waren beide sehr still geworden.

Carl zuckte mit den Schultern und fing an, die Zeichensachen wegzuräumen. »Ist das von Bedeutung?«, fragte er müde.

Sie schämte sich fast für die Frage. »Nein, ist es nicht.« Sie legte ihm die Hand auf die Schulter und drückte sie sanft. »Lass uns nach Hause fahren.«

Die Leuchtreklamen blinkten, die bunten Lichter spiegelten sich auf der regennassen Straße, doch Lotte spürte, dass der Kurfürstendamm an diesem Tag etwas von seinem Zauber verloren hatte.

Georg Wechsler biss die Zähne zusammen, damit keiner hörte, wie sehr sie klapperten. In der Dunkelheit hatte es sich abgekühlt. Das Lagerfeuer wärmte ihn leider nur von vorn; sein Rücken war fast taub. Es kam ihm vor, als verströmte der dichte Wald hinter ihnen eine Kälte, die ihm bis in die Knochen drang. Doch er durfte sich nichts anmerken lassen. Wer ein Adler sein wollte, durfte sich weder von Witterung noch von Dunkelheit einschüchtern lassen. Das wusste er, und dennoch fühlte Georg sich nicht vorbereitet auf das, was man ihm hier abverlangte. Ihre bisherigen Treffen bei Wolfgangs Oma in der Laube waren anders gewesen. Dieser Wald dagegen schien fern jeder Zivilisation, ein einsamer, wilder Ort, der nichts mit dem Berlin, das er kannte, gemein hatte. Georg war froh, dass er doch noch auf Clara gehört hatte, die darauf bestanden hatte, ihm die Winterjacke einzupacken. Natürlich sah das Halstuch mit der Anstecknadel zu einem Hemd viel besser aus, aber die anderen Jungen waren auch warm angezogen. Er saß ganz allein da, das war die Mutprobe. Eine halbe Stunde allein am Lagerfeuer im Wald. Nun, das konnte nicht so schwer sein, er war immerhin dreizehn, fast so alt wie Wolfgang. Er war nur später dazugekommen. Wenn die Kleinen das geschafft hatten, würde er sich nicht blamieren.

Da! Ein Knacken. Ein Zweig brach unter einem Fuß. Einem menschlichen Fuß? Georg versuchte die Erinnerung an die Märchen zu vertreiben, die Vati und Ilse ihm früher vorgelesen hatten, Märchen von finsteren Wäldern, in denen es nie hell wurde, in denen die Sonne nicht den Boden berührte, in denen Wesen umgingen, die Menschen das Herz abkauften.

Georg schüttelte sich und zog die Jacke enger um sich. Wie lange noch? Er war sicher schon eine Viertelstunde allein, mindestens. Oder täuschten ihn die Angst und der Wunsch, die Zeit möge rasch vorübergehen, damit er nicht länger hier sitzen musste?

Ein Käuzchen rief. Georg zuckte unwillkürlich zusammen.

Ein Licht flackerte zwischen den dunklen Baumstämmen, die ihn wie stumme Wächter umgaben. Dann noch eins, schräg rechts von ihm. Kerzen, das waren nur Kerzen. Und das alles um ihn herum war nur ein Wald.

Er zwang sich, ruhig zu atmen. Wie lange noch?

Als eine Stimme hinter ihm ertönte, fuhr er herum. Sein Herz schlug so heftig, dass es ihm in den Ohren dröhnte. Sein Magen schien sich aufzublähen, nahm ihm von innen die Luft.

Da war kein Mensch, nur eine Stimme, die flüsterte und dröhnte zugleich, ein Geräusch, bei dem es ihn kalt überlief. Noch schlimmer war, dass er kein Wort verstand. Eine fremde Sprache? Eine Geheimsprache? Natürlich steckten die anderen Jungen dahinter, wer sonst hätte die entlegene Lichtung in der Dunkelheit gefunden? Und doch konnte er seine Angst kaum unterdrücken.

Georg schloss die Augen. Er verlor jedes Zeitgefühl, saß einfach da im Schneidersitz, während seine Beine einschliefen und der Rücken immer kälter wurde.

Dann plötzlich loderte eine Flamme zwischen den Bäumen empor, Schatten stürzten hervor und umringten ihn, etwas strich über sein Gesicht. Er öffnete die Augen und griff danach. Es war eine Feder. Eine Adlerfeder?

»Du bist aufgenommen in den Bund der Adler«, ertönte Wolfgangs Stimme. »Du hast deinen Mut unter Beweis gestellt und bist für würdig befunden worden, zu diesem Kreis zu gehören. Lass uns das mit unserem Blut besiegeln.«

Von Blut war keine Rede gewesen. Beklommen streckte Georg den Arm aus, und Wolfgang ritzte ihn mit seinem Taschenmesser. Das Messer wanderte von einer Hand zur nächsten, und alle ritzten sich im Fackelschein.

»Jetzt taucht jeder den Zeigefinger in sein Blut und berührt damit den Schnitt am Arm seines rechten Nebenmannes.«

Es war wie ein Reigen, als ihre Hände nacheinander die gleiche Geste vollzogen.

»Der Kreis ist vollendet, das Blut ist eins«, verkündete Wolfgang. »Wir haben einen Bund geschlossen und werden treu zueinanderstehen. Wer einen von uns angreift, greift alle an. Wer einen verletzt, verletzt alle. Das gilt in der Schule, auf der Straße, in der Familie. Der Bund ist die höchste Pflicht, die größte Ehre, das einzige Gesetz, dem wir gehorchen. Schwört ihr das?«

»Wir schwören«, erklangen elf Jungenstimmen.

»Und wer sich als Adler bewährt, ist für noch Größeres ausersehen. Seid ihr dazu bereit?«

»Das sind wir.«

Georg spürte, wie ihn ein Schauer überlief, doch diesmal war es nicht die Kälte, sondern Ehrfurcht, das feierliche Gefühl, etwas Neuem beizuwohnen.

Danach ging es fast zu wie bei den Pfadfindern. Sie kochten Suppe über dem Feuer, sangen Lieder, in denen es um ferne Länder und Abschied und Abenteuer ging und bei denen etwas in seiner Brust wehtat, doch es war ein angenehmer Schmerz. Und dann erzählten sie sich Geistergeschichten und jemand las im Feuerschein aus *Ein Kampf um Rom* vor, bis die Flammen erstarben und die Jungen in ihre Zelte krochen, um Schutz vor der Kälte zu suchen.

9

Sonntag, 20. März 1927/ Montag, 21. März 1927

Der Polizeiarzt hatte nur noch den Tod von Rainer Vogt feststellen können, woraufhin man die Leiche zur Sektion in die Hannoversche Straße gebracht hatte. Die Todesursache war rasch ermittelt – ein Schlag auf den Hinterkopf mit einem stumpfen Gegenstand, der den Schädel zertrümmert hatte. Die Tatwaffe hatte man bisher nicht gefunden.

Am Sonntag durchsuchten Otto Trettin und Albert Dettmann, beide Beamte in Kriminalrat Gennats Mordkommission, die Wohnung des Toten.

»Sieht gar nicht nach einer Junggesellenwohnung aus«, sagte Dettmann, als er sich im Wohnzimmer umschaute. Die meisten Möbel stammten aus dem vorigen Jahrhundert. Sie waren aus hellem Holz gefertigt und machten den Raum licht und behaglich. An den Fenstern hingen zarte Gardinen, die viel Sonne hereinließen; auf dem Fensterbrett sah man einen Blumenkasten, in dem erste grüne Triebe sprossen. »Das ist ja richtig gemütlich hier. Und pieksauber.« Er schlenderte durchs Zimmer, überflog die Titel in dem breiten Bücherregal, das bis unter die Decke reichte, zog einige Bände und Zeitschriften heraus, blätterte darin und pfiff durch die Zähne.

Über dem kleinen Schreibtisch in der Ecke hingen gerahmte Fotos. Dettmann trat näher, um sie zu betrachten. Ein älteres Ehepaar in dunkler Kleidung, vermutlich die Eltern. Drei Jungen an einem Badesteg. Eine Gruppe junger Männer in einem Biergarten. Ein offiziell wirkendes Bild, das vier Männer unterschiedlichen Alters vor einem imposanten Gebäude zeigte. Dettmann runzelte die Stirn und ging nach nebenan ins Schlafzimmer, wo sein Kollege bei der Arbeit war.

»Schon was gefunden?«

Otto Trettin blickte ungehalten auf. Er war im Präsidium für seine cholerische Art bekannt und galt als Schrecken aller Sekretärinnen. »Bis jetzt nicht viel. Der Mann hatte trockene Lippen.«

Dettmann sah den Kollegen, der eine kleine Dose in der Hand hielt, entgeistert an.

»Wie bitte?«

»Er hatte Vaseline in der Nachttischschublade.«

Als Dettmann losprustete, verlor Trettin sofort die Beherrschung. »Was soll das alberne Gelächter?«

»Kommen Sie mal mit.«

Er ging zum Bücherregal und deutete willkürlich auf einige Titel, nahm andere heraus und breitete sie auf dem Wohnzimmertisch aus.

Ein Programmheft des Films *Anders als die Andern.* Schriften des Wissenschaftlich-Humanitären Komitees. Eine Ausgabe der Zeitschrift *Der Eigene*. Dann ging er zu den Fotos, nahm eins von der Wand und hielt es Trettin hin. »Kennen Sie dieses Haus? Das Institut für Sexualwissenschaft, In den Zelten, Ecke Beethovenstraße. Und hier haben wir den Toten zusammen mit Dr. Magnus Hirschfeld.«

Trettin schaute auf die Dose, die er noch in der Hand hielt, und warf sie mit einer angewiderten Bewegung aufs Sofa. »Ein Fall für die Inspektion E?«

Dettmann zuckte mit den Schultern. »Gut möglich, dass er einen Puppenjungen mitgenommen hat, der ihn ausrauben wollte. Keine Einbruchsspuren an der Tür, nichts durchwühlt. Allerdings habe ich Bargeld und eine schöne Taschenuhr gefunden, die hätte ein Dieb wohl mitgenommen. Also suchen wir weiter.«

Schließlich war es Trettin, der etwas fand. Er kam mit einem Prospekt in der Hand aus der Küche und hielt ihn Dettmann hin, der gerade in einem Fotoalbum blätterte. »Schauen Sie mal, der lag im Küchenschrank.«

Auf dem Prospekt war die Zeichnung einer eleganten Frau zu sehen, die ein knielanges Abendkleid und eine Pelzstola trug und dem Betrachter über die Schulter entgegenblickte. Trettin deutete auf den Namenszug.

»Dann ist das wohl ein Fall für den Kollegen Wechsler.«

Um acht Uhr stand Georg vor der Tür. Clara machte ihm auf und sah ihn besorgt an. »Du siehst ganz schön verfroren aus. Soll ich dir einen Teller Suppe aufwärmen?«

Der Junge nickte, zog die Jacke aus und hängte sie an die Garderobe. »War eine gute Idee von dir.« Er deutete auf die Jacke und grinste.

»Dachte ich mir. Wie war's denn? Hattet ihr Spaß?«

Sie gingen in die Küche, wo Clara die Suppe aus dem Kastenfenster holte und auf den Herd stellte. »Von

Tante Ilse, Kartoffelsuppe mit Speck.« Sie stellte ihm ein Glas Milch hin.

»Wo ist Vati?«, fragte Georg. »Muss er arbeiten?«

»Nein, er ist noch mal kurz zu Kerns nach nebenan gegangen.« Sie erzählte ihm, was mit Joachim Kern geschehen war, und Georg sah sie entsetzt an. »Was, die sind mit so vielen auf so wenige losgegangen, nur weil es Rote waren?«

»Sieht so aus. Herrn Kern hat es ziemlich schlimm erwischt. Dein Vater wollte sich nur davon überzeugen, dass er wirklich keinen Arzt braucht.« Sie rührte in der Suppe und schaute Georg über die Schulter an. »Aber jetzt erzähl mal, was ihr gemacht habt. Oder ist das streng geheim?«

Sie sah, wie ein seltsamer Ausdruck über Georgs Gesicht huschte, nur kurz, es konnte auch Einbildung gewesen sein. Dann lächelte er. »Es war ganz prima. Wir haben Feuer gemacht und Brot geröstet. Wolfgang hatte sogar Würstchen dabei. Wir haben Lieder gesungen und Geistergeschichten erzählt, das war ganz schön unheimlich, weil es im Wald so dunkel war. Nirgendwo war Licht, nur das Feuer, so finster wird es hier in der Stadt nie. Und dann sind wir durch den Wald gelaufen und haben versucht, uns nur am Gehör zu orientieren. Das war ziemlich schwer.« Als er nach dem Milchglas griff, rutschte sein Hemdsärmel hoch, und Clara bemerkte die kleine Schnittwunde am Unterarm.

»Oh, du hast dich verletzt.«

Er schob rasch den Ärmel hinunter. »Ach, das ist nichts. Hab mich an einem Ast gekratzt.« Georg erzählte noch, dass sie demnächst lernen würden, wie man die Nachtvögel an ihren Rufen unterscheiden und sich im Dunkeln an den Sternen orientieren konnte. »Hast du vielleicht ein Buch darüber, das du mir leihen kannst?«

»Bestimmt. Komm morgen vorbei, dann schauen wir nach.«

Sie schöpfte ihm Suppe auf den Teller und schnitt zwei Scheiben Brot ab. Er fiel hungrig über das Essen her. Dann hörte sie, wie die Wohnungstür aufging. Leo kam in die Küche. »Joachim geht es schon besser, er braucht … Georg!« Er drückte seinem Sohn die Schulter. »Und, Abenteuer erlebt?«

»Ja, war aufregend, Vati.«

Clara schaute die beiden liebevoll an. Dennoch, etwas machte sie stutzig. Und dann wurde ihr klar, was es war: Georg hatte zu viel geredet. Welcher dreizehnjährige Junge erzählte seiner Stiefmutter ausführlich von nächtlichen Abenteuern mit seinen Freunden? Ein Junge, der von etwas anderem ablenken wollte.

Als Leo am nächsten Morgen ins Büro kam, wartete Albert Dettmann im Vorzimmer auf ihn. Er lehnte lässig an der Tür und schien Fräulein Meinelt mit einem lustigen Erlebnis vom Wochenende zu unterhalten. Er war ein gut aussehender Mann, der Schlag bei Frauen hatte.

»Morgen, Wechsler«, sagte er lässig. »Ich habe etwas Wichtiges für Sie. Können wir?« Er deutete mit dem Kopf zur Verbindungstür, die in Leos Büro führte.

»Bitte nach Ihnen.« Leo nahm den Hut ab. »Guten Morgen, Fräulein Meinelt. Ich hoffe, Sie hatten ein angenehmes Wochenende.«

»Ja, ich war mit meiner Schwester im Konzert.

Brahms, die Philharmoniker unter Furtwängler. Wir hatten Glück, noch Karten zu bekommen. Möchten Sie Kaffee?«

»Danke, gern.«

Er folgte Dettmann nach nebenan, hängte Hut und Mantel auf und setzte sich an den Schreibtisch. Dann verschränkte er die Arme und sah den Kollegen an. »Was kann ich für Sie tun?«

»Wir hatten am Samstag einen Todesfall in Schöneberg. Ein Mann namens Rainer Vogt wurde am frühen Abend in seiner Wohnung in der Nollendorfstraße erschlagen aufgefunden, der Obduktionsbericht müsste heute eintreffen. Die Befragung der Hausbewohner hat bis jetzt nicht viel ergeben. Ein ruhiger, freundlicher Mieter, der mit niemandem Streit hatte oder unangenehm aufgefallen ist. Hat stets pünktlich die Miete gezahlt. Er wohnte seit sechs Jahren dort, es ist ein gepflegtes Haus.«

Leo nickte, fragte sich aber im Stillen, was das mit ihm zu tun hatte.

»Ich komme gleich zur Sache«, sagte Dettmann, der Leos Verwunderung zu bemerken schien. »Gestern habe ich mit dem Kollegen Trettin die Wohnung durchsucht. Der Tote war vermutlich homosexuell, wir haben Anhaltspunkte dafür in der Wohnung gefunden. Dort hängt unter anderem ein Foto an der Wand, das ihn zusammen mit Dr. Magnus Hirschfeld und weiteren Herren vor dessen Institut am Tiergarten zeigt. Auch haben wir einschlägige Literatur gefunden und … persönliche Dinge.« Er räusperte sich. »Ich bin zu Ihnen gekommen, weil Herr Trettin das hier im Küchenschrank des Toten entdeckt hat.«

Dettmann legte den Prospekt auf den Tisch. »Morgenstern & Fink. Das ist doch Ihr Fall.«

Leo sah verblüfft von dem Modeprospekt zu seinem Kollegen. »Das ist in der Tat erstaunlich. Haben Sie weitere derartige Unterlagen gefunden?«

»Nein. Der Prospekt ist das einzige Beweisstück, das auf eine mögliche Verbindung zu Ihrem Fall deutet. Dem Inhalt seines Kleiderschranks nach zu urteilen, kleidete er sich gut, aber nicht besonders auffällig oder teuer.«

»Hatte er beruflich mit Mode zu tun?«

»Nein. Er arbeitete im Institut von Dr. Hirschfeld. Wir sind noch nicht dort gewesen. Nachdem Trettin das hier gefunden hatte, haben wir beschlossen, erst mit Ihnen zu sprechen, da Sie den Fall vermutlich übernehmen möchten.«

In diesem Augenblick kam Fräulein Meinelt mit dem Kaffee herein und stellte Dettmann lächelnd einen kleinen Teller Plätzchen hin. »Sie wollen morgens ja nichts Süßes, Herr Oberkommissar.«

Leo sah ihr mit hochgezogenen Augenbrauen nach, während sich der Kollege sofort ein Plätzchen in den Mund schob.

»Es muss keinen Zusammenhang geben, aber nach dem angeblichen Einbruch im Januar und dem Anschlag ... Was sagt Herr Gennat dazu?«

»Ich bin in seinem Auftrag hier.«

Dann war es also nur eine Sache der Höflichkeit gewesen, ihn vor die Wahl zu stellen, dachte Leo. Der Kriminalrat war ein Mann, der Autorität ausübte, ohne Befehle zu erteilen; das galt auch für den Umgang mit Untergebenen.

»Dann richten Sie Herrn Gennat bitte aus, dass ich den Fall selbstverständlich übernehme. Sollte sich herausstellen, dass keine Verbindung zu Morgenstern & Fink besteht, melde ich mich bei ihm.«

Dettmann erhob sich und nahm noch ein Plätzchen. Dann zuckte er mit den Schultern. »Nicht alle Kommissare werden so gut versorgt wie Sie.« Er deutete über die Schulter nach nebenan. »Falls Fräulein Meinelt einmal eine neue Stelle suchen sollte …«

Leo lächelte. »Ich kann unmöglich auf sie verzichten, auch wenn ich selbst keine Plätzchen bekomme.«

Die Kollegen sahen Leo verblüfft an. »Wir sollen den Fall auch noch übernehmen? Unser eigener ist ganz schön aufwändig, und wir haben bis jetzt kaum Fortschritte erzielt«, sagte Walther missmutig.

Leo deutete auf den Prospekt. »Den können wir nicht ignorieren. Wir sollten Frau Morgenstern und ihren Mann umgehend fragen, ob sie den Toten gekannt haben. Das erledige ich. Danach entscheiden wir, ob wir für den Fall Rainer Vogt zuständig sind oder nicht.«

Er schaute in die Runde. »Bis dahin konzentrieren wir uns auf das Capsaicin. Die Verwendung ist ziemlich begrenzt. Wir können bei Gewürzhändlern anfragen, wobei es unwahrscheinlich ist, dass sie es anbieten, zumal die reine Substanz ausgesprochen teuer ist. Wir sollten uns vor allem an Apotheken und Chemikalienhändler halten. Forschungslabors. Der Arzt in der Charité erwähnte, dass demnächst Pflaster auf den Markt kommen sollen, in denen die Substanz enthalten ist.«

»Die Liste abzuarbeiten, ist gut und schön, setzt aber

voraus, dass das Capsaicin rechtmäßig erworben wurde«, gab Hasselmann zu bedenken.

»Guter Gedanke. Also: Wer hat in den vergangenen Monaten Capsaicin gekauft? Zweite Frage: Wurde die Substanz irgendwo gestohlen, oder gab es unerklärliche Fehlmengen im Bestand? Wir gehen die gesamte Liste durch.« Leo erhob sich mit Schwung. »Erst alle Firmen, die Telefon haben, der Rest wird persönlich befragt.«

Leo war schon auf dem Weg zur Tür, als Sonnenschein sich räusperte. »Ich hoffe, Morgenstern & Fink hat den gestrigen Abend gut überstanden.«

»Sie meinen die Verwüstungen auf dem Kurfürstendamm?«, fragte Leo.

Sonnenschein nickte ernst. »Es heißt, sie hätten auf offener Straße Leute verprügelt, die ihnen jüdisch vorkamen. Wer weiß, ob sie vor Geschäften Halt gemacht haben. Der Name, Sie wissen schon.«

»Primitive Schläger«, sagte Hasselmann wegwerfend. »Im Romanischen Café haben sie auch randaliert.«

»Mein Nachbar ist denen schon vorher begegnet, im Zug und auf dem Bahnhof Lichterfelde-Ost. Sie haben ihn fürchterlich zugerichtet und sind von dort aus in die Innenstadt gezogen. Ich kann nur hoffen, dass die Kollegen da hart durchgreifen, das darf sich nicht wiederholen.«

»Der ganze Verein gehört verboten«, knurrte Walther und griff nach der Liste. »Na los, ich übernehme die Apotheken.«

Leo fuhr mit der S-Bahn vom Präsidium zum Zoologischen Garten. Er nahm einen kleinen Umweg und ging am Romanischen Café vorbei, wo Glaser damit beschäftigt waren, zerbrochene Scheiben auszubauen. Ein Mann im Arbeitskittel fegte auf der Außenterrasse Scherben zusammen, andere trugen kaputtes Mobiliar heraus und stapelten es am Straßenrand. In der Zeitung hatte er gelesen, dass selbst im Café Gäste von SA-Männern verprügelt worden waren.

Die Vorfälle hatten etwas Unwirkliches; fast fühlte er sich in die chaotische Zeit nach dem Krieg zurückversetzt, als an der Front die Waffen endlich ruhten, in den Straßen Berlins aber weitergekämpft wurde. Und doch war das hier anders: Die Gewalt war nur von einer Seite ausgegangen, die Angreifer waren drückend überlegen gewesen.

Während Leo weiterging, staunte er einmal mehr, wie anders der Kurfürstendamm bei Tag aussah, ohne die bunten Leuchtreklamen und die Lichter der Theater, Kinos und Cafés. Es war, als verkleidete sich der Boulevard, als legte er ein graues Kleid an, um wie jede andere Berliner Straße auszusehen. Leo bemerkte einige zerbrochene Scheiben, ansonsten sah die Gegend aus wie immer. Lieferwagen hielten vor den Geschäften, Straßenfeger reinigten den Gehweg vom nächtlichen Unrat.

Erleichtert stellte Leo fest, dass das Atelier von außen unbeschädigt und geöffnet war.

Die Ladenglocke klingelte melodisch, als er die Tür öffnete. Anita Haase stand über die Verkaufstheke gebeugt und blickte auf, als er eintrat. Es war keine Kundin zu sehen.

»Guten Morgen, Herr Wechsler.« Fräulein Haase deutete auf eine Tür zu ihrer Linken. »Ich nehme an, Sie möchten Frau Morgenstern und Herrn Fink sprechen. Er ist leider gerade außer Haus, aber Sie finden Frau Morgenstern im Entwurfszimmer.« Sie schaute wieder auf die Unterlagen, die vor ihr auf dem Glastresen lagen, doch Leo blieb vor ihr stehen, bis sie den Blick wieder hob. »War noch etwas?«

»Haben Sie eigentlich zusammen mit Frau Morgenstern bei Simon & Block gearbeitet?«, fragte Leo. »Kennen Sie einander von dort?«

Sie sah ihn überrascht an. »Nein, ich war bei Gerson in der Mantelabteilung angestellt. Lotte und ich haben uns auf einem Fest kennengelernt und gemerkt, dass wir in derselben Branche arbeiten.«

»In welcher Position haben Sie bei Gerson gearbeitet?«

»Als Verkäuferin, Erstkraft hinter dem Abteilungsleiter.«

»Eine gute Position«, sagte Leo.

»Gewiss. Ich hätte irgendwann zur Abteilungsleiterin aufsteigen können.«

»Aber Sie haben sich entschieden, einer jungen Modeschöpferin den Weg zum eigenen Atelier zu ebnen, und sogar Geld hineingesteckt.«

»Weil ich an Lotte geglaubt habe. Nachdem ich ihre Entwürfe gesehen hatte, war ich sofort überzeugt. Aber es waren nicht die richtigen Modelle für Simon & Block, das war uns beiden klar.«

»Sie haben also nie befürchtet, Ihr Geld zu verlieren?«

Anita Haase schaute ihn aus großen Augen an. »Ich

habe auf Lottes Talent vertraut. Es war mir das Risiko wert.« Ihr Gesicht wurde weich. »Ich stand tagein, tagaus zwischen meinen Mänteln und wurde gut dafür bezahlt. Man übertrug mir eine gewisse Verantwortung, die Kundinnen kauften gern bei mir. Ich arbeitete im angesehensten Haus am Platze, und doch fehlte mir etwas. Aufregung, das Gefühl, etwas Eigenes zu schaffen, ein geschäftliches Abenteuer.«

»Noch eine letzte Frage. Warum sind Sie nicht Teilhaberin geworden?«

Es war eine flüchtige Regung, nur ein Schatten, der über ihr Gesicht huschte. »Mein finanzieller Beitrag war vergleichsweise bescheiden, Herr Wechsler. Und das Gestalterische liegt allein in den Händen von Lotte und Herrn Fink. Sie sind es, die das Atelier zu dem gemacht haben, was es jetzt ist.«

»Ich danke Ihnen, Fräulein Haase.« Leo nickte ihr zu und trat durch die Tür, die in den hinteren Bereich des Ateliers führte.

Noch bevor Leo seine Frage stellen konnte, erzählte Lotte Morgenstern von dem Vorfall mit dem alten Mann.

»Ich weiß, Sie sind nicht dafür zuständig, aber es war erschreckend. Und er war nicht der Einzige, der angegriffen wurde.«

»Vorhin bin ich am Romanischen Café vorbeigekommen, dort haben sie auch gewütet«, sagte Leo. »Die Presse ist empört, man wird hoffentlich hart durchgreifen. Sind Sie auch bedroht worden?«

»Zum Glück nicht«, sagte Lotte Morgenstern. »Aber wir konnten die Tür nur mit Mühe vor diesen Schlägern verschließen und den alten Herrn in Sicherheit bringen. Leider wollte er nicht zur Polizei gehen. Und seinen Namen haben wir nicht erfahren.«

Leo fühlte sich an das erinnert, was er im Herbst vor vier Jahren in der Spandauer Vorstadt erlebt hatte. Damals hatte die Polizei untätig zugesehen, wie Juden verprügelt wurden. Als sie schließlich eingriff, hatte man statt der Täter die Opfer verhaftet.

Plötzlich veränderte sich Frau Morgensterns Gesichtsausdruck, sie wurde blass. »Sind Sie wegen … unseres Telefonats hier?« Sie schaute sich um, obwohl sie allein im Zimmer waren.

»Nein«, sagte Leo.

»Da bin ich aber froh. Ich habe mir seitdem den Kopf zerbrochen, kann aber wirklich keine Verbindung zwischen dieser Sache und dem Anschlag auf die Modenschau erkennen. Es hat sicher nichts damit zu tun.«

Leo räusperte sich. »Dennoch gibt es eine neue Entwicklung, der wir nachgehen müssen.«

Ihre Augen weiteten sich. »Wissen Sie, wer es getan hat? Haben Sie neue Hinweise?«

Leo antwortete nicht auf ihre Frage. »Am Samstagabend wurde in Schöneberg ein Mann tot in seiner Wohnung aufgefunden. Es handelt sich vermutlich um ein Gewaltverbrechen. Meine Kollegen haben bei der Durchsuchung einen Prospekt Ihrer Firma gefunden. Es kann natürlich Zufall sein, aber angesichts der Vorkommnisse hier müssen wir allen Verbindungen nachgehen.«

Es war, als hätte sich ein Vorhang über Lotte Morgensterns Gesicht gesenkt. »Wie heißt der Mann?«

»Rainer Vogt.«

Der Moment war kurz, fast wie vorhin bei Anita Haase. Ein mühsames Schlucken, Lippen, die sich aufeinanderpressten, angespannte Wangenmuskeln. Dann hatte sie sich wieder in der Gewalt, war aber deutlich blasser als zuvor.

»Der Name sagt mir nichts.«

»Dann bleibt mir nur noch eine Frage. Kann es sein, dass Ihr Mann den Verstorbenen kannte?«

Ihre Augen wanderten zur Tür. »Das fragen Sie ihn besser selbst. Carl hat eine geschäftliche Verabredung, es kann noch dauern, bis er kommt. Ich werde ihm ausrichten, dass Sie hier waren.« Sie griff nach der Zigarettendose, die neben ihr auf dem Tisch lag.

»Danke, Frau Morgenstern.« Leo ging zur Tür, wo er sich noch einmal umdrehte, um sich zu verabschieden. Sein Blick fiel auf ihre Hand. Sie zitterte so sehr, dass sie die Zigarette kaum halten konnte.

10

Lotte hatte Carl vor dem Geschäft abgepasst und ihn zum nächsten Taxi gezogen. Undenkbar, es ihm im Laden zu erzählen, im Beisein der Angestellten. Sie war selbst wie betäubt und konnte keinen klaren Gedanken fassen.

»Würdest du mir bitte erklären, was hier vorgeht?«, fragte Carl leicht ungehalten, als sie im Fond saßen, ohne einander zu berühren.

»Bitte«, stieß sie hervor. »Bitte, ich erzähle es dir, sobald wir zu Hause sind.«

Auf der Fahrt versuchte sie, sich die Worte zurechtzulegen, doch es gab keinen richtigen Weg, ihm so etwas zu sagen. Also schaute sie aus dem Fenster und schwieg. Als sie Carl im Wohnzimmer einen Weinbrand einschenken wollte, verlor er die Beherrschung.

»Weinbrand um halb zwölf am Vormittag? Bist du verrückt? Ich muss arbeiten, sonst können wir das Atelier bald dichtmachen. Die Lage ist schlimm genug, ohne dass du …«

Als er ihr Gesicht sah, verstummte er.

»Oberkommissar Wechsler war vorhin bei mir«, sagte Lotte leise. »Aber es ging nicht um den Anschlag. Er …« Sie presste die Hand vor den Mund und schluckte mühsam. »Er hat gefragt, ob ich einen Rainer Vogt kenne.«

»Was?« Verschiedene Empfindungen huschten über sein Gesicht – Überraschung, Verwirrung, Sorge. »Wie kommt er denn auf ihn?«

»Carl, Rainer ist tot. Schon seit zwei Tagen.« Lotte griff nach dem Weinbrandglas, das unberührt auf dem Sideboard stand, und führte es wie blind an den Mund. Ihre Zähne schlugen gegen das Glas, als sie trank. »Er wurde in seiner Wohnung gefunden. Ein Gewaltverbrechen, hat Wechsler gesagt.«

Als sie aufblickte, hatte Carl sich abgewandt. Er verließ wortlos das Zimmer, wobei er sich flüchtig am Türrahmen abstützte.

Lotte trank das Glas aus und spürte das Brennen in der Kehle, das sie eigentlich verabscheute, ohne das sie die Situation aber nicht ertragen hätte.

Sie war Rainer Vogt nie begegnet. Carl zog es vor, seine beiden Leben streng voneinander zu trennen. Das hatte Lotte von Anfang an gewusst und akzeptiert, doch in diesem Augenblick wünschte sie sich, sie hätte Rainer gekannt.

Sie ging in den Flur und blieb vor Carls Schlafzimmertür stehen, die Hand erhoben, um anzuklopfen, doch sie konnte sich nicht rühren. Drinnen war es still. Es war schlimmer, als wenn er getobt und geschrien hätte. Sie legte erst die Hand an das kühle, glatte Holz, dann ihre Wange.

»Carl? Darf ich hereinkommen?«

Sie wartete angespannt, doch er antwortete nicht. Schließlich griff sie nach der Türklinke und drückte sie vorsichtig nach unten. Abgeschlossen.

Lotte rutschte langsam an der Tür hinunter, bis sie auf dem Boden saß. Sie zog die Beine an sich, schlang die Arme darum und ließ die Stirn auf die Knie sinken.

Als Leo ins Präsidium zurückkehrte, fand er Walther am Schreibtisch, vor sich die Liste der Apotheken. »Danke für die Auskunft. Nein, das ist nicht nötig. Auf Wiederhören.«

Sein Freund legte auf und stieß hörbar die Luft aus. »Das war Nummer dreiundzwanzig. Bis jetzt lauter Nieten. Sonnenschein telefoniert nebenan. Und wie war's bei dir?«

Leo hängte Hut und Mantel auf und lockerte die Krawatte, bevor er sich auf den Besucherstuhl setzte. »Nicht ganz so erfolglos, obwohl ich nichts Greifbares habe. Aber zwei Dinge ...« Er berichtete von dem Moment, in dem Anita Haases Fassade verrutscht war, und von Lotte Morgensterns Reaktion, als sie den Namen Rainer Vogt hörte.

»Du meinst, sie hat ihn gekannt?«

»Ich glaube schon. In den Geschäftsunterlagen taucht der Name nicht auf, aber er könnte ein persönlicher Bekannter gewesen sein oder ein alter Freund.«

»Oder Feind?«, warf Walther ein.

»Möglich, aber unwahrscheinlich. Ich sehe da noch keine Verbindung. Aber wir sollten mehr über Rainer Vogt herausfinden.«

»Also behalten wir den Fall?«

»Vorerst ja. Wir müssen dringend mit Fink reden, der war gerade außer Haus.«

»Und was ist mit Fräulein Haase?«

»Wir sollten uns bei Gerson umhören. Sicher gibt es

dort noch einige, die mit ihr zusammengearbeitet haben. Kannst du das übernehmen?«

Walther warf einen Blick auf die Liste und schaute dann wieder zu Leo.

»Keine Sorge, ich fordere Verstärkung aus einer anderen Abteilung an. Wenn wir den Fall Vogt dazunehmen, müssen sie uns auch mehr Leute geben.«

Walther heftete die Seiten mit einer Büroklammer zusammen und ließ die Liste auf dem Tisch liegen. »Dann mache ich mich sofort auf den Weg.«

Leo ging nach nebenan und brachte Sonnenschein auf den neuesten Stand.

»Soll ich vorerst hier weitermachen, Herr Wechsler?« Er hatte eine Liste mit Krankenhäusern und Arztpraxen vor sich. »Manche haben keinen Telefonanschluss, da müssen wir persönlich vorbeigehen.«

Leo nickte. »Ich bitte Gennat gleich um weitere Verstärkung. Danach sehe ich mir die Wohnung des Toten an. Sagen Sie Delbrück Bescheid, dass wir uns dort treffen.«

Ilse Wechsler musste husten, als sie sich an ihrem Kaffee verschluckte. Sie wurde rot im Gesicht, doch es war ihr überhaupt nicht peinlich. Herr Dohm übte eine seltsame Wirkung auf sie aus – beruhigend und belebend zugleich. Seine Gegenwart machte sie selbstsicher, und so ließ sie zu, dass er ihr hilfsbereit auf den Rücken klopfte. Als sie sich wieder gefasst hatte, atmete sie tief durch.

»Verzeihung, das war kein guter Anfang für ein Gespräch. Ich war wohl etwas hastig.«

»Der Kaffee hier ist ausgezeichnet, sie haben eine

eigene Rösterei hinten im Hof.« Herr Dohm rührte in seiner Tasse. »Ich freue mich sehr, dass Sie meine Einladung angenommen haben, Fräulein Wechsler.«

Ilse lächelte. »Ich hatte mir schon Sorgen um Sie gemacht.«

»Sorgen?«

»Nun ja, Sie waren in letzter Zeit ziemlich oft in der Praxis. Natürlich darf Frau Dr. Schott nicht darüber sprechen, aber ich hatte schon eine ernste Krankheit befürchtet.«

Sie verstummte, als die Kellnerin zwei Stücke Torte brachte. »Einmal Schwarzwälder Kirsch, einmal Herren.«

Im Hintergrund spielte jemand dezent Klavier. Die Musik und das Gemurmel der anderen Gäste legten sich wie ein sanfter Teppich über sie.

Herr Dohm räusperte sich. »Nein, ich bin nicht krank. Das heißt, als ich das erste Mal in die Praxis kam, hatte ich eine Bronchitis, wenn Sie sich erinnern. Es muss Anfang November gewesen sein, da hatte es mich ganz schön erwischt. Ich konnte wochenlang nicht arbeiten, weil ich das ganze Orchester mit meinem Husten gestört hätte.«

»In welchem Orchester spielen Sie eigentlich?« Ilse stach mit der Kuchengabel ein Stück von der glänzend dunklen Herrentorte ab, die leicht nach Weinbrand duftete.

»Staatskapelle Berlin«, sagte Herr Dohm.

»Das Orchester der Staatsoper? Dann sind Sie ja richtig berühmt«, entfuhr es Ilse, worauf ihr Gegenüber verlegen lächelte.

»Nun ja, ich bin nur der Vertreter des Solo-Cellisten«, sagte er bescheiden. »Aber es ist eine schöne Aufgabe. Gehen Sie gern in die Oper oder ins Konzert?«

»Ab und zu. Und ich habe auch Schallplatten zu Hause. Mein Bruder schenkt mir immer eine zu Weihnachten und eine zum Geburtstag.«

»Ein netter Bruder.«

Ilse spürte, dass er gern weitergefragt hätte, es aber für zu aufdringlich hielt.

»Ja, das ist er. Mein kleiner Bruder, auch wenn er natürlich größer ist als ich. Aber ich sehe ihn manchmal noch, wie er mit fünf Jahren war.«

Herr Dohm schaute sie aufmerksam an. »Sie haben ihn gern.«

Ilse senkte flüchtig die Augen. Er sah viel. »Es gab eine Zeit, da war es schwierig mit uns beiden. Als wir zusammengewohnt haben. Leos Frau ist kurz nach dem Krieg gestorben, als die Kinder noch klein waren, danach habe ich ihm den Haushalt geführt. Das war nicht immer leicht.«

»Und heute?«

»Er hat wieder geheiratet, das ist jetzt dreieinhalb Jahre her. Seine Frau ist ein sehr lieber Mensch, wir verstehen uns gut. Alles ist besser geworden, seit ich nicht mehr dort wohne.«

Er räusperte sich wieder. »Ich hoffe, ich frage nicht zu viel.«

Ilse lächelte. »Nein. Und solange ich auch etwas fragen darf …?«

»Gewiss. Nur bin ich nicht besonders interessant.«

»Wenn dem so wäre, säße ich nicht mit Ihnen hier.« Ilse staunte über ihre eigene Kühnheit.

Herr Dohm hob seine Kaffeetasse. »Auf Fräulein Wechsler, die mich ganz schön verlegen macht.«

Leo stieg am Nollendorfplatz aus. Es dämmerte allmählich, die ersten Leuchtreklamen gingen an. Die Gegend verwandelte sich wie eine Blume, die tagsüber unscheinbar aussieht und erst bei Einbruch der Dunkelheit ihre Pracht entfaltet. Allein in der Bülowstraße fanden sich neun Etablissements, die allesamt stilvoll eingerichtet waren und einen größeren Luxus boten als die Kaschemmen und Stricherlokale im alten Zentrum oder in Kreuzberg. Hier waren anspruchsvollere homosexuelle Gäste willkommen, und manche Wochentage blieben einem rein weiblichen oder männlichen Publikum vorbehalten.

Leo überquerte den Platz vor dem prächtigen Bahnhofsgebäude mit der gläsernen Kuppel und bog in die belebte Maaßenstraße. Ein Autobus der Linie 9 hielt ruckartig neben ihm an. Zwei Frauen stiegen Arm in Arm aus und verschwanden lachend in einem Café. Am Eingang stand ein Mann im Abendanzug und taxierte Leo. »Tut mir leid, heute nur für Damen.«

Er winkte ab und ging grinsend weiter.

Ein paar Häuser weiter schloss ein alter Mann gerade sein Lebensmittelgeschäft ab und schaltete drinnen das Licht aus. Im Kellerlokal nebenan stimmte eine Jazzkapelle ihre Instrumente, durch die Fenster fielen Lichtteiche auf den dunklen Gehweg. Der ewige Kreislauf, zwei Welten, die einander kaum berührten.

An der nächsten Ecke bog er nach rechts in die Nollendorfstraße ein. Große Wohnhäuser mit schönen Fassaden, die Straße von Bäumen gesäumt. Dettmann hatte ihm die Adresse und den Namen des Hausmeisters aufgeschrieben. Leo trat in den Flur, in dem eine altmodische Laterne brannte, und klingelte an der Wohnung mit dem Namensschild »Korte«. Der Mann, der ihm öffnete, reichte Leo bis zur Schulter und atmete keuchend, obwohl er nur die wenigen Meter bis zur Tür gegangen war.

»Ja, bitte?«

Leo wies sich aus.

»Schon wieder die Polizei?«

»Wir haben noch gar nicht richtig angefangen«, erwiderte Leo. »Meine Abteilung hat den Fall übernommen, gleich kommt noch ein Kollege dazu. Morgen früh werden wir die Hausbewohner erneut befragen, also halten Sie sich bereit.«

Der Mann sah ihn stirnrunzelnd an. »Das hier ist ein ruhiges Haus, auch wenn die Gegend nachts belebt ist.«

»Das glaube ich Ihnen, Herr Korte, aber wenn ein Mensch gewaltsam zu Tode kommt, müssen wir die Ruhe stören.«

Mit diesen Worten ging er zur Treppe. Hausmeister waren eine wichtige Informationsquelle; in den meisten Häusern passierte nichts, ohne dass sie davon erfuhren. Leider neigten manche dazu, sich wichtig zu nehmen und in die Ermittlungen einzumischen, während andere um jeden Preis den guten Ruf wahren wollten.

Im Flur begegnete ihm niemand, das Haus war in der Tat sehr still. Vor der Wohnungstür zog er dünne Handschuhe an und holte den Schlüsselbund aus der Tasche, den Dettmann ihm ausgehändigt hatte. Bevor er aufschloss, warf er einen Blick auf die Fußmatte, die vor der Tür lag. Sauber. Von guter Qualität. Das Messingschild mit dem Namen Rainer Vogt in geschwungener Schreibschrift war blank poliert, das runde Buntglasfenster in der Tür ohne Staub oder Flecken.

Leo schaltete im Flur das Licht ein und schloss die Wohnungstür hinter sich. Auf dem Boden war die Position der Leiche mit Kreide eingezeichnet, die eingetrocknete Blutlache war noch nicht beseitigt worden. Sie befand sich unmittelbar vor der Wohnungstür, als hätte Vogt versucht, Hilfe zu holen. Die Nachbarin, die den Hausmeister verständigt hatte, war durch ein Kratzen an der Tür aufmerksam geworden. Als sie die Tür geöffnet hatten, war Vogt schon bewusstlos oder tot.

Leo ging zuerst ins Wohnzimmer – und blieb unvermittelt stehen. Er hatte Dettmanns vorläufigen Bericht gelesen, der nüchtern gehalten war und ihn nicht auf diesen Raum vorbereitet hatte. Behaglich war nicht das richtige Wort, liebevoll traf es besser. Er dachte unwillkürlich an Clara, die ein Zimmer mit Kleinigkeiten – einer geschickt platzierten Lampe, einer hübschen Vase – wärmer machen konnte.

Sein Blick wanderte von den Bücherregalen zum Wohnzimmertisch. Dort hatte Dettmann die Gegenstände liegen lassen, aus denen er seine Schlüsse gezogen hatte. Das Filmprogramm. Die Zeitschrift. In den Regalen standen Titel, von denen Leo noch nie gehört hatte.

Er betrat die Küche, die genauso sauber und aufgeräumt wie das Wohnzimmer war. In diesem Schrank hatte Kollege Trettin die Broschüre von Morgenstern & Fink gefunden. Er schaute einmal in die Runde und ging ins Schlafzimmer.

Über dem Bett hing ein Gemälde, die Rückansicht eines nackten jungen Mannes, der von einem Strand aufs Meer blickte. Es war ganz in Schwarz-, Weiß- und Grautönen gehalten und strahlte überwältigende Ruhe und zugleich Einsamkeit aus. Leo, der sich für Malerei interessierte, trat näher heran und suchte nach einer Signatur. *Sascha Schneider.* Der Name sagte ihm nichts.

Sein Blick fiel auf das Bett darunter – zwei Kissen, zwei Bettdecken, auf jeder Seite ein Nachttisch, auf denen Bücher und Zeitschriften lagen. Auf dem linken stand ein Wecker.

Die Vertrautheit war überwältigend, der Raum erinnerte ihn an sein eigenes Schlafzimmer. Hatte Vogt also doch nicht allein gelebt? Aber die Wohnung war laut Hausmeister nur an ihn vermietet. Leo öffnete die Türen des Kleiderschranks. Männerkleidung. Die Menge an Anzügen, Hemden und Schuhen, die Stapel mit Wäsche und Socken deuteten auf einen einzigen Bewohner. Er ging die Anzüge auf der Kleiderstange durch.

Ein Anzug, ein Jackett und eine Hose passten nicht zu den anderen, sie waren deutlich größer, die Beine länger. Leo nahm die Kleidungsstücke näher in Augenschein. Auf den Etiketten stand der Name eines bekannten Herrenausstatters. Die Stoffe waren von erlesener Qualität, das Jackett hatte ein elegantes weinrotes Innenfutter, die Weste des Anzugs Schildpattknöpfe. In den Taschen fand er nur zwei saubere Taschentücher ohne Monogramm.

Nachdenklich hängte Leo die Kleidungsstücke wieder in den Schrank. Als er den Raum verlassen wollte, fiel sein Blick auf die Innenseite der Tür. Zwei Morgenmäntel an Haken, einer rot-blau gestreift, der andere mit Paisley-Muster, auch diese in verschiedenen Größen. Etwas an dem Anblick rührte ihn.

Leo drehte sich noch einmal um. Er konnte sich der Intimität, die dieser Raum ausstrahlte, schwer entziehen, und fragte sich, wem die größeren Kleidungsstücke gehören mochten. Wusste derjenige schon, dass Rainer Vogt tot war? Würde er es von Leo erfahren? Hatte er ihn vielleicht selbst getötet?

Blieb nur noch das Bad für seinen Rundgang. Es befand sich neben der Küche. Emaillewanne mit Füßen und Duschvorrichtung, polierter Wasserhahn, Waschbecken, Toilette, kein Fenster nach draußen. Alles peinlich sauber. Dann fiel Leos Blick auf das kleine Bord über dem Waschbecken. Zwei Porzellanbecher mit Zahnbürsten.

Alltägliche Gegenstände, und doch sagten sie viel über den Mann aus, der in dieser Wohnung gelebt hatte.

Die Klingel riss ihn aus seinen Gedanken. Er öffnete und sah sich Paul Delbrück gegenüber, der mit Tasche und Fotoausrüstung vor der Tür stand.

Delbrück schaute sich um. »Leiche schon abtransportiert?«

Leo erklärte, dass er den Fall von den Kollegen übernommen hatte. »Ich möchte, dass du alles fotografierst. Dettmann und Trettin haben keine Tatwaffe gefunden. Es könnte sich um einen Gegenstand aus der Wohnung handeln, den der Täter danach mitgenommen hat. Ich möchte die Aufnahmen Leuten zeigen, die sich hier auskennen. Vielleicht vermissen sie etwas.«

»In Ordnung. Dazu Fingerabdrücke und das Übliche?«

Leo nickte. »Es scheint, dass der Tote einen festen Freund hatte, der regelmäßig bei ihm übernachtet, wenn auch nicht hier gewohnt hat. Im Schlafzimmer dürften sich Spuren finden, Haare in Haarbürsten und so weiter. Fotografiere bitte auch den Kleiderschrank von innen, die Etiketten der Kleidungsstücke. Die könnten von Bedeutung sein.«

Delbrück sah sich um. »Sieht nicht nach einem Kampf aus, oder?«

»Nein. Keine Einbruchsspuren an der Tür. Keine umgekippten Möbel oder Schäden an Wänden und Türen. Es gibt mehrere Möglichkeiten. Vogt hat den Täter selbst mit nach Hause genommen. Er hat ihn gekannt und ihm die Tür geöffnet. Oder er hat ihn nicht gekannt, ihm aber genügend vertraut, um ihn hereinzulassen.«

Delbrück packte seine Utensilien aus, ein Fläschchen Graphitpulver, ein Lederetui mit verschiedenen Haarpinseln, Asservatenbeutel.

Leo sah auf die Uhr. »Es ist spät. Wir kommen morgen wieder, um die Bücher und persönlichen Unterlagen durchzugehen. Du schließt ab und bringst mir die Schlüssel morgen früh vorbei.«

Delbrück nickte. »Schönen Feierabend.«

Inzwischen war es ganz dunkel geworden und die Gegend deutlich belebter. Schräg gegenüber bemerkte Leo eine Kneipe, die »Nollendorfklause«, wie das bescheidene Leuchtschild verkündete. Er überquerte die Straße und betrat den dämmrigen Gastraum. Mit rotem Kunstleder bezogene Hocker, zwei blinde Spiegel an den Wänden, ausschließlich männliches Publikum. Leo spürte die prüfenden Blicke, die ihn trafen, und trat an die Theke, wo ein dicklicher Mann mit Stirnglatze Gläser spülte.

»Was darf's sein?«

Leo wies sich aus. »Hab nix gemacht«, war die lapidare Antwort.

»Oh, hoher Besuch«, sagte ein junger Mann und lehnte sich an Leos Schulter. »So hübsche Kerle schicken sie uns selten.«

Leo trat einen Schritt beiseite. »Kennen Sie Herrn Rainer Vogt? Er wohnt gegenüber.«

Der Wirt stellte in aller Ruhe das Glas ab. »Nur flüchtig. Hat ab und zu Bier gekauft, aber nie hier getrunken. War wohl zu fein für meinen Laden.« Es klang nicht, als nähme er es ihm übel.

»Ist Ihnen am Samstag zwischen sechs und halb acht abends etwas Ungewöhnliches aufgefallen? Unbekannte Gäste? Lärm auf der Straße? Hat jemand nach Vogt gefragt?«

Der Wirt stützte die dicken Unterarme auf den Tresen. »Ist dem Mann was passiert?«

»Bitte beantworten Sie meine Frage.«

»Mir ist nichts aufgefallen. Laut wird es hier im Kiez erst später.« Er schaute den Mann an, der immer noch eng neben Leo stand. »Verschwinde, Matze.« Der junge Mann zog sich schmollend in eine Ecke zurück.

»Mich hat keiner nach Vogt gefragt«, fuhr der Wirt fort. Dann drehte er sich zu dem Tischgrammophon um, das hinter ihm im Regal stand, und nahm die Nadel von der Platte. Der blecherne Schlager verstummte. Der Wirt deutete in die Runde. »Nur zu, Herr Kommissar. Fragen Sie meine Gäste.«

Leo sah sich um und wiederholte seine Fragen. Schulterzucken, verwunderte Blicke, Kopfschütteln. Niemand meldete sich.

»Zufrieden?«

»Fürs Erste. Wenn Ihnen doch noch etwas einfällt, melden Sie sich im Präsidium. Inspektion A.«

Der Wirt, der gerade die Platte wieder in Gang setzen wollte, fuhr herum. »Sie können mich nicht für dumm verkaufen. Kapitalverbrechen, dafür sind Sie zuständig, hab ich in der Zeitung gelesen.«

»Rainer Vogt wurde am Samstag in seiner Wohnung getötet.«

Leo beobachtete, wie sich der Adamsapfel des Mannes heftig auf und ab bewegte. »In dem Haus da? Hier bei uns in der Straße?«

»Ja.«

»Das ... das ist furchtbar. Wie gesagt, ich kannte ihn kaum, aber er war immer freundlich.«

»Hat er jemals etwas über sich erzählt? Oder haben Sie Gerede mitbekommen, in Kneipen wird doch getratscht.«

»Nein, nie.«

»Gut. Und falls Sie etwas hören oder sich erinnern, rufen Sie mich an.«

Als Leo ein paar Schritte in Richtung Nollendorfplatz gegangen war, zupfte jemand von hinten an seinem Arm. Er drehte sich um. Ein schmaler Junge mit Schiebermütze. Leo registrierte die Aknenarben, nicht entstellend, aber noch frisch, er konnte nicht älter als siebzehn sein. Die Augen waren mit Kajal nachgezogen.

»Ich hab Sie gehört da drinnen. Wollte aber nichts sagen, wenn die anderen dabei sind.«

»Du arbeitest in der Gegend?«

»Manchmal.«

Leo schaute ihn genauer an. Der offene Hemdkragen gab den Blick auf hervorspringende Schlüsselbeine frei. Um den Mund lagen tiefe Falten. Der Junge war zu mager.

»Was heißt das?«

Der Junge stützte selbstbewusst die Hände in die Hüften, doch sein Blick verriet eine leise Unsicherheit. »Nicht ganz meine Gegend, aber die Herren hier haben das Geld lockerer sitzen. Eigentlich bin ich am Halleschen Tor. Ab und zu komme ich über den Güterbahnhof, ist ja nicht weit bis hier.«

»Was wolltest du mir sagen?«

Der Junge holte tief Luft. »Das mit Herrn Vogt ...« Er schluckte. »Ist das wahr?«

»Ja. Kanntest du ihn?«

Die Miene des Jungen wurde verschlossen.

Leo seufzte und zog einige Münzen aus der Tasche. »Für Essen und Zigaretten. Aber erst sagst du mir, woher du Rainer Vogt kanntest.«

Der Junge räusperte sich. »Ich hatte mir was geholt. Sie wissen schon. Und ich wusste nicht, wohin. Da hab ich von diesem Institut gehört. Da hat der Herr Vogt gearbeitet, daher kenne ich ihn. Er hat mir dann geholfen, einen Arzt zu finden.«

»Welches Institut?«

»Am Tiergarten. Da beraten sie Leute wie mich.«

»Woher wusstest du, dass Herr Vogt hier wohnt?«

»Hab ihn ein paarmal auf der Straße getroffen. Als ich wieder gesund war.« Er deutete vage auf die gegenüberliegende Seite. »Hat immer nett gegrüßt.«

»Aber er war kein Freier?«

Der Junge schüttelte entschieden den Kopf. »Der hat nie was bei mir versucht.«

»Weißt du irgendetwas über ihn? Hatte er einen festen Freund?«, fragte Leo, dem die Zahnbecher und die beiden Morgenmäntel nicht aus dem Sinn gingen.

Er zögerte. »Der Wirt vom Hollandais hat mal was erwähnt, hab's aber nicht richtig verstanden.«

»Was hast du denn verstanden?«

Der Junge biss sich auf die Lippen und schaute über die Schulter, als hätte er es plötzlich eilig. »Ich muss jetzt was verdienen.«

»Dann gib mir wenigstens die Adresse vom Hollandais.« Leo hielt ihm das Geld hin, und die Hand des Jungen schoss nach vorn.

»Bülowstraße 69, Ecke Dennewitzstraße. Unter dem Hochbahnbogen. Der Wirt heißt Otto Böger.«

»Und dein Name?«

»Erich.« Mit diesen Worten verschwand der Junge in einem dunklen Hauseingang.

Leo ging zum Nollendorfplatz und bog nach rechts in die Bülowstraße. Es war ein strammer Fußmarsch bis zur Dennewitzstraße, und er achtete kaum auf die Umgebung, weil seine Gedanken um den Fall kreisten.

Er konnte sich nicht sicher sein, dass der Mord mit dem Anschlag zusammenhing und überhaupt sein Fall bleiben würde. Andererseits war da die Broschüre. Und er hatte nicht vergessen, wie Lotte Morgensterns Hand gezittert hatte, als sie erfuhr, dass Rainer Vogt tot war.

Auch ging ihm die Wohnung nicht aus dem Sinn. Sie strahlte eine Wärme aus, die selbst das Gewaltverbrechen, das dort geschehen war, nicht ganz vertrieben hatte. Leo dachte an die Kleidungsstücke und die Zahnbürsten. Sie mussten Vogts Freund so schnell wie möglich finden.

Am Dennewitzplatz stieß Leo fast mit einer Gruppe englischer Touristen zusammen, die staunend auf dem Gehweg stehengeblieben waren und das große Wohnhaus gegenüber betrachteten, durch das gerade die Hochbahn ratterte. Die Trasse verlief zwischen Lutherkirche und den gegenüberliegenden Häusern, und die Durchfahrt war ein Kuriosum, auf das Einheimische gar nicht achteten, Besucher aus Provinz und Ausland dafür umso mehr. Ein Mann packte sogar umständlich Kamera und Stativ aus, um den Anblick festzuhalten.

An der nächsten Ecke befand sich das Hollandais. Es hatte schon geöffnet, durch die Tür klangen die Töne einer Jazzkapelle. Drinnen empfing ihn ein Mann im schwarzen Anzug, der ihm den Mantel abnehmen wollte, ihn dann musterte und »Polizei?« fragte.

Leo wies sich aus und erkundigte sich nach Otto Böger. Der Mann sah ihn misstrauisch an.

»Keine Sorge, ich bin nicht von der Sitte. Ich habe nur eine Frage zu einem Gast.«

Der Mann trat zurück, um Leo einzulassen, und schloss die Tür hinter ihm. Leo konnte einen Blick in den Saal werfen, in dem runde, weiß eingedeckte Tische mit Blumentöpfen die Tanzfläche säumten. Drapierte Vorhänge, große Lampen, die den Raum in ein warmes Licht tauchten, alles wirkte überaus wohlanständig. Ohne die beiden männlichen Paare, die sich auf der Tanzfläche bewegten, hätte es irgendein Vorortlokal sein können.

Bevor Leo sich genauer umschauen konnte, führte

ihn der Mann nach rechts in einen dunklen Flur, in dem schemenhaft eine Garderobentheke mit leeren Kleiderstangen zu erkennen war, und klopfte an eine unauffällige Tür.

»Herein.«

Das Büro war klein und eng, an den Wänden drängten sich signierte Fotografien von Gästen, kolorierte Ansichtskarten und Werbeplakate für Tanztees und Kostümfeste. Der Mann hinter dem Tisch war ziemlich dick und schnaufte hörbar, als er sich erhob und Leo die Hand gab.

»Otto Böger, was verschafft mir die Ehre?«

»Oberkommissar Wechsler, Kriminalpolizei.«

»Aber nicht von der Sitte, oder? Wir hatten noch nicht das Vergnügen.«

»Nein, Abteilung A. Kennen Sie Herrn Rainer Vogt?«

Böger runzelte die Stirn. »Meinen Sie den Rainer Vogt, der für Hirschfeld arbeitet?«

»Genau den.«

»Ich habe mal einen seiner Vorträge im Nationalhof gehört. Er war ab und an zum Tanzen hier, zwei oder drei Mal vielleicht. Das muss im Herbst gewesen sein. Ob er früher schon Gast war, weiß ich nicht, ich habe das Lokal erst letzten Juni übernommen.« Seine Miene wurde ernst. »Ist ihm was zugestoßen?«

Leo überging die Frage. »Man sagte mir, er sei mit seinem Freund hier gewesen. Können Sie mir etwas über den Freund sagen?«

Als Böger lachte, wackelte sein Doppelkinn. »Wir haben lauter Männer mit ihren Freunden hier. Wenn ich mir die alle merken wollte, wäre ich mit nichts anderem beschäftigt.«

Leo sah ihn ernst an. »Es geht um ein Kapitalverbrechen, Herr Böger. Bitte strengen Sie sich an.«

Der Wirt wirkte betroffen. »Also doch? Lassen Sie mich überlegen. Er kam ein paarmal, immer mit demselben Herrn. Sie haben eine Flasche Sekt getrunken, getanzt und sind wieder gegangen.«

»Können Sie den Herrn beschreiben?«

Böger kratzte sich den pomadisierten Kopf. »Mein Lokal hat keine Festbeleuchtung, das ist den Gästen lieber so. Groß, würde ich sagen, deutlich größer als Vogt, und elegant gekleidet. Ein richtiger Herr.«

»Aber kein Stammgast?«

Böger schüttelte den Kopf. »Über die Zeit vor Juni '26 kann ich nichts sagen. Mir war er jedenfalls nicht bekannt.«

Leo stand auf und bedankte sich. »Eins noch, Herr Böger – kennen Sie einen Jungen namens Erich? Schmal gebaut, Aknenarben?«

»Klar kenn ich den. Er erledigt manchmal Botengänge für mich. Wollte ihn überreden, fest bei mir anzufangen, aber er hat nein gesagt.« Der Wirt zuckte mit den Schultern. »Weiß nicht, ob er jemanden gefunden hat, der ihn aushält. Oder ob er einer von denen ist, die sich nicht anbinden lassen wollen. Es gibt diese Jungs, die immer unterwegs sind. Warum fragen Sie?«

»Ich bin ihm vorhin zufällig begegnet. Er hat mir den Tipp gegeben, mich an Sie zu wenden.«

Böger nickte noch einmal. »Der Erich ist ein prima Kerl.«

Als Leo zur Tür hinausging, hörte er, wie der dicke Wirt »und immer halb verhungert« vor sich hin murmelte.

11

Dienstag, 22. März 1927

Als Leo am Morgen ins Besprechungszimmer kam, warf er grußlos eine Zeitung auf den Tisch und deutete auf die Schlagzeile. »Woher haben die das?«

Die Kollegen, inzwischen waren es sieben, sahen einander fragend an.

Mord aus Unzucht?

Wie wir aus zuverlässiger Quelle erfuhren, wurde am Samstag ein Mann namens Rainer V. in seiner Wohnung in Schöneberg erschlagen aufgefunden. Er war Mitarbeiter des sogenannten Instituts für Sexualwissenschaft des Dr. Hirschfeld und pflegte seit vielen Jahren enge Männerbekanntschaften. So setzte er sich für die Abschaffung des Paragraphen 175, die Gott verhindern möge, wie auch für die Wiederaufführung des nunmehr acht Jahre alten, verbotenen filmischen Machwerks »Anders als die Andern« ein.

Über das Motiv der Tat wurde bislang nichts bekannt, sodass wir nur spekulieren können, ob es sich um einen Mord aus Eifersucht handelt oder ob Erpressung im Spiel war, wie es bei solchen Männern nicht selten der Fall ist. Die Gegend, in der sich das Verbrechen ereignete, ist seit vielen Jahren für ihre Ansammlung an Homosexuellen-Lokalen bekannt und wird bevorzugt von solchen Personen frequentiert und bewohnt.

»Von einem Hausbewohner?«, fragte Walther achselzuckend. »Du weißt doch, wie das ist.«

»Institut für Sexualwissenschaft, Paragraph 175, meinst du, das hat er zwischen Tür und Angel im Hausflur erzählt?«

»Womöglich haben die es von Dettmann oder Trettin. Und wenn schon? Es wird doch nichts verraten, das die Ermittlungen behindert.«

»Es ist nicht mehr ihr Fall, also haben sie auch nicht mit der Presse darüber zu reden«, erwiderte Leo unwillig. »Und es werden Vermutungen geäußert, die keineswegs bewiesen sind.«

Leo wusste, weshalb ihn der Artikel störte, hütete sich aber, es auszusprechen. Es war die Erinnerung an das Bedauern, das ihn in der Wohnung überkommen hatte, das Gefühl, dass dort ein Mensch gelebt hatte, der aufrichtig geliebt worden war. Doch es gab Dinge, über die man selbst unter vertrauten Kollegen nicht redete.

»Das können auch die Spekulationen der Presse sein«, sagte Walther. »Reg dich nicht auf.«

Leo schob die Zeitung weg und teilte die Kollegen ein. Hasselmann und die beiden Neuen würden die Befragung der Nachbarn übernehmen, während Sonnenschein sich ins Institut für Sexualwissenschaft begab.

»Wir müssen auch noch die Angehörigen von Rainer Vogt ermitteln.«, sagte Sonnenschein.

»Darum kümmern wir uns.« Leo schaute zu Walther. »Du hast noch etwas für uns?«

Sein Freund nickte. »Ich wollte dich gestern Abend nicht mehr stören, aber es könnte interessant sein, weil es mit der Finanzierung des Ateliers zusammenhängt. Ich war bei Gerson, zuerst in der Verwaltung. Dort sprach man äußerst lobend von Fräulein Haase, eine ausgezeichnete Kraft, fachlich versiert, freundlich, versteht sich auf Menschenführung. Man bedauere ihr Ausscheiden aus der Firma, sie habe es bei Gerson noch weit bringen können. Danach habe ich mit ihren früheren Kolleginnen aus der Mantelabteilung gesprochen. Sie hatten nur Gutes zu berichten, ihr fachliches Können wurde von niemandem angezweifelt. Doch du kennst das ja, wenn man so ein Gefühl hat. Also habe ich die Damen einzeln befragt. Und da wurde es spannend. Sie hat uns doch erzählt, dass sie Frau Morgenstern ihr Erspartes gegeben hat, als diese sich selbstständig machen wollte.«

Leo kannte Walther gut genug, um seinen Gesichtsausdruck zu deuten, und beugte sich gespannt vor.

»Vor etwa fünf Jahren kam es bei Gerson zu Diebstählen, sowohl bei der Kundschaft als auch bei Mitarbeitern. Kleine und größere Geldsummen, eine Katastrophe für das Haus. Man ersetzte alle Beträge aus der Privatschatulle der Inhaber und versprach eine ansehnliche Belohnung für Hinweise, die zur Ergreifung der Täter führten. Alles ohne die Polizei, man regelte es intern, um kein Aufsehen zu erregen. Rate, wer die entscheidenden Hinweise geliefert hat.«

»Anita Haase.«

»In der Tat. Natürlich waren die Mitarbeiter froh,

dass die Täter ergriffen und der gute Ruf des Hauses gerettet worden waren, aber bei manchen erregte es auch Neid und Misstrauen. Sie fürchteten, von nun an ebenfalls beobachtet und gemeldet zu werden, falls sie sich einen Fehltritt erlaubten. Das kollegiale Vertrauen war jedenfalls dahin. Und dann, wenig später, kündigte Fräulein Haase und investierte die Belohnung in Lotte Morgensterns Modeatelier.« Walther lehnte sich zurück. »Einerseits habe ich mich gefreut, dass ich nicht umsonst den halben Tag bei Gerson verbracht habe, aber leider bringt uns dieses Wissen nicht weiter. Sie hat nämlich kein Motiv, ganz im Gegenteil.«

Leo klopfte nachdenklich mit dem Daumennagel gegen die Zähne. »Vorausgesetzt, sie ist immer noch so gut mit Frau Morgenstern befreundet. Mal angenommen, sie hatte sich ausgemalt, das Geschäft mit ihr gemeinsam zu führen, sich zwar im Hintergrund zu halten, aber Einfluss auszuüben. Für eine Verkäuferin muss es ein Traum sein, ein elegantes Modeatelier am Kurfürstendamm zu führen. Aber dann, nur ein Jahr später, kommt Carl Fink ins Spiel. Wird Teilhaber. Gestaltet mit Lotte Morgenstern die Kollektion. Heiratet sie.«

»Eifersucht?«, warf Sonnenschein ein.

»Kann sein. Andererseits steht auch ihr Arbeitsplatz auf dem Spiel, wenn das Atelier Schaden nimmt«, gab Walther zu bedenken.

Leo stand auf und sah die Kollegen an. »Das alles ist Spekulation, wir brauchen Beweise. Robert, du kommst mit mir ins Atelier.«

Fritz Hasselmann und seine Kollegen arbeiteten sich durch das Mietshaus in der Nollendorfstraße, und die Antworten, die sie bekamen, waren immer gleich. Freundlich, ruhig, hat nett gegrüßt, hat mir den Kohleneimer getragen, als ich in anderen Umständen war … Niemand verlor ein schlechtes Wort über Rainer Vogt. Und niemand hatte am vergangenen Samstag etwas Verdächtiges gehört oder gesehen.

»Geht in die Nachbarhäuser«, sagte Hasselmann schließlich. »Fragt in den umliegenden Geschäften, ob jemand etwas bemerkt hat. Ich sehe mich im obersten Stock um und komme dann nach.«

Es gab zwei Mansardenwohnungen. Die eine war zurzeit nicht vermietet, also klingelte er an der anderen Tür. Hier oben war es sauber wie überall im Haus, aber kühler und feuchter, der Fluch vieler Dachgeschosse. Er rieb sich unwillkürlich die kalten Hände, während er auf Geräusche von drinnen horchte.

Endlich hörte er etwas, einen ungleichmäßigen Schritt, das Klappern von Absätzen auf Dielen oder Linoleum. Jemand hustete. Dann wurde ein Riegel zurückgeschoben, und eine Frau spähte durch den Spalt.

»Wer sind Sie?« Die Stimme klang rau, nach langen Nächten und zu vielen Zigaretten. Die Tür schwang weiter auf, und er sah sich einer blonden Frau im Morgenmantel gegenüber, der weit aufklaffte und den Blick auf eine Hemdhose mit Spitzenbesatz freigab.

Er wies sich aus. »Darf ich kurz hereinkommen?«

Die Frau warf einen Blick über die Schulter, als müsste sie ihre eigene Wohnung inspizieren, und schüttelte den Kopf. »Tut mir leid, hab nicht aufgeräumt. Geht das nicht hier?«

Hasselmann seufzte. Die letzte Wohnung im Haus, da wollte er sich auf keine Diskussion einlassen.

»Ihr Name, bitte.«

»Gerda Schmidt.«

»Fräulein Schmidt, kennen Sie Ihren Nachbarn Rainer Vogt?«

Sie sah ihn an, als begriffe sie erst jetzt, was sein Besuch zu bedeuten hatte. »Ich habe nur im Vorbeigehen davon gehört. Ich arbeite in einer Bar und schlafe meist tagsüber. Habe ich das richtig verstanden? Er wurde in seiner Wohnung umgebracht?«

»Darüber würde ich lieber drinnen mit Ihnen sprechen.«

Sie trat zurück und ließ ihn herein, dann deutete sie auf eine Tür zu ihrer Rechten.

Die Wohnung war klein – Flur, Küche und ein Zimmer, in dem ein Sofa stand, das sie offenkundig auch als Bett benutzte. Ein Frisiertisch mit Schminksachen und Parfüm, ein kleiner Schreibtisch, auf dem sich lose Papiere stapelten, eine Kleiderstange, halb verborgen hinter einem Vorhang aus buntem Chintz. Auf dem Couchtisch ein überquellender Aschenbecher. Die Luft war grau und nahm ihm beinahe den Atem.

»Bitte.« Sie bot ihm den einzigen Sessel an und lehnte sich gegen den Schreibtisch. »Wie gesagt, ich schlafe tagsüber.«

Er winkte ab, um zu zeigen, dass ihn der Zustand der Wohnung nicht interessierte.

»Rainer Vogt wurde in seiner Wohnung niedergeschlagen und starb, bevor man ihn ins Krankenhaus bringen konnte. Wir befragen alle Hausbewohner, ob sie etwas Ungewöhnliches gehört oder gesehen, ob sich unbekannte Personen im Hausflur aufgehalten haben, ob jemand nach dem Toten gefragt hat. Wenn Ihnen etwas aufgefallen ist, sollten Sie es mir sagen.«

Fräulein Schmidt streckte die Hand nach einer grünen Bakelitdose aus und nahm eine Zigarette heraus. Sie nahm den ersten gierigen Zug, bei dem sich ihre Wangen zusammenzogen, und stieß eine Rauchwolke aus. »Tja, ich bekomme nicht viel von dem mit, was tagsüber im Haus geschieht. Wann genau ist das passiert?«

»Er wurde am Samstag um halb acht abends gefunden. Die Tat ist kurz vorher geschehen, vermutlich nicht früher als halb sieben oder Viertel vor sieben.«

Sie überlegte. »Samstag? Da habe ich um halb acht ... ja! Jetzt, wo Sie es sagen. Ich musste um halb acht anfangen und bin um sieben aus der Wohnung, weil ich zu Fuß gehen wollte, die Bahn kostet unnötig Geld. Ich bin die Treppe runtergegangen und habe gehört, wie unter mir eine Tür zuschlug. Das könnte bei Vogt gewesen sein.«

»Haben Sie jemanden gesehen?«

»Einen Mann oder Jungen, braune Jacke, Mütze.«

»Stoffmütze oder gestrickt?«

»Eine Ballonmütze mit Schirm, keine gestrickte.«

Hasselmann notierte sich die Angaben. »Sonst noch etwas? Geräusche? Haben Sie den Mann draußen noch einmal gesehen?«

»Nein, er lief sehr schnell die Treppe runter und war vor mir aus dem Haus.« Sie drückte die Zigarette aus und sah ihn mit aufgerissenen Augen an. »Meinen Sie, es war der Mörder?«

»Wir wissen noch nicht, ob es sich um einen Mord

handelt. Jedenfalls ist Ihre Aussage sehr hilfreich, Fräulein Schmidt. Kommen Sie morgen ins Präsidium, um sie zu unterschreiben.«

»Tagsüber?«, fragte sie unwillig und griff zur nächsten Zigarette, ihre Aufregung war der Gleichgültigkeit gewichen.

»Ja, tagsüber«, sagte er nachdrücklich und stand auf. »Danke für Ihre Mithilfe. Ich finde allein hinaus.«

Fräulein Winterscheidt, die Chefverkäuferin, schloss gerade die Tür auf und sah Leo und Walther überrascht an. »Oh, ich wusste nicht, dass Sie kommen. Bitte treten Sie ein. Die Chefin ist schon da.«

»Nur die Chefin?«, fragte Leo.

Fräulein Winterscheidt schloss die Tür hinter ihnen. »Sie sagte, Herr Fink sei erkrankt. Ich hoffe, es ist nicht die Grippe, die macht gerade die Runde. Immer wenn man denkt, der Winter sei vorbei –«

Leo deutete auf die Tür, die in den hinteren Bereich des Ateliers führte. »Dort drinnen?«

»Ja, Verzeihung, ich wollte Sie nicht aufhalten.«

Lotte Morgenstern saß im Entwurfszimmer, als sie eintraten. Sie hatte dunkle Ringe unter den Augen und sah aus, als hätte sie die ganze Nacht nicht geschlafen. Vor ihr lagen Zeichnungen, doch sie blickte teilnahmslos darauf. Finks Arbeitsplatz war aufgeräumt, als hätte er nie dort gesessen.

Sie schaute hoch. »Meine Herren, Sie hatten sich nicht angekündigt …« Sie wollte aufstehen, doch Leo bedeutete ihr, sie solle sitzenbleiben.

»Wo ist Ihr Mann, Frau Morgenstern?«

»Er … er fühlt sich nicht wohl und ist deshalb zu

Hause geblieben. Falls sich sein Zustand bessert, kommt er später nach.«

Im Raum war es warm. Leo nahm den Hut ab und knöpfte den Mantel auf. »Bitte geben Sie mir Ihre Adresse, dann fahre ich mit meinem Kollegen hin.«

Sie wollte widersprechen, doch er kam ihr zuvor. »Wir müssen herausfinden, ob eine Verbindung zwischen Rainer Vogt und Ihrem Atelier besteht. Möglicherweise hat jemand den Prospekt bei ihm vergessen, oder er hat ihn irgendwo mitgenommen, das alles kann ganz harmlos sein. Aber ich möchte kurz mit allen Mitarbeiterinnen sprechen, die schon hier sind.«

Zehn Minuten später hatten sie die Runde gemacht. Niemand hatte Rainer Vogt gekannt, was Leo nicht überraschte. Jetzt saßen sie mit Anita Haase in einem kleinen Büro neben dem Entwurfszimmer.

»Ich hoffe, es dauert nicht zu lange, auf mich wartet viel Arbeit.«

»Da wir es mittlerweile auch mit einem Todesfall zu tun haben, werden Sie sich die Zeit nehmen müssen«, sagte Leo.

Walther hatte sein Notizbuch herausgeholt und stenographierte mit.

»Todesfall? Ist etwas mit den Vorführdamen? Das kann nicht sein, Fräulein Weiß wurde bereits aus dem Krankenhaus entlassen und –«

»Ein Mann namens Rainer Vogt wurde in seiner Wohnung erschlagen. Wir haben dort einen Prospekt Ihres Hauses gefunden. Sagt Ihnen der Name etwas?« Leo behielt sie genau im Auge.

»Bedaure, aber den habe ich noch nie gehört«, erwiderte sie ruhig.

»Gut. Dann würde ich gern mehr über Ihr Verhältnis zu Herrn Fink erfahren.«

Anita Haase griff nach einem Bleistift und drehte ihn zwischen den Fingern. »Er ist mein Chef. Wir arbeiten gut zusammen«, sagte sie in verhaltenem Ton.

»Gewiss. Aber ich wüsste gern, wie Sie es empfunden haben, als er in die Firma eintrat. Immerhin waren Sie zuerst da, hatten Frau Morgenstern sogar Geld für die Gründung geliehen. Sie hatten eine sichere Stelle dafür aufgegeben –«

»Weil ich mich bei Gerson gelangweilt habe«, warf sie ein.

»Und Sie haben die Belohnung, die man Ihnen bei Gerson gezahlt hat, ins Atelier investiert.«

Anita Haase wurde blass und schluckte heftig. Ihre grauen Augen schimmerten. »Sie haben mir nachspioniert!«

»Wir haben ermittelt.«

Leo bemerkte, wie sie mühsam um Fassung rang. »Menschen sind verletzt worden, jemand will uns schaden. Sie sollten sich lieber um die Leute kümmern, die so etwas machen, als denen hinterherzuschnüffeln, die ihre Arbeit tun. Ich habe mir nichts vorzuwerfen.«

»Niemand wirft Ihnen etwas vor, Fräulein Haase.«

Sie zog ein Taschentuch hervor und putzte sich die Nase. »Ich habe bei Gerson niemandem nachspioniert. Als ich eines Tages in den Raum kam, in dem unsere Mäntel hingen, habe ich die Täterin zufällig gesehen. Sie hat mich nicht bemerkt. Ich habe lange überlegt, ob ich es melden soll. Ich kannte sie, sie hatte Kinder, ihr Mann war gerade gestorben.« Sie biss sich auf die Lippen. »Ich bin nicht stolz darauf, aber als die Belohnung ausgesetzt wurde ... Und was sie machte, war ja falsch. Da bin ich zur Geschäftsleitung gegangen.« Sie blickte auf, Augen und Nase gerötet. »Wie gesagt, stolz bin ich nicht, aber ich schäme mich auch nicht dafür. Danach hielt mich nichts mehr bei Gerson. Die Leute verzeihen das nicht, selbst wenn ... Jedenfalls habe ich das Geld genommen. Und es nie bereut.«

»Danke, Fräulein Haase. Sie können jetzt gehen.«

Als sich die Tür hinter ihr geschlossen hatte, sah Walther von seinem Block auf. »Sie kennt Vogt nicht, da bin ich mir ziemlich sicher. Und ihre Empörung wirkte echt. Aber was Fink angeht – ich weiß nicht. Da wurde sie auf einmal sehr zurückhaltend.«

Leo stand auf. »Höchste Zeit, dass wir mit ihm reden.« Es war nur eine Vermutung, und doch ... Ihm ging der elegante Mann nicht aus dem Kopf, mit dem Rainer Vogt im Hollandais gesehen worden war.

Jakob Sonnenschein ging vom Lehrter Bahnhof aus zu Fuß zum Tiergarten. Es war trocken und frühlingshaft warm. An den Bäumen zeigten sich erste zaghafte Knospen, und die eine oder andere Frau hatte ihren Frühjahrsmantel aus dem Schrank geholt. Das eindrucksvolle Institutsgebäude befand sich an einer Straßenecke, sein mittlerer Teil war nach hinten versetzt und bot Platz für einen kleinen Vorgarten, in dem zwei hohe Bäume wuchsen.

Er trat durch die mächtige Eingangstür in der Beethovenstraße und gelangte in ein Treppenhaus mit dunklem Holzgeländer und buntem Fliesenboden. Der junge Mann am Empfang schaute ihn besorgt an, als er die Dienstmarke sah.

»Polizei? Sind Sie wegen Herrn Vogt hier?« Als Sonnenschein nicht gleich antwortete, veränderte sich der Ausdruck des Mannes. »Oder ist es eine Beschwerde?«

»Nein, es geht um Herrn Vogt.«

»In der Zeitung stand nur Rainer V., aber wir wussten sofort Bescheid. Es ist furchtbar.« Er riss sich zusammen und griff nach dem Telefon. »Herr Dr. Franke, hier ist die Kriminalpolizei für Sie.« Er hängte ein. »Kommen Sie bitte mit.«

Im Erdgeschoss herrschte ein Kommen und Gehen, Leute saßen auf Stühlen vor geschlossenen Türen, als warteten sie auf einen Termin. Das waren wohl die Beratungsstellen. Unter den Wartenden waren Männer, aber auch Frauen und Heranwachsende.

Der junge Mann führte Sonnenschein über eine breite Holztreppe in den ersten Stock. Durch eine offene Tür konnte er einen Blick auf eine Wand voller Fotografien werfen, an anderen Türen las er auf Emailleschildern »Bibliothek« und »Archiv«. Im Vorbeigehen deutete der Empfangsmitarbeiter auf eine zweiflügelige Tür. »Hier hat Dr. Hirschfeld sein Büro.«

Am Ende des Flures klopfte er und hielt Sonnenschein die Tür auf. »Dr. Franke erwartet Sie.«

Sonnenschein trat ein. Der Raum war auffallend nüchtern eingerichtet, die Möbel streng und dunkel, doch die vielen Bilder an den Wänden machten ihn lebendig. Fotografien, Urkunden, Ankündigungsplakate für Veranstaltungen im Ernst-Haeckel-Saal des Instituts, alle ordentlich gerahmt und symmetrisch angeordnet.

Hinter dem Schreibtisch erhob sich ein hochgewachsener Mann mit schütterem blondem Haar, der ihm die

Hand entgegenstreckte. Seine blauen Augen waren hell und durchdringend, doch ihr Blick war nicht unangenehm.

»Dr. Paul Franke. Nehmen Sie bitte Platz.« Er sprach überstürzt, als wollte er die Höflichkeitsfloskeln hinter sich bringen. »Es stimmt also, was die Zeitungen schreiben? Rainer V., das ist er?«, stieß er hervor.

Sonnenschein las die Sorge in seinem Blick. In solchen Augenblicken mochte er seinen Beruf am wenigsten. »Herr Vogt wurde am Samstag mit einer Schädelverletzung in seiner Wohnung aufgefunden. Er starb, bevor man ihn ins Krankenhaus bringen konnte. Wir gehen von einem Gewaltverbrechen aus. Es tut mir leid.«

Frankes linke Hand umklammerte die Tischkante, während er mit der rechten die Krawatte lockerte. Sonnenschein bemerkte die Emotionen, die sich in Frankes Gesicht abwechselten – Entsetzen, Fassungslosigkeit, Angst –, und ließ ihm Zeit, bis er sich gesammelt hatte.

»Herr Sonnenschein, darf ich Sie etwas fragen? Glauben Sie ... dieses Verbrechen hat mit seiner Arbeit in unserem Institut zu tun? Wie Sie sich vorstellen können, stehen viele Menschen unserer Einrichtung feindlich gegenüber. Es gibt jene in der Politik, die Dr. Hirschfelds Glauben mit unserer Veranlagung in Verbindung bringen und behaupten, wir würden die Moral der sogenannten deutschen Rasse untergraben. Der Abgeordnete Frick hat erst kürzlich erklärt, wir würden ›das deutsche Volk geradezu verwüsten‹.«

»Dr. Hirschfelds Glaube ist auch der meine, daher kann ich Ihre Sorgen verstehen«, sagte Sonnenschein. »Wir haben die Ermittlungen erst gestern aufgenommen. Bislang spricht nichts für eine politisch motivierte Tat, aber wir können es nicht ausschließen. Ich würde Ihnen gern einige Fragen stellen.«

Franke stand auf und nahm eine Flasche Weinbrand aus einem Schrank. »Ich würde Ihnen einen anbieten, aber Sie sind im Dienst. Ich selbst trinke auch nicht bei der Arbeit, aber das ...« Ihm brach die Stimme, und er machte sich mit zitternden Händen an Flasche und Glas zu schaffen, wobei er Sonnenschein den Rücken zuwandte. Als er sich umdrehte, hatte er sich wieder in der Gewalt.

Er trank das Glas in einem Schluck aus und stellte es energisch auf den Tisch. Dann setzte er sich, verschränkte die Hände und schaute Sonnenschein an. »Ich bin bereit.«

»Woher kannten Sie Rainer Vogt?«

»Er hat hier im Institut gearbeitet. Seit 1921. Die Aufbruchsstimmung nach dem Krieg war groß, wir glaubten, dass sich endlich etwas ändern würde, dass die Politik bereit wäre, den Paragraphen 175 anzugehen. Viele waren uns durchaus freundlich gesinnt.«

»Was genau waren seine Aufgaben?«

»Er war gelernter Buchhalter, aber nur, weil sein Vater es so wollte. Sein Talent wäre an Kontenbücher verschwendet gewesen. Rainers eigentliche Begabung waren Menschen, er konnte gut zuhören und sie beraten, sich auf ihre Sorgen einlassen. Er hat homosexuelle Männer beraten, die bei uns Hilfe suchten. Und Vorträge gehalten. Wir bieten ein breites Bildungsprogramm, auch für Ehepaare und Heranwachsende, beantworten ihre Fragen und stellen wissenschaftliche Forschungsergebnisse vor. Sein Steckenpferd waren

Filme. Er ging gern ins Kino. Er hat daran gearbeitet, den Film *Anders als die Andern* wieder in die Lichtspielhäuser zu bringen.« Er sah Sonnenschein fragend an.

»Ich habe ihn nie gesehen, nur davon gehört.« Er wurde rot, als er sich an die Zeitungsartikel von damals erinnerte, in denen gegen den »Skandal« gewettert wurde. Er war noch sehr jung gewesen und hätte sich niemals in diesen Film getraut.

»Leider sind wir mit unserem Vorhaben gescheitert. Die Neuauflage wurde sofort beschlagnahmt. Der Behörde gefiel die Stelle nicht, an der ein Pinsel den § 175 durchstreicht.«

»Sehr symbolträchtig.«

»In der Tat. Zu sehr. Dr. Hirschfeld und ich arbeiten jetzt an einem neuen Film ohne Spielhandlung, der unsere Anliegen in wissenschaftlicher Form untermauert.« Dann fiel ein Schatten über sein Gesicht. »Verzeihung, ich habe mich hinreißen lassen. Sie sind nicht hier, um sich das anzuhören. Es geht um Rainer.«

»Was Sie erzählen, ist interessant, aber Sie haben recht, wir sollten wieder zur Sache kommen. Hat es jemals Drohungen gegen Herrn Vogt gegeben, vielleicht von politischer Seite? Hatte er persönliche Feinde, hier im Haus oder in seinem Bekanntenkreis? Was können Sie mir über sein Privatleben sagen?«

»Das sind viele Fragen auf einmal, Herr Sonnenschein. Kaffee?« Dr. Franke ging in einen Nebenraum, wo er kurz mit jemandem sprach, und kam mit einem Tablett zurück, auf dem zwei Tassen, Milch und Zucker standen. »Bitte.«

Sonnenschein bediente sich und sah ihn abwartend an.

»Wir bekommen gelegentlich Drohungen. Anonyme Briefe, Zettel im Briefkasten, die eine oder andere Schmiererei, aber nichts Ernstes. Und nie hat sich etwas gegen Rainer persönlich gerichtet. Aus seinem Privatleben ist mir so etwas auch nicht bekannt, zumindest hat er es nie erwähnt.«

»Was können Sie mir über sein Privatleben sagen? Hatte er einen ... festen Freund? Nennt man das so?«

Dr. Franke musterte ihn aufmerksam. »Sie überraschen mich, Herr Sonnenschein.«

»Warum?«

»Die meisten Leute begegnen Männern wie uns mit Misstrauen und einer vorgefassten Meinung. Die würden zuerst fragen, in welchen einschlägigen Lokalen er verkehrt hat, was seine sexuellen Vorlieben waren, ob er Puppenjungs mit nach Hause nahm ... Sie aber fragen mich, ob er einen festen Freund hatte.«

Sonnenschein war verlegen geworden und trank von seinem Kaffee, um es zu überspielen. »Wenn ich ehrlich bin, hat seine Wohnung uns das verraten. Vieles deutet darauf hin, dass sich häufig derselbe Mann dort aufgehalten hat.«

»Dennoch, Sie sind rücksichtsvoll, das ist angenehm. Rainer hatte einen festen Freund, schon seit mehreren Jahren. Sie wohnten nicht zusammen, sahen einander aber regelmäßig. Seinen Namen kenne ich nicht, Rainer legte Wert auf Diskretion. Ich habe allerdings vermutet, es könnte jemand sein, der in der Öffentlichkeit nicht unbekannt ist.«

»Sie meinen, er wollte seinen Freund schützen?«

Franke nickte. »Rainer selbst brauchte keine beruflichen Nachteile zu fürchten. Jemand anders hingegen ...« Er schwieg kurz und fragte dann: »Kennen Sie den Namen Dr. Hans Marwede?«

Sonnenschein schüttelte den Kopf.

»Er war Kampfflieger im Krieg, ein echter Held. Wurde von den Amerikanern gefangengenommen. Danach studierte er hier in Berlin Naturwissenschaften, ein viel versprechendes Talent. Er arbeitete im Labor von Einstein und Max von Laue, war Mitglied der Berliner Physikalischen Gesellschaft.«

»Und was ist mit ihm passiert?«

»Er wurde in diesem Jahr wegen eines Verstoßes gegen den § 175 verurteilt und muss seine akademische Karriere wohl aufgeben. Wie ich hörte, will er in die Wirtschaft gehen. Dort nimmt man es vielleicht nicht so genau. Jedenfalls können Sie sich vorstellen, was Männer riskieren, wenn ihre Veranlagung öffentlich bekannt wird. Vermutlich wollte Rainer seinen Freund vor so etwas schützen.«

Sonnenschein schaute von seinem Stenoblock auf. »Gibt es jemand anderen im Haus, der von diesem Freund wissen könnte?«

Franke schüttelte bedächtig den Kopf. »Es würde mich überraschen. Rainer war mein engster Mitarbeiter. Wenn er es mir nicht erzählt hat, dann wohl auch niemandem sonst. Wie ich bereits sagte, war er ein Mensch, der Arbeit und Privates streng voneinander trennte.«

»Hat er je über seine Familie gesprochen?«

»Er erwähnte mal eine Schwester im Rheinland, zu der er kaum Kontakt hatte. Ich glaube, die Eltern sind verstorben.«

»Wir haben in seiner Wohnung den Prospekt eines

Damenmode-Ateliers am Kurfürstendamm gefunden, Morgenstern & Fink. Hat er das je erwähnt?«

Franke lachte überrascht auf und schlug dann die Hand vor den Mund, als schämte er sich für den Anflug von Heiterkeit. »Verzeihen Sie, das war unangebracht. Aber der Gedanke überrascht mich. Rainer war ganz sicher kein Transvestit.«

Sonnenschein erläuterte ihm den Zusammenhang.

»Ach, die Geschichte mit der Modenschau, ich hatte mir den Namen der Firma nicht gemerkt. Nein, ich wüsste nicht, welche Verbindung er dorthin haben sollte. Darf ich hier im Institut bekanntgeben, dass Herr Vogt verstorben ist? Und werden Sie uns Bescheid sagen, wann die Beerdigung stattfindet? Gewiss wollen alle Kollegen ihm die letzte Ehre erweisen.«

»Selbstverständlich. Und falls Ihnen noch etwas einfällt …« Sonnenschein gab ihm seine Visitenkarte.

Franke nahm sie und schüttelte ihm die Hand. »Ich werde mich im Haus umhören. Falls es irgendetwas gibt, das Ihnen helfen könnte, lasse ich es Sie wissen.«

12

Carl Fink wirkte nicht überrascht, als er Leo und Walther die Wohnungstür in der Beletage des Wilmersdorfer Mietshauses öffnete. Er trat beiseite, um sie einzulassen; er fragte gar nicht erst, worum es ging.

Fink hatte sich auf erschreckende Weise verändert. Er war blass und unrasiert, seine Augenlider waren rot und geschwollen, die Haare hatte er nur flüchtig aus dem Gesicht gestrichen. Er trug das Hemd ohne Kragen, die Ärmel waren achtlos aufgekrempelt.

»Bitte hier entlang.« Die honigbraunen Dielen waren blank gebohnert, im Wohnzimmer lag ausgesucht schönes Parkett. Die Einrichtung war eine bunte Mischung aus alt und neu, Nord und Süd. Ein kleiner marokkanischer Teetisch mit ziselierter Metallplatte, ein Sofa mit geschwungenen Seitenlehnen, Pflanzen in italienischen Terrakotta-Kübeln, an den Wänden abstrakte Kunst und Reproduktionen alter Meister. Durch die hohen Fenster blickte man auf Bäume, die einen ersten zartgrünen Schimmer zeigten. Hier wohnten Menschen, die Wert auf Schönheit legten.

»Nehmen Sie Platz.« Fink blieb stehen, die Hände in den Taschen, den Kopf leicht gesenkt. Leo konnte sehen, wie er die Lippen aufeinanderpresste. Dann räusperte er sich und blickte auf. »Kann ich Ihnen etwas anbieten?«

»Nein, danke«, sagte Leo. »Sie wissen, warum wir hier sind?«

Er nickte knapp.

Walther holte sein Notizbuch heraus.

»Sie kannten Rainer Vogt?«

»Ja.« Er ging langsam auf und ab, den Rücken leicht gebeugt. »Er ... wurde erschlagen?«

»In seiner Wohnung. Am Samstag, vermutlich zwischen sechs und sieben Uhr abends.«

Fink ließ sich schwer in einen Sessel fallen. Er drückte die Faust vor den Mund und schloss die Augen.

Leo sagte nichts. Manchmal musste man einfach geduldig sein, dann sprachen die Leute von selbst.

»Ich war am Donnerstag noch bei ihm. Über Nacht. Wir haben am Freitag zusammen gefrühstückt.« Ihm versagte die Stimme.

»Er war Ihr Freund?«

Fink hob den Kopf, seine geröteten Augen funkelten herausfordernd. »Mein Geliebter. Sie können es ruhig offen aussprechen.«

»Seit wann?«

»Seit fünf Jahren.«

Also schon vor der Heirat, dachte Leo. »Wir haben uns in der Adonis-Diele kennengelernt«, fuhr Fink fort. »Rainer hatte Streit mit seinem Freund. Die Gelegenheit konnte ich mir nicht entgehen lassen, ich habe ihn zum Tanz aufgefordert. Später habe ich gemerkt, dass er nicht so schüchtern war, wie er aussah. Er wusste genau, was er wollte. Von diesem Abend an wollte er mich. Und ich ihn.« Er lachte leise, als hätte er für einen Moment vergessen, dass der Mann, von dem er sprach, tot war.

»Sie haben aber nie zusammengewohnt?«

Fink zündete sich eine Zigarette an und zupfte ein Fädchen Tabak von der Zunge. Dann lehnte er sich zurück und schaute Leo offen an. Sein Gesicht hatte ein wenig Farbe angenommen. »Berlin ist eine Stadt, in der Männer wie wir durchaus Freiheiten genießen. Es gibt Lokale, in denen wir miteinander tanzen können und nicht gleich verhaftet werden, wenn wir uns küssen. Besucher aus aller Welt kommen her und genießen das Spektakel – Männer in Frauenkleidung, Männer, die mit Männern, und Frauen, die mit Frauen tanzen. Aber eins dürfen Sie nicht vergessen – was wir tun, ist nach wie vor strafbar. Es ist nicht das Gleiche, ob ich eine Bar in der Bülowstraße besuche oder offiziell mit einem Mann zusammenlebe.«

»Sie haben also geheiratet, als Sie und Herr Vogt schon ein Paar waren?«

»Ja.«

»Und Ihre Frau weiß davon?«

Fink sah ihn herablassend an. »Wollen Sie mir Verlogenheit oder meiner Frau Dummheit unterstellen? Natürlich wusste Lotte davon, schon immer. Ich habe ihr nie etwas verheimlicht.«

Leo hob die Hand. Er hatte erkannt, dass Finks Arroganz reiner Selbstschutz war. »Das müssen Sie mir genauer erklären. Ihre Frau ist eine Ehe mit einem Mann eingegangen, der sexuell nicht an ihr interessiert war? Der einen anderen Mann liebte?«

»Ich habe Lotte sehr gern. Wir sind gute Freunde und arbeiten perfekt zusammen. Das ist mehr, als manches Ehepaar von sich behaupten kann.«

»Gewiss. Aber wenn sie nun einen Mann kennenlernt, der sie als Frau liebt, der Kinder mit ihr haben möchte? Was wird dann aus Ihrer Ehe?«

Fink lachte bitter. »Sie haben wenig Phantasie. Es gibt tatsächlich Frauen, denen ihr Beruf wichtiger ist als Kinder, die anders leben wollen. Lotte und ich sind frei, und niemand stellt uns dumme Fragen. Ist das so schwer – worüber reden wir hier eigentlich?«, brach es unvermittelt aus ihm heraus. »Rainer ist tot, und wir halten uns mit diesem kleinbürgerlichen Unsinn auf ...«

Er verstummte abrupt und schlug die Hand vor den Mund. Er atmete heftig und schien kurz vor einem Zusammenbruch. Leo nickte Walther zu, der aufstand und wortlos den Raum verließ. Kurz darauf kam er mit einem Glas Wasser zurück und drückte es Fink in die Hand.

»Danke.« Fink trank einen Schluck und lehnte den Kopf zurück. »Es tut mir leid.«

»Schon gut. Es muss ein furchtbarer Schock sein.«

Er wartete, bis Fink sich halbwegs gefasst hatte. »Wir haben in Herrn Vogts Wohnung eine Broschüre Ihrer Firma gefunden.«

»Ach, die hat er aufgehoben? Es war die erste Werbung, die Lotte und ich unter unserem gemeinsamen Firmennamen veröffentlicht haben. Ich habe sie Rainer gezeigt, wollte ein bisschen damit angeben.«

»Herr Fink, wir fragen uns natürlich, ob die Vorfälle in Ihrer Firma und der Tod von Rainer Vogt zusammenhängen. Diese Frage steht im Vordergrund der Ermittlungen. Wenn dem so ist, hätte sich das Ausmaß der Bedrohung gesteigert: zuerst die mutmaßliche Durchsuchung Ihrer Geschäftsräume, dann der Anschlag auf die Modenschau und jetzt der Tod Ihres Geliebten.«

Fink sah ihn an, und die Trostlosigkeit in seinen Augen rührte Leo. »Sie meinen, Rainers Tod könnte mit mir zu tun haben?«

»Um das herauszufinden, sind wir auf Ihre Hilfe angewiesen. Wir müssen so viel wie möglich über ihn erfahren. Vermutlich hat ihm niemand näher gestanden als Sie.« Leo erwähnte nicht, dass Fink gerade deswegen automatisch als verdächtig galt.

Fink atmete tief durch. »Das ist richtig.« Er fuhr sich mit der Hand über das Gesicht. »Würden Sie mir etwas Zeit geben? Ich verspreche, ich komme zu Ihnen ins Präsidium und werde alles tun, um Ihnen zu helfen, damit Sie ...«

Leo sah, wie der Mann mit den Tränen kämpfte, und schaute zu Walther, der kaum merklich mit den Schultern zuckte. Er stand auf, und sein Freund tat es ihm nach.

»Kommen Sie heute Nachmittag um fünf in mein Büro. Bis dahin habe ich auch einige Fotografien, die ich Ihnen zeigen möchte. Sie brauchen uns nicht hinauszubegleiten.«

Sie gingen schweigend die Treppe hinunter. Unten im Flur sagte Walther nachdenklich: »Hättest du gedacht, dass so jemand ... ich meine, er trauert wirklich.«

Leo schob die Hände in die Manteltaschen und stieß die Haustür mit der Schulter auf. »Er sieht aus wie ein Mann, der die Mitte seines Lebens verloren hat.«

Paul Delbrück hatte unterdessen seinen Bericht hereingereicht, zusammen mit den Fotografien der einzelnen

Räume, die Leo erbeten hatte. In der Wohnung waren vor allem die Fingerabdrücke von zwei Personen gefunden worden: Die einen stammten von Vogt, die anderen vermutlich von Carl Fink. Es gab einige unvollständige Abdrücke an Türrahmen und Möbelstücken, die wenig Erfolg versprachen. Die ganze Wohnung war so sauber, dass Spuren früherer Besucher größtenteils verschwunden waren. Angesichts des trockenen Wetters gab es keine Schuhabdrücke, die Hinweise auf Besucher der Wohnung geliefert hätten.

Leo überflog Hasselmanns Bericht über die Befragung von Gerda Schmidt. »Besser konnte sie ihn nicht beschreiben?«

Hasselmann zog eine Augenbraue hoch. »Ich war schon froh, dass überhaupt jemand was gesehen hat. Die gute Frau kommt mir vor wie ein Mensch, der nie richtig wach wird. Sie arbeitet nachts, raucht wie ein Schlot und sieht aus, als würde sie den Alkohol nicht nur verkaufen.«

Leo hob die Hand. »Augenblick mal.« Er warf einen Blick auf den Bericht. »Ballonmütze?«

»Ja, so hat sie ihn beschrieben.«

»Ich habe euch doch von dem Strichjungen Erich erzählt, den ich in der Nollendorfstraße getroffen habe. Der trägt eine solche Mütze. Na ja, und mit ihm halb Berlin.« Er rieb sich nachdenklich das Kinn. »Er ist ein schmächtiger Junge, noch kleiner als Vogt. Und warum sollte er sich in der Gegend herumtreiben, wenn er dort vor kurzem jemanden erschlagen hat?«

Jetzt unterbrach ihn Walther. »Nicht so schnell – um jemanden niederzuschlagen, braucht es nicht viel Kraft. Und Vogt war nicht groß. Vielleicht wollte der Junge

Vogt ausrauben und hat ihn in Panik niedergeschlagen. Oder damit er ungehindert fliehen konnte.«

»Es gibt aber keine Spuren eines Raubüberfalls.«

»Dann eben Streit ums Geld. Vielleicht war Vogt doch ein Freier, der Junge kann gelogen haben. Natürlich tragen viele solche Mützen, aber er trieb sich in der Gegend herum und kannte den Toten. Dem sollten wir nachgehen«, warf Hasselmann ein.

»Er hat sein Revier am Halleschen Tor. Wir gehen heute Abend hin. Um acht, würde ich sagen, vorher hat es keinen Sinn.«

Carl Fink erschien pünktlich um fünf im Büro, frisch rasiert, die blonden Haare ordentlich gekämmt, tadellos gekleidet. Dunkler Anzug mit Weste, weißes Hemd, dunkles Einstecktuch mit Paisleymuster. Er war immer noch blass, seine Augen waren geschwollen, doch er wirkte gefasst.

Leo nahm als Erstes seine Fingerabdrücke. Fink ließ ihn geduldig einen Finger nach dem anderen auf das Stempelkissen und das Formular drücken und wischte dann die Hände sorgfältig an einem Taschentuch ab.

Leo erkundigte sich nach Rainer Vogts Arbeit im Institut für Sexualwissenschaft, und Fink bestätigte, was Sonnenschein schon von Dr. Franke erfahren hatte.

»Hat er gern dort gearbeitet?«

Fink nickte. »Sehr gern. Es war zwar nicht der Beruf, den er gelernt hatte, aber er ist … er war dafür geboren, mit Menschen umzugehen. Soweit ich weiß, war er bei seinen Kollegen beliebt. Persönlich gekannt habe ich sie nicht, Rainer hat Beruf und Privatleben immer streng getrennt.«

»Wurde er je bedroht?«, fragte Leo.

Fink schüttelte den Kopf. »Außer der einen oder anderen Bemerkung auf der Straße oder in Kneipen, nein. Nichts Ernsthaftes. Die üblichen dummen Sprüche, daran ist unsereins gewöhnt.«

»Hatte er Familie?«

»Seine Eltern sind tot. Seine Schwester Ursula wohnt in Köln, sie hatten kaum Kontakt. Er hat es bedauert, aber Ursulas Mann ... hieß seinen Lebenswandel nicht gut. Seine Neffen hat er nie kennengelernt. Schlechter Einfluss, Sie wissen schon.«

Leo räusperte sich. »Wir werden seine Schwester natürlich verständigen, aber falls sie sich nicht um die Beerdigung kümmern möchte –«

»Ich übernehme das«, sagte Fink rasch. »Das hätte ich ohnehin getan. Es ist das Mindeste ...« Er schluckte. »Haben Sie schon einen Verdacht? Ich grübele ständig, wer so etwas tun könnte, ob Rainer irgendwann etwas erwähnt hat, einen Streit oder eine Drohung, aber ich kann mich an nichts erinnern.«

Leo stand auf und öffnete die Tür zum Vorzimmer. »Sind die Fotos inzwischen da, Fräulein Meinelt?«

Er kam mit einem Umschlag zurück und legte ihn auf den Schreibtisch. »Wir sind auf Ihre Hilfe angewiesen, Herr Fink. Die Tatwaffe wurde nicht in der Wohnung gefunden, könnte aber durchaus von dort stammen. Sollte dies der Fall sein, hat der Täter wahrscheinlich spontan nach einem Gegenstand gegriffen. Bei einer geplanten Tat hätte er die Waffe vermutlich mitgebracht. Meine Kollegen haben sämtliche Räume fotografiert. Schauen Sie sich die Fotografien genau an, vielleicht fällt Ihnen etwas daran auf. Falls nicht, können wir auch eine Wohnungsbegehung durchführen.«

Fink deutete auf den Umschlag. »Darf ich …«

Leo nahm die Bilder heraus und fächerte sie auf. Er beobachtete, wie Fink ein Foto nach dem anderen in die Hand nahm. Sein Gesicht verriet jede Regung, zwischendurch presste er die Lippen zusammen und wandte sich kurz ab. Als sein Blick auf die Bilder mit dem Blutfleck fiel, zog er scharf die Luft ein. Dann straffte er die Schultern und deutete entschlossen mit dem Zeigefinger auf ein Bild. »Auf diesem Schrank steht gewöhnlich eine Bronzestatue, ungefähr dreißig Zentimeter hoch. Sie stellt einen Diskuswerfer dar. Haben Sie ein Blatt Papier für mich?«

Leo schob ihm Papier und Bleistift hin, worauf Fink mit wenigen Strichen treffend die Figur eines nackten Mannes skizzierte, der den Arm mit dem Diskus nach hinten ausgestreckt hatte. Mit der anderen stützte er sich auf dem Knie ab.

»Hm.« Leo betrachtete die Zeichnung. »Die Kopfverletzung stammt eindeutig von einem stumpfen Gegenstand. Wenn ein Arm der Statue ausgestreckt war, hätte der Schlag andere Spuren hinterlassen.«

»Sie hat einen Sockel.« Fink fügte ihn rasch hinzu. »Wenn der Täter die Statue am Kopf oder dem ausgestreckten Arm ergriffen hat …« Er brachte es nicht über sich, den Satz zu vollenden. »Vielleicht hilft Ihnen das weiter«, sagte er stattdessen.

»Und Sie sind sicher, dass die Statue bei Ihrem letzten Besuch noch dort gestanden hat?«

Fink lächelte traurig. »Es war ein Witz, ich habe immer meinen Hut darüber geworfen. Auch am letzten

Donnerstag, als ich in die Wohnung kam. Die Statue war dort, ohne jeden Zweifel.«

Leo ging mit der Skizze nach nebenan. »Robert, du trommelst für morgen alle verfügbaren Kollegen zusammen. Sie sollen die Gegend um das Haus, in dem Rainer Vogt gewohnt hat, nach einer Bronzestatue absuchen. Etwa dreißig Zentimeter hoch, sie stellt einen Diskuswerfer dar.« Er legte ihm die Zeichnung auf den Tisch. »Durchsucht Hinterhöfe, Mülleimer, unbebaute Grundstücke. Ich nehme an, der Täter wollte die Statue wegen der Fingerabdrücke nicht in der Wohnung lassen, sie aber so schnell wie möglich loswerden. Vielleicht haben wir Glück. Heute hat das allerdings keinen Zweck mehr, zu wenig Licht.«

Er ging zurück zu Fink und setzte sich wieder. »Eines muss ich Sie noch fragen. Wäre es denkbar, dass Herr Vogt eine weitere Beziehung hatte? Dass man ihn aus Eifersucht getötet hat?«

Fink sah ihn verblüfft an. »Wie kommen Sie darauf?«

»Eine Nachbarin hat am Samstag ungefähr zur Tatzeit einen Mann aus seiner Wohnung kommen sehen. Er trug eine Ballonmütze und eine braune Jacke und lief rasch die Treppe hinunter, als wäre er auf der Flucht. Wir vermuten, dass er der Täter ist.«

Fink blieb überraschend ruhig. »Das mag wohl sein. Es heißt aber nicht, dass Rainer mit diesem Mann ein Verhältnis hatte.«

»Kennen Sie einen Strichjungen namens Erich?«

»Nein. Warum?«

»Ich habe ihn in der Nähe des Hauses getroffen. Er kannte Herrn Vogt.«

Fink schüttelte den Kopf. »Das kann nicht sein. Ich meine, er mag Rainer gekannt haben, aber nicht als Freier. Niemals.«

»Erich sagte, er habe sich Rat bei Herrn Vogt im Institut geholt, als er geschlechtskrank war.«

Carl Fink schloss flüchtig die Augen, bevor er Leo wieder ansah. »Ich kann mich glücklich schätzen, dass ich einen Mann wie Rainer haben durfte. Und ich glaube, dieses Gefühl beruhte auf Gegenseitigkeit. Daher –« Er zuckte hilflos mit den Schultern. »Es gab niemanden sonst. Für uns beide nicht.«

Leo zögerte einen Moment, bevor er seine letzte Frage stellte. »Herr Fink, bitte sagen Sie mir, wo Sie am Samstagabend zwischen sechs und halb acht gewesen sind.«

Fink hob abrupt den Kopf. »Das fragen Sie mich nach … nach alldem? Haben Sie einen Grund, mich zu verdächtigen, oder liegt es nur daran, dass ich …« Er hielt inne und drückte die Hand gegen den Mund.

»Bitte beantworten Sie meine Frage.«

»Ich war zu Hause bei meiner Frau.« Leo sah, wie sich sein Blick veränderte, härter wurde. »Sie hat mir die Geschichte mit dem Spielklub erzählt und dass man sie damals bei der Polizei vorgeführt hat. Ich hatte gemerkt, dass etwas nicht stimmte, als Sie Lotte nach der Finanzierung des Ateliers gefragt haben. Gegen halb neun sind wir essen gegangen, das ist alles.«

Als Fink gegangen war, setzte Leo sich mit den Kollegen zusammen. Von der wichtigen Beobachtung Fräulein Schmidts einmal abgesehen, hatte auch die Befragung in der umliegenden Nachbarschaft nicht viel ergeben.

Vogt galt als ruhiger, freundlicher Mann, der selten in den Etablissements um Nollendorfplatz und Bülowstraße verkehrte. Man hatte ihn gelegentlich mit einem blonden, gut gekleideten Mann gesehen.

Leo nickte und blickte ernst in die Runde. »Wir können Carl Fink als Täter nicht ausschließen. Vogt hätte ihm bereitwillig die Tür geöffnet, außerdem besitzt er sicher einen Schlüssel. Und seine Ehefrau ist sein einziges Alibi.«

»Andererseits hat er uns auf die Statue aufmerksam gemacht«, gab Walther zu bedenken. »Sollte das die Tatwaffe sein, würde das für seine Unschuld sprechen.«

»Nicht unbedingt«, sagte Leo. »Wenn er skrupellos genug ist, könnte er auf diese Weise den Verdacht auf jemand anderen lenken. Warten wir mal ab, wo wir die Statue finden.«

»Und das Motiv?«, fragte Walther.

»Vogt könnte eifersüchtig gewesen sein. Immerhin hat Fink geheiratet, auch wenn sie angeblich wie Bruder und Schwester miteinander leben«, sagte Leo.

»Oder Vogt hat Fink erpresst. Fink hatte mehr zu verlieren als Vogt, weil er nach außen hin eine normale Ehe führt und seinen Ruf wahren wollte.«

Sonnenschein räusperte sich. »Der Herr, mit dem ich im Institut gesprochen habe, erklärte, er habe keinerlei Veränderungen an Vogt bemerkt. Nichts deutete darauf hin, dass er privaten Kummer hatte.«

»Wir spekulieren nur«, sagte Leo. »Ich weiß, wie gut die Zeugen über den Toten sprechen, bisher hat niemand ein schlechtes Wort über ihn verloren. Und Finks Trauer wirkt auf mich echt. Aber wie bereits gesagt, wir können und dürfen ihn als Täter nicht ausschließen. Wir müssen die Tatwaffe finden, dann sehen wir hoffentlich klarer.«

Leo, Walther und Hasselmann fuhren gemeinsam zum Halleschen Tor. Um acht Uhr herrschte noch Betrieb auf dem Platz am Landwehrkanal, die Hochbahn spie ständig neue Fahrgäste aus, die aus Läden und Fabriken nach Hause eilten oder in den Vergnügungslokalen der südlichen Friedrichstraße arbeiteten. Für sie begann der Tag am Abend, genau wie für die Jungen, die sich am Ufer des Landwehrkanals herumtrieben und auf Freier warteten.

»Wir teilen uns auf«, sagte Leo. »Um halb zehn treffen wir uns wieder hier.«

Er hoffte, Erich selbst zu finden, da er einem Polizisten, den er schon kannte, eher vertrauen würde. Er bezweifelte, dass Erich der Täter war, doch ausgeschlossen war es nicht, und bloße Vermutungen brachten sie nicht weiter. Was der Junge brauchte, war ein Alibi.

Leo ging in östlicher Richtung die breite Gitschiner Straße entlang, von der nach einigen hundert Metern rechts das Sedan-Ufer abzweigte. An der Nordseite des Kanals standen keine Bäume, eine steinerne Balustrade trennte den Gehweg von der Böschung, die zum Wasser hinunterführte. Hier lungerten Gruppen von Heranwachsenden und jungen Männern herum.

»So allein am Abend?«

Leo drehte sich um und stand einem Jungen gegenüber, den er auf fünfzehn schätzte. Das Licht der Straßenlaterne fiel auf sein rundes Gesicht und die Augen, die mit Kajalstift nachgezogen waren. Seine kräftige

Statur bildete einen seltsamen Gegensatz zu der femininen Schminke.

»Ich suche jemanden.«

»Den haben Sie gefunden.«

Leo zeigte seine Dienstmarke, worauf der Junge misstrauisch zurückwich. »Bin ja schon weg.«

»Keine Sorge, ich will dich nur was fragen. Kennst du den Erich?«

Der Junge zuckte mit den Schultern und zog die Lederjacke enger um sich. So jung, dachte Leo, kaum älter als Georg. Woher mochte er die Jacke haben? Geschenk eines Freiers?

»Welchen? Da gibt es viele.«

Leo beschrieb Erich aus der Nollendorfstraße. »Er sagt, er gehe auch schon mal drüben auf die andere Seite des Güterbahnhofs. Bülowstraße, Nollendorfplatz.«

Der Junge wirkte nun, da er Leo nicht mehr als Gefahr empfand, deutlich selbstsicherer. »Da geh ich nie hin. Fühl mich nicht wohl bei denen. Die feinen Pinkel sind oft geizig, das können Sie mir glauben. Bin einmal mit einem mitgegangen, der wollte nachher nicht zahlen. Dem hab ich's aber gegeben. Hab ihm in die Tasche gegriffen, da war eine Visitenkarte drin. Seine Frau hat sich über den Anruf gefreut.«

Leo grinste. »Kommen wir zurück zu Erich. Du kennst ihn also nicht?«

»Bin noch nicht lange in der Gegend.« Er deutete mit dem Daumen über die Schulter auf eine Gruppe Strichjungen. »Da hinten an der Wurstbude steht der Franz. Der ist schon ewig hier. Der kennt ihn sicher. Der Große mit der schwarzen Mütze.«

Leo nickte. Der Junge schlenderte davon, wobei er sich provokativ in den Hüften wiegte.

Auch an der Wurstbude empfing ihn Argwohn. Die Jungs erkannten ihn als Polizisten, noch bevor er sich ausgewiesen hatte.

Leo wandte sich an Franz. »Dein Kumpel sagt, du kennst den Erich. Ungefähr eins fünfundsechzig, mager, braune Haare, ein paar Aknenarben, hübscher Kerl.«

Franz maß ihn mit einem dreisten Blick und schaute in die Runde. »Hübscher Kerl? Der Herr Kommissar ist wohl ein Kenner.«

Gelächter. Einer biss in seine Wurst, dass der Saft spritzte. Es hätte auch eine Gruppe Arbeitersöhne sein können, die sich abends hier herumdrückten. Keiner von ihnen sah besonders feminin aus, was typisch für die Gegend war. Leo hatte sich umgehört. Die Freier, die hierherkamen, bevorzugten einfache, unauffällige Jungen. Hier traf man viele Arbeitslose und Flüchtlinge aus der Provinz, die auf diese Weise in der Großstadt ein Auskommen fanden.

Drei trugen Lederjacken, vermutlich eine Art Statussymbol, zwei andere gingen trotz des kühlen Abends nur im Pullover.

Leo schaute die Jungen gelassen an. »Und? Könnt ihr mir sagen, wo er ist?«

»Was hat der Erich ausgefressen?«, fragte Franz.

»Nichts. Ich will ihn nur befragen.«

»Das kennen wir. Warum sollten wir Ihnen trauen?«

Leo griff zu einer Halbwahrheit. »Erich könnte Zeuge eines Verbrechens geworden sein. Falls es stimmt und der Täter das weiß, wäre Erich in Gefahr, das ist euch doch klar. Wenn ihr mir sagt, wo ich ihn finden kann, helft ihr nicht nur mir, sondern vor allem ihm.«

Leo sah, wie es in Franz arbeitete. Dann zuckte der Strichjunge mit den Schultern und deutete in Richtung Alexandrinenstraße. »Da drüben gibt es ein Lokal, den Alex-Keller, gleich links um die Ecke. Da geht er öfter hin, um sich aufzuwärmen.«

Zum Alex-Keller stieg man einige Stufen hinunter und gelangte in einen schmalen, schlauchartigen Raum mit einer Theke an der linken Wand. Einfache Tische und Stühle, in einer Ecke klimperte jemand auf einem verstimmten Klavier. Es roch durchdringend nach Erbsensuppe, untermalt von etwas Süßlichem, das Leo nicht einordnen konnte. Nur drei Tische waren besetzt, und an einem davon entdeckte er Erich. Er saß auf dem Schoß eines älteren Mannes, der ihm gerade etwas ins Ohr flüsterte, woraufhin Erich schallend lachte.

Als Leo an den Tisch trat, schauten ihn die beiden an: Erich überrascht, der Mann, der mit seinem exakt gestutzten Schnurrbart und der Fliege wie ein Bankbeamter aussah, eher erschrocken. Der Eindruck verstärkte sich noch, als Erich etwas von »Polizei« hervorstieß.

Der Mann schob ihn abrupt von seinem Schoß.

»Sie können ruhig weitertrinken«, sagte Leo. »Ich entführe den jungen Herrn nur kurz vor die Tür.«

Ohne den Mann weiter zu beachten, schob er Erich an der Schulter auf die Straße.

»Was wollen Sie von mir?«, fragte der Junge. »Ich hab doch nichts getan.«

»Ich will wissen, wo du am Samstag zwischen sechs und halb acht abends warst.«

Erich überlegte kurz, dann riss er die Augen auf und sagte empört: »Sie glauben, ich hätte den Vogt erschlagen? Ist das Ihr Ernst? Der hat mir geholfen, als ich krank war, warum hätte ich das tun sollen?«

»Eine Nachbarin hat um diese Zeit einen Mann aus der Wohnung kommen sehen. Er trug eine Mütze wie deine.«

»So eine Mütze trägt doch halb Berlin!« Erich wollte schon lachen, besann sich aber und schüttelte nachdrücklich den Kopf. »Ich war nicht in seiner Wohnung. Ich war nicht mal in dem Haus. Nie. Gesehen habe ich ihn nur im Institut und ein paarmal auf der Straße, das ist alles.«

»Schön. Aber ich muss wissen, wo du um die Zeit am Samstag warst. Das nennt man Alibi, wie du sicher weißt.«

Erich zog die Schultern hoch und nickte in Richtung Tür. »Ich war hier. Hab ein paar Kisten geschleppt und dafür einen Teller Suppe bekommen. Dann kamen ein paar Freier. Sie können den Wirt fragen, ich bin erst gegen neun oder halb zehn losgezogen.«

Nachdem Leo mit dem Wirt gesprochen hatte, der die Aussage des Jungen bestätigte, machte er sich auf den Weg zum vereinbarten Treffpunkt. Eine Spur weniger, und doch war er erleichtert.

Als Leo nach Hause kamen, waren die Kinder im Bett. Er setzte sich zu Clara ins Wohnzimmer, wobei er spürte, wie ihr Blick auf ihm ruhte. Sie merkte immer, wenn es ihm besonders wichtig war, mit ihr allein zu sein.

Er trank einen Schluck Bier, der ihm nicht schmeckte, und verzog das Gesicht.

»Willst du drüber reden, oder soll ich dir einen Witz erzählen?«

Er musste unwillkürlich lächeln. »Heb dir den Witz für später auf.« Er berichtete von der Wohnung des Toten und versuchte zu erklären, was er dort empfunden hatte.

»Es wirkte so … selbstverständlich. Und ich war wütend, weil jemand es gewagt hatte, in diese kleine Welt einzudringen und sie zu zerstören. Die Wohnung strahlte …« Er schaute sie verlegen an. »Sie strahlte Liebe aus.« Leo machte eine vage Geste um sich herum. »Sie erinnerte mich an unsere.«

Clara setzte sich neben ihn auf die Sessellehne und legte den Arm um seine Schulter. Sein Kopf sank gegen ihren Körper.

»Fink war völlig erschüttert. Wie ein Witwer.« Er schwieg, als er sich an die Zeit nach Dorotheas Tod erinnerte. Sie lag lange zurück, doch die Begegnung mit Fink hatte sie wieder wachgerufen.

Clara musste nichts sagen, sie wusste, woran Leo dachte. »Es ist aber noch etwas anderes, oder?«, fragte sie behutsam.

Leo seufzte. »Wir können ihn als Täter nicht ausschließen. Bisher deutet nichts auf einen Raub hin, also war es möglicherweise eine Beziehungstat. Und dann ist Fink der erste, der in Frage kommt.«

»Und du fühlst dich nicht wohl dabei?«

Er schüttelte den Kopf. »Manchmal geht es einem gegen den Strich, jemanden zu verdächtigen, auch wenn der Verstand einem sagt, dass man es muss.«

Sie stand auf und nahm seine Hand. »Komm. Es war ein langer Tag.«

13

Mittwoch, 23. März 1927

Das Telefon auf Leos Schreibtisch klingelte. »Herr Wechsler, Frau Morgenstern für Sie am Apparat.«

»Stellen Sie sie bitte durch, Fräulein Meinelt.«

»Sie haben mir doch die Kleider zurückgeschickt.« Die Modeschöpferin klang aufgeregt. Nachdem die kriminaltechnische Untersuchung abgeschlossen war, hatten die Ermittler im Atelier angefragt, was mit den Kleidern geschehen solle. Sie waren natürlich nicht mehr zu gebrauchen, aber Lotte Morgenstern hatte dennoch um Rückgabe gebeten.

»Und?«

»Es sind nicht meine.«

Leo schlug die Akte zu, die vor ihm lag, und lehnte sich auf dem Stuhl zurück. »Nicht Ihre? Wir haben Ihnen dieselben Kleider geschickt, die wir aus dem Café mitgenommen haben und die von den Vorführdamen getragen wurden.«

»Ich habe mich missverständlich ausgedrückt. Natürlich sind es die Kleider, die Anna und Irene an dem Abend getragen haben, aber nicht die Kleider, die ich vor der Modenschau geprüft und abgenommen habe.«

»Sie meinen, jemand hat sie ausgetauscht?«

»Ich habe eine sentimentale Angewohnheit. Mein Vater hat mich immer Käferchen genannt, weil ich als

Kind so gern Marienkäfer mochte. Als ich mein eigenes Atelier eröffnet habe, ließ ich mir einen kleinen Stempel mit Marienkäfermotiv anfertigen. Bevor ich ein Kleid zum Verkauf freigebe, setze ich irgendwo innen den Stempel hinein – auf die Rückseite einer Tasche, knapp über den Saum oder ins Futter. Die meisten Kundinnen werden ihn nie bemerken. Es ist ein ganz persönliches Ritual für mich. Jedenfalls weiß ich genau, dass ich bei dem Kleid, das Anna Holtmann getragen hat, den Stempel in die Nähe der linken Seitennaht gesetzt hatte, knapp über dem Saum. Und zwar auf den Stoff selbst, nicht ins Futter. Das Futter haben Ihre Kollegen ja herausgetrennt.«

»Und der Stempel ist nicht mehr da«, sagte Leo.

»So ist es. Wurde das Kleid gewaschen? Die Farbe ist ziemlich wasserfest, aber –«

»Dem Bericht zufolge nicht. Die Analyse konzentrierte sich vor allem auf das Futter, in dem das Capsaicin enthalten war. Es wurde zu den Asservaten genommen, aber es gab keinen Grund, das Kleid zu waschen.« Die Ermittlungen hatten sich verzögert, da sie zusätzlich den Fall Vogt bearbeiten mussten, aber dies eröffnete neue Möglichkeiten. »Frau Morgenstern, Sie haben uns einen wichtigen Hinweis geliefert. Ich möchte Sie bitten, sich die Kleider ganz genau anzusehen, vorzugsweise mit Handschuhen, es könnten noch Reste der Substanz darin vorhanden sein. Sie selbst kennen Ihre Arbeit am besten.«

»Das ist nicht nötig. Nachdem ich das Fehlen des Stempels entdeckt hatte, habe ich mir die Kleider genau angeschaut und kleine Unregelmäßigkeiten entdeckt. So klein, dass sie mir zuvor entgangen sind.«

»Oder nicht vorhanden waren, weil Sie diese Kleider nie geprüft haben«, warf Leo ein.

Sie begriff sofort. »Sie meinen, man hat sie erst unmittelbar vor der Modenschau ausgetauscht?«

»Genau.« Leo stand auf und setzte sich auf die Schreibtischkante. »Wann hat die letzte Anprobe stattgefunden? Am Tag vor der Veranstaltung, nicht wahr?«

»Ja. Die Vorführdamen waren alle da, wir haben letzte Korrekturen vorgenommen, Kleinigkeiten wie Knöpfe versetzen oder Nähte korrigieren. Wenn nötig, wurden die Kleider noch einmal gebürstet und dann auf die Stange gehängt. Mir ist nichts Ungewöhnliches daran aufgefallen.«

Leo griff nach einem Notizblock und schrieb einige Fragen auf. »Wie Sie wissen, haben wir alle Kleider untersucht. Die Substanz fand sich nur in den beiden, die zuerst getragen wurden. Das hatte vermutlich praktische Gründe. Sie hingen nebeneinander am vorderen Ende der Stange und kamen so nicht mit den anderen in Berührung. Und der Täter konnte die Modenschau gleich zu Beginn sabotieren.«

»Wohlüberlegt«, sagte Lotte Morgenstern mit bitterer Stimme.

»Ja, das war gut geplant. Noch eine wichtige Frage: Sie haben kleine Unregelmäßigkeiten bemerkt. Würden Sie so weit gehen zu sagen, dass die beiden Kleider nicht in der Werkstatt gefertigt wurden, mit der Sie gewöhnlich zusammenarbeiten?«

»Ja, das würde ich. Ich verlange höchste Qualität und habe sie immer bekommen. Das ist die Arbeit einer anderen Schneiderin, ganz sicher.«

»Das würde bedeuten, dass jemand der Schneiderin

die Entwürfe überlassen haben muss. Vielleicht sogar die Kleider selbst.«

Frau Morgenstern atmete hörbar durch. »Also war es wirklich jemand von uns? Aus dem Atelier?«

»Es sieht ganz danach aus.«

Leo hatte gerade aufgelegt, als Walther an die Verbindungstür klopfte.

»Endlich!« Er schwenkte die Liste der Apotheken, an der er mit Unterbrechungen gearbeitet hatte. »Bei der drittletzten hatte ich Erfolg. Die Ulmen-Apotheke in Oranienburg.«

»Ganz schön weit entfernt.«

Walther zuckte mit den Schultern. »Irgendwoher musste es ja gekommen sein. Nachdem wir mit den Berliner Apotheken durch waren – von denen viele die Substanz nicht einmal auf Lager haben –, haben wir die Suche auf die Städte in der näheren Umgebung ausgedehnt. Und bei dieser Apotheke waren wir erfolgreich. Sie hatten bis vor kurzem zwei Gläser mit je zwanzig Gramm Pulver in ihrem Giftschrank. Eins davon wurde am 23. Februar verkauft.«

»Du fährst hin.«

»In Ordnung.«

Leo berichtete von dem Telefonat mit Lotte Morgenstern.

»Das ist eine gute Neuigkeit«, sagte Walther. »Aber wie gehen wir jetzt vor? In Berlin dürfte es zigtausend Leute geben, die so etwas nähen können.«

Leo nickte. »Gewiss, aber es ist der wichtigste Hinweis, den wir haben. Wo sind Sonnenschein und Haselmann?«

»Die hast du auf die Suche nach der Tatwaffe geschickt.«

»Verdammt, ja.« Er überlegte kurz. »Schick Ranke in die Apotheke, du kommst mit mir. Wir tun jetzt, was wir längst hätten tun sollen. Wir nehmen den Laden auseinander, bis wir was gefunden haben.«

Als er Walthers überraschten Blick bemerkte, fügte er hinzu: »Es kann niemand von außen gewesen sein. Eigentlich habe ich es nie geglaubt und glaube es nach der Sache mit den vertauschten Kleidern erst recht nicht mehr. Und wir gehen unangekündigt hin.«

In dringenden Fällen konnten Kriminalbeamte ohne richterliche Anordnung eine Durchsuchung vornehmen, und von diesem Recht machte Leo Gebrauch.

»Eine Durchsuchung?« Carl Fink war neben seine Frau getreten. Er war höflich und zuvorkommend und verhielt sich so, als hätte es das Gespräch am Vortag nie gegeben. »Aber wir haben Ihnen sämtliche Unterlagen gezeigt, Sie haben Einsicht in die Bücher erhalten, mit allen Angestellten gesprochen ...«

»Gewiss. Aber die bisherigen Ermittlungen lassen den Schluss zu, dass die Tat von einer oder mehreren Personen verübt wurde, die Zugang zum Geschäft haben und die Gepflogenheiten bestens kennen. Die Entwürfe herausschmuggeln oder sogar offiziell mitnehmen konnten, die eine Schneiderin kennen, die gut genug ist, um die Kleider so zu kopieren, dass selbst Frau Morgenstern getäuscht wurde ...«

Lotte Morgenstern legte ihrem Mann die Hand auf den Arm. »Lass sie, Carl. Wir wollen doch, dass es aufhört. Und dass Rainers Mörder gefunden wird.«

Er hielt sich sehr gerade, aber Leo bemerkte die Anspannung in Hals und Schultern. Dann nickte er ruckartig und machte eine einladende Geste. »Bitte.«

Lotte ging zur Tür, schloss sie ab und hängte ein Schild mit der Aufschrift »Vorübergehend geschlossen. Wir bitten um Verständnis« davor.

Leo und Walther begannen mit dem Verkaufsraum, schauten in die Glastheken, die großzügigen Umkleidekabinen mit den hohen Spiegeln, suchten hinter den bequemen Polstersesseln und in den Ablagen für Handtaschen und Hüte. Eigentlich war es nur eine Formalität, dachte Leo, denn wenn sich etwas fände, dann in den hinteren Bereichen, die den Kundinnen verborgen blieben.

Sie durchsuchten die Buchhaltung, das Verkaufsbüro, den Lagerraum, den Pausenraum und die Teeküche, die alle von einem ziemlich schmalen Flur abzweigten, der hinter den Verkaufsräumen verlief. Sie fanden nichts.

Leo spürte die misstrauischen Blicke der Angestellten, die sich im Flur versammelt hatten, während ihre Arbeitsplätze durchkämmt wurden, doch sie galten nicht nur ihm und seinem Kollegen, sondern auch einander. Die Vorstellung, jemand aus ihrer Mitte könnte einen Anschlag wie diesen geplant haben, breitete sich aus wie ein schleichendes Gift.

»Darf ich den Laden wieder öffnen, wenn Sie hier hinten beschäftigt sind?«, fragte Anita Haase höflich. »Seit dem Anschlag kommen deutlich weniger Kundinnen …«

Leo schüttelte den Kopf. »Ich habe Verständnis für Ihre schwierige Lage, aber wir müssen die Durchsuchung abschließen, bevor Dritte die Geschäftsräume betreten.«

Fräulein Haase nickte und warf Lotte Morgenstern einen entschuldigenden Blick zu.

Im Flur wurde es allmählich eng. »Gehen Sie bitte wieder an die Arbeit«, sagte Leo zu den Umstehenden, »das Entwurfszimmer ist der letzte Raum, dann sind wir fertig. Wenn Sie uns bitte so lange allein lassen würden.«

Er schloss die Tür hinter sich und schaute Walther an. »Du nimmst die Regale links, ich die rechts, danach die Tische.«

In den Regalen lagerten Mappen mit Entwürfen, nach Kollektionen geordnet. Daneben Werbebroschüren, Plakate, Anzeigentexte. Ordner mit Ausschnitten aus Zeitungen und Illustrierten und Kunstbildbände, vermutlich zur Inspiration. Es gab Werke über die Mode vergangener Jahrhunderte, Nachschlagewerke zur Textilkunde und dicke Ordner mit Stoffmustern, manche davon sogar aus Italien und England.

Leo und Walther gingen den Inhalt der Regale minutiös durch und bliesen zwischendurch den Staub von älteren Stapeln, die lange niemand in der Hand gehabt hatte. Walther hustete, als eine Wolke aus einem alten Modewörterbuch aufstieg.

Es war immer schwierig, wenn man nicht wusste, wonach man suchte, sondern einfach nur nach etwas Ausschau hielt, das nicht ins Bild passte.

Leo wollte sich gerade aufrappeln und die Hose abklopfen, als er hinter sich ein Murmeln hörte.

»Was gibt's?« Er stand auf und schaute zu seinem Freund, der die Schubladen von Finks Arbeitstisch durchsuchte.

Walther hielt Leo ein Blatt Papier hin, das zweimal gefaltet gewesen war. »Sieh mal. Ob das wichtig ist?«

Das Papier war von guter Qualität und mit dem Briefkopf der Firma Janson versehen. Darunter hatte jemand von Hand notiert: *Bertha Focke, Feldstr. 3, 3. Stock.*

»Ist das Finks Handschrift?«, fragte Leo.

»Ja, ich habe sie mit anderen Dokumenten verglichen. Es muss nichts bedeuten, aber wir sollten ihn danach fragen. Bisher sind wir davon ausgegangen, dass er keine Verbindung mehr zu Janson unterhält.«

»Sonst noch was?«

»Nein.« Walther stand seufzend auf.

Leo schaute sich noch einmal um. Er hatte sich mehr erhofft.

Sie fanden Carl Fink mit seiner Frau in der Teeküche. Beide drehten sich um, als die Kriminalbeamten hereinkamen.

Leo hielt beiden den Briefbogen hin. »Das hier haben wir in Ihrer Schublade gefunden, Herr Fink. Die Notiz fiel uns auf, weil sie auf dem Briefpapier Ihres früheren Arbeitgebers verfasst ist.«

Lotte Morgenstern las Name und Adresse und sah ihren Mann fragend an. »Wer ist das, Carl? Ich habe den Namen noch nie gehört.«

Fink war perplex. »Aber … das ist alt, ich bin der Frau ein einziges Mal begegnet, als ich noch bei Janson gearbeitet habe.«

»Ist sie eine Angestellte von Janson?«, fragte Leo.

»Nein. Sie ist Näherin.«

Leo sah, wie sich Lotte Morgensterns Lippen einen Spalt öffneten, als wollte sie etwas sagen, und sich wieder schlossen.

»Warum bewahren Sie Frau Fockes Adresse in Ihrer Schublade auf, wenn Sie die Frau seit Jahren nicht gesehen haben?«

Alle Augen waren auf Fink gerichtet.

Er zuckte ratlos mit den Schultern. »Das weiß ich nicht. Ich habe sie nicht dort hineingelegt.«

Lotte Morgenstern umfasste ihre Kehle, als müsste sie sich zum Sprechen zwingen. »Carl, sag mir bitte, wozu du die Adresse einer Näherin brauchst. Wir haben eigene Näherinnen, eine Werkstatt, die für uns arbeitet ...« Sie verstummte und sah Leo an.

»Herr Fink, wie gut kann Bertha Focke nähen?«, fragte Leo.

Fink presste die Lippen aufeinander. »Sie hat für Janson Mäntel genäht.«

»Das ist keine Antwort.«

Plötzlich trat etwas wie Trotz in Finks Augen. »Sie war gut. Völlig unterbezahlt, aber gut«, sagte er. »Ich habe damals einige Näherinnen aufgesucht, um mir ein Bild von den Arbeitsbedingungen zu machen. Unter ihnen war auch Bertha Focke. Aus diesem Zweck habe ich mir wohl den Namen und die Adresse notiert.«

»Wäre sie in der Lage, Kleider wie Ihre zu nähen?«, fragte Leo.

»Nun, sie führte immer die gleichen Tätigkeiten aus, wie es bei Heimarbeiterinnen üblich ist. Aber ihre Arbeit war sorgfältig, und Mäntel sind eine Königsdisziplin. Daher wäre sie vermutlich dazu in der Lage.«

»Herr Fink, wie erklären Sie sich, dass die Adresse ...«

Lotte Morgenstern fiel Leo ins Wort. »Carl, hast du ...?«

Sein blasses Gesicht lief rot an. »Ist das dein Ernst? Du glaubst, ich könnte etwas damit zu tun haben? Dass *ich* uns zugrunde richten wollte? Und Rainer? Habe ich den etwa auch erschlagen? Herr Wechsler scheint das ohnehin zu glauben.«

Er stieß Leo beiseite und stürzte durch den Flur zur Hintertür. Walther wollte ihm folgen, doch Leo hob die Hand und schüttelte den Kopf.

»Frau Morgenstern, wir kommen wieder. Und Ihr Mann soll sich für weitere Befragungen bereithalten.«

Die Feldstraße lag im Wedding in der Nähe des Gartenplatzes, der früher Galgenplatz geheißen hatte, weil sich dort die Berliner Richtstätte befand. Heute stand dort die Kirche St. Sebastian, aber Leo wusste, dass man sich im Viertel von einer alten Frau erzählte, die dort angeblich spukte.

Das Haus Nr. 3 war ein schmuckloser Bau, in dessen Erdgeschoss sich ein »Familien-Restaurant« befand.

Es war keines der großen Mietshäuser mit breiten Fluren und Treppenhäusern, sondern ein schmales Haus mit schlichter Fassade, ohne Balkone oder Erker. Die Treppe war eng, die Stufen waren in der Mitte ausgetreten, doch alles wirkte einigermaßen sauber. Vermutlich war dies das Äußerste an Bürgerlichkeit, das sich eine Heimarbeiterin wie Bertha Focke leisten konnte.

Im dritten Stock blieb er vor einer braun gestrichenen Tür stehen. Leo drückte die Klingel. Von drinnen erklangen Schritte, man hörte ein kleines Kind weinen und eine Frau, die es beruhigte.

»Ja, bitte?«

»Oberkommissar Wechsler, Kriminalpolizei. Ich möchte mit Frau Focke sprechen.«

Stille.

»Es ist nichts Schlimmes, bitte öffnen Sie die Tür.«

Er hörte, wie ein Riegel zurückgeschoben wurde, dann schwang die Tür knarrend nach innen auf.

Die Frau wäre hübsch und recht groß gewesen, hätte die jahrelange Arbeit an der Nähmaschine ihren Rücken nicht vorzeitig gebeugt. Ihr blondes, mit Grau durchsetztes Haar war aus dem altmodischen Knoten gerutscht und fiel ihr in die Stirn. Sie strich ihr Kleid glatt, während sie mit dem anderen Arm ein Kleinkind an sich drückte.

»Danke, Frau Focke. Darf ich hereinkommen?«

Er hatte sich von Walther in der Feldstraße absetzen lassen, da viele Leute misstrauisch oder verängstigt reagierten, wenn mehrere Polizisten in ihrer Wohnung erschienen.

Frau Focke ließ ihn ein und deutete auf die Tür zu seiner Linken. »Bitte.«

Die Küche war überfüllt. In einer Ecke stand ein Korb, in dem wohl das Kind gewöhnlich schlief, daneben die Nähmaschine und ein Tisch, auf dem sich Teile von Mänteln türmten. Frau Focke legte das Kind in den Korb und deutete auf einen Küchenstuhl.

Leo setzte sich und sagte betont ruhig: »Ich möchte Ihnen nur einige Fragen stellen.«

Sie nickte, blieb aber stehen und lehnte sich an den Küchenschrank, neben dem ein Eimer Kartoffeln stand. Leo bemerkte, wie ihr Blick dorthin wanderte.

»Ich kann auch mit Ihnen reden, während Sie Kartoffeln schälen.«

Die Frau wurde rot, bückte sich aber und stellte den Eimer neben den Tisch, bevor sie einen Topf aus dem Schrank nahm und mit Wasser füllte. Sie stellte ihn auf den Tisch und begann mit geübten Bewegungen die Kartoffeln zu schälen, wobei sie kaum hinschauen musste.

»Kennen Sie einen Herrn Fink?«

Sie sah überrascht auf. »Ja, der hat früher bei Janson gearbeitet. Für die nähe ich. Schon seit Jahren. Er war mal hier bei mir.«

»Sie sind Heimarbeiterin und erhalten die Aufträge von einem Zwischenmeister, nicht wahr? Ist es nicht eher ungewöhnlich, wenn ein Vertreter des Konfektionshauses mit Ihnen spricht?«

In diesem Augenblick ertönte ein Wimmern aus dem Korb, das schnell zu einem empörten Schreien wurde. Frau Focke ließ die Kartoffel in den Topf fallen, dass das Wasser auf die Tischplatte spritzte, und nahm das Kind auf. »Ja, das stimmt. Aber er war ... sehr freundlich. Stand eines Tages vor der Tür und wollte wissen, wie es mit der Arbeit geht. Er hat sich angesehen, wo ich sitze, und gefragt, wie lange ich jeden Tag arbeite und wie viel ich bekomme. Ob ich oft krank bin oder Schmerzen habe.« Sie ging langsam auf und ab und strich dem Kind über den Kopf.

»Wie lange ist das her?«

Sie überlegte. »Vier, fünf Jahre? Er ist nicht mehr bei Janson, hat der Botenjunge erzählt.«

»Haben Sie ihn danach noch einmal gesehen oder von ihm gehört?«

Bertha Focke sah Leo erstaunt an. »Nein, nie.«

Leo nickte. »Eine andere Frage – Sie nähen nur für Janson?«

Das Zögern war flüchtig. »Ja.« Es war, als schwänge ein kleines Fragezeichen darin mit.

»Frau Focke, hat man Sie kürzlich gebeten, zwei Kleider zu kopieren und ein spezielles Futter einzunähen?«

Sie biss sich auf die Unterlippe. »Ich nähe nur Mäntel, schon immer.«

»Ein Sonderauftrag, meine ich. Gut bezahlt.«

Sie hielt die Augen gesenkt, und er sah, wie ihr Kiefer mahlte. Sie wandte sich ab und legte das Kind wieder in den Korb, vermutlich auch, um Leos Blick auszuweichen.

»Frau Focke, Ihnen droht keine Strafe, aber ich ermittle in einem Fall, bei dem Menschen verletzt wurden.«

Ihr Kopf schoss hoch. »Verletzt? Aber das – ich habe das nicht gewusst, es sollte für einen Versuch sein …«

Leo schaute sie auffordernd an. »Wer hat Ihnen den Auftrag gegeben?«

»Das weiß ich nicht.« Frau Focke atmete tief durch und sah ihm endlich ins Gesicht. »Vor einigen Wochen kam ein Brief mit der Post. Darin stand, ob ich zwei Kleider nach Vorlage nähen und ein besonderes Futter einnähen könnte. Es wäre ein Versuch. Dafür sollte ich zweihundert Mark bekommen.«

Leo hob die Augenbrauen. »Das ist eine Menge Geld.«

»Ja.« Sie schaute sich flüchtig in der engen Küche um. »Ich konnte es gut gebrauchen. Natürlich war die Sache komisch, weil die Person ihren Namen nicht genannt hat. Ich sollte die Kleider und das Material bekommen, und alles sollte nach vier Tagen abgeholt werden.«

»Wer hat die Sachen gebracht?«

»Ein Paketbote. Alles war drin, wie besprochen. Das Futter war sehr dünn und sollte doppelt genäht werden, mit einigen Öffnungen in der Naht. Ich fand das komisch, aber das Geld … na ja.«

»Und dann wurden die Kleider wieder abgeholt?«

»Ja, der Bote hatte das Geld in einem Umschlag dabei. Hundert Mark. Die zweite Hälfte habe ich nach zwei Tagen mit der Post bekommen. Nachdem die Leute gesehen hatten, dass ich gut gearbeitet hatte.«

»Wann genau war das, Frau Focke? Das ist wichtig.«

Sie sah ihn stirnrunzelnd an. »Ich hab den Brief nicht mehr. Wegen Herbert. Meinem Mann. Der sollte ihn nicht sehen. Sonst hätte er nur Fragen gestellt.«

Leo beugte sich vor und sah sie eindringlich an. »Frau Focke, bitte denken Sie genau nach. Was ist in der Zeit sonst passiert? Hatte jemand aus der Familie Geburtstag? Irgendetwas, an das Sie sich erinnern?«

Sie kaute am Daumennagel, dann plötzlich hellte sich ihre Miene auf. »Die Rosa hatte einen Liederabend in der Schule. Vielleicht ist die Einladung noch hier.« Sie stand auf und begann in einer Schublade zu wühlen. Dann zog sie einen gefalteten Zettel mit einer Zeichnung heraus, auf der Kinder einen Reigen tanzten. »Der Liederabend war am 4. März. Da hatte ich gerade das Geld für die Kleider bekommen und Rosa für den Auftritt eine neue Haarschleife gekauft. Ich habe drei Tage dran gearbeitet, also ist das Paket Ende Februar gekommen.«

»Den Brief haben Sie nicht mehr. Sonst etwas? Packpapier? Einen der Umschläge?«

Sie stand auf, öffnete die Schranktür und schob die Hand zwischen die Vorratsdosen. Sie holte einen Briefumschlag heraus und händigte ihn Leo zögernd aus. »Das ist der Umschlag, in dem die ersten hundert Mark waren. Es steht nichts drauf.«

»Darf ich ihn mitnehmen?«

Bertha Focke sah ihn erschrocken an. »Aber das Geld …«

Leo schüttelte den Kopf. »Auf Geldscheinen findet man äußerst selten brauchbare Fingerabdrücke. Aber der Umschlag könnte uns helfen.«

Sie nickte, nahm das Geld heraus und kramte nach einer Papiertüte, in die sie die Scheine schob. Dann hielt sie Leo den Umschlag hin, der ihn mit einem Taschentuch entgegennahm und in einen Asservatenbeutel steckte. »Vielen Dank für Ihre Hilfe. Möglicherweise haben wir noch weitere Fragen, dann melden wir uns wieder.«

Er bemerkte die Verunsicherung in ihrem Gesicht. »Muss das sein?« Sie holte tief Luft. »Mein Mann hat diese Woche Spätschicht und danach Frühschicht, immer im Wechsel. Wenn Sie kommen, dann bitte, wenn er nicht da ist. Er weiß nichts von der Sache und wäre sicher wütend.« Sie zuckte hilflos mit den Schultern, und Leo konnte sich die »Wut« ausmalen.

»Ich versuche es, Frau Focke.« Er setzte den Hut auf und ging zur Tür. Als er die Klinke drückte, hörte er ihre Stimme hinter sich.

»Wenn der Auftrag von einem Verbrecher kam, nehmen Sie mir das Geld dann weg?«

Er drehte sich um. Sie hatte die linke Hand in die Schürze gekrallt.

»Darum würde ich mir keine Sorgen machen. Falls es nicht bei einem Raub oder Diebstahl erworben wurde, können Sie es vermutlich behalten.«

Die Erleichterung war ihr anzusehen.

Als die Tür hinter Leo ins Schloss gefallen war, ging er nachdenklich die Treppe hinunter. Fink, seine Frau, Anita Haase, Rainer Vogt, Bertha Focke – wie waren diese Menschen miteinander verbunden?

14

Als Leo ins Büro zurückkam, warteten der Kollege Ranke, den sie aus der Abteilung B ausgeliehen und zu der Apotheke nach Oranienburg geschickt hatten, und ein junger, verunsichert blickender Mann mit Hornbrille auf ihn. »Herr Hofer arbeitet in der Ulmen-Apotheke in Oranienburg und hat am 23. Februar die Bestellung über das Capsaicin entgegengenommen.«

Leo begrüßte den jungen Mann und setzte sich ihm gegenüber an den Schreibtisch. »Können Sie die Person beschreiben, die die Substanz gekauft hat?«

Herr Hofer schnäuzte sich ausgiebig, ob wegen einer Erkältung, Heuschnupfen oder aus reiner Nervosität, war nicht zu erkennen.

»Das kann ich leider nicht, die Bestellung kam mit der Post«, sagte er dann.

»Ist das nicht ungewöhnlich?«

»Es kommt darauf an. Der Absender war ein medizinisches Labor, das erschien mir hinreichend seriös.«

Ranke legte einige Blätter auf den Tisch. Eine Bestellung von einem Labor Dr. Weseke über zwanzig Gramm reines Capsaicin, lieferbar an ein Postfach in Wilmersdorf. Eine Telefonnummer war nicht angegeben. »Haben Sie versucht, das Labor anzurufen und sich zu vergewissern, ob es damit seine Richtigkeit hatte?«

Herr Hofer wurde rot und schaute auf seinen Schoß. »Nein. Es war ja nicht so, als hätte jemand größere Mengen Arsen oder Zyankali bestellt. Die Substanz soll demnächst in größerem Rahmen medizinisch eingesetzt werden. Daher hielt ich es für vertretbar, sie zu verkaufen.«

Es klopfte an die Verbindungstür, und Leo gab Ranke ein Zeichen, sich darum zu kümmern.

»Haben Sie das allein entschieden, Herr Hofer? Ihrem Alter nach zu urteilen, sind Sie nicht der Besitzer der Apotheke.«

Herr Hofer zögerte. »Ja, das habe ich. Und nein, ich bin nicht der Besitzer, die Apotheke gehört meinem Onkel. Er war verreist, als die Bestellung eintraf, also habe ich sie bearbeitet. Es ... es tut mir leid, wenn das Capsaicin für andere Zwecke missbraucht wurde, aber der Handel damit ist nicht verboten. Ich habe es ordnungsgemäß verpackt, bevor es verschickt wurde, und einen schriftlichen Warnhinweis hinzugefügt.«

»Wie erfolgte die Bezahlung?«

»In bar. Per Post.«

Genau wie bei Bertha Focke. Da hatte sich jemand redliche Mühe gegeben, seine Spuren zu verwischen, dachte Leo.

»Sie haben die Bestellung am 23. Februar erhalten. Und dann?«

»Ich habe zurückgeschrieben und den Preis genannt. Am 25. traf das Geld ein, woraufhin ich die Ware noch am selben Tag versandt habe. Der Kunde müsste sie folglich am 26. oder 28. Februar erhalten haben, da der 27. ein Sonntag war.«

Herr Hofer hatte sich offenbar gut vorbereitet. Leo

schätzte es, wenn er einem Zeugen die Antworten nicht mühsam aus der Nase ziehen musste.

»Und danach haben Sie nichts mehr von dem Labor gehört?«

Herr Hofer schüttelte den Kopf. »Viele Kunden kaufen nur ein einziges Mal bei uns. Es gab für mich keinen Grund zum Misstrauen.«

»Haben Sie Ihrem Onkel nach seiner Rückkehr von der Bestellung erzählt?«

»Nein, sie war ja ordnungsgemäß in den Büchern verzeichnet. Darüber hinaus erschien sie mir nicht ungewöhnlich genug, um ihn eigens zu unterrichten.«

Leo dachte nach. Ein erfahrenerer Apotheker wäre vielleicht stutzig geworden und hätte nachgefragt. In diesem Augenblick kehrte Walther wie die personifizierte Antwort auf seine Überlegungen ins Büro zurück.

»Ich kann – zumindest auf die Schnelle – in ganz Berlin kein Labor dieses Namens ausfindig machen.«

»Danke, Robert. Die Person, die die Bestellung aufgegeben hat, ist also überhaupt kein Risiko eingegangen.« Er wandte sich wieder an Hofer. »Ich danke Ihnen für Ihre Hilfe. Bitte hinterlassen Sie bei meiner Sekretärin Ihre Adresse. Außerdem wird man Ihnen die Aussage zur Unterschrift vorlegen.«

Hofer stand auf und griff nach seinem Hut, setzte ihn aber nicht auf, sondern drehte ihn in der Hand. »Gut, Herr Oberkommissar. Und ich kann davon ausgehen …«

»Soweit ich sehe, haben Sie sich nicht strafbar gemacht, Herr Hofer«, sagte Leo. »Nochmals vielen Dank, dass Sie gekommen sind.«

Endlich eine Spur. Leo ging mit Walther nach nebenan, wo Ranke, Sonnenschein und Hasselmann auf sie warteten. »Herr Ranke, ich danke Ihnen, dass Sie eingesprungen sind.« Dann schaute er zu Walther.

»Robert, du fährst bitte nach Wilmersdorf zum Postamt und findest heraus, wer das Postfach gemietet hat.«

Sein Blick fiel auf den Gegenstand, der in einem Karton auf Sonnenscheins Schreibtisch lag. Leo trat näher. »Der Diskuswerfer! Gute Arbeit, das ging ja schnell.«

Sonnenschein sagte etwas verlegen: »Wir haben die Kollegen vom örtlichen Revier zu Hilfe geholt, es bestand ja die Gefahr, dass jemand das Ding für wertvoll hält und mitnimmt.«

»Wo haben Sie die Statue gefunden?«

»Ein Schupo hat sie in einer Baugrube am Nollendorfplatz entdeckt. Vermutlich hat der Täter sie im Vorbeigehen dort hineingeworfen. Auf der Baustelle wurde seit Samstag nicht gearbeitet, daher hat niemand sie bemerkt. Wenn Sie sie angeschaut haben, gebe ich sie sofort an den Erkennungsdienst weiter.«

»Danke.« Leo beugte sich vor. »Der Sockel, Fink hatte recht. Sieht aus, als hätten wir Blutspuren und Haare. Endlich kommt Bewegung in die Sache.« Er brachte die Kollegen rasch auf den neuesten Stand und holte sein Jackett. »Ich fahre noch mal zu Janson.« Als er Walthers fragenden Blick bemerkte, fügte er hinzu: »Es muss eine Person geben, die sowohl eine Verbindung zu Bertha Focke als auch zu Morgenstern & Fink besitzt.«

»Was ist mit Fink?«, fragte Walther.

Leo hielt inne, einen Arm im Mantel. »Bis auf die Adresse von Bertha Focke haben wir nichts gegen Fink in der Hand. Er hatte, soweit wir das bislang einschätzen können, keinen Grund, Bertha Focke die Kleider präparieren zu lassen und damit seine eigene Firma zugrunde zu richten. Also ermitteln wir weiter in alle Richtungen.«

»Wie kommen Sie auf die Idee, ich könnte irgendwelche Heimarbeiterinnen kennen?«

Leo schaute Ernst Janson gelassen an. Dieser gab sich ähnlich feindselig wie beim letzten Besuch.

»Nun, Bertha Focke arbeitet für Ihre Firma –«

»Ich habe Ihnen bereits erklärt, dass keine dieser Frauen unmittelbar für uns arbeitet, sondern nur für unsere Zwischenmeister. Wir kennen gewöhnlich nicht einmal die Namen …«

»Gewöhnlich?«, unterbrach ihn Leo. »Diesen kennen Sie aber schon?«

Janson stemmte die Hände gegen den Schreibtisch. »Das ist nur ein Zeichen meines guten Willens und um zu zeigen, dass wir nichts zu verbergen haben. Wie ich schon sagte, unternahm Herr Fink damals bolschewistisch anmutende Anstrengungen, um sich als Beschützer der entrechteten Arbeiterinnen aufzuspielen.« Der Hohn in seiner Stimme war nicht zu überhören. »Er hat sogar einen Bericht über die Ergebnisse seiner Befragungen angefertigt, den er meinem Vater und mir vorlegte. In diesem Bericht tauchte der Name Bertha Focke auf. Er hatte wohl ein längeres Gespräch mit der Frau geführt und nutzte ihre missliche familiäre Lage, um sich für ein neues Beschäftigungssystem auszusprechen. Sie können sich vorstellen, dass wir davon nicht angetan waren.«

»Sie nicht. Ihr Vater war Herrn Fink gegenüber offenbar milder gestimmt.«

»Mein Vater ist ein ausgezeichneter Kaufmann, aber gelegentlich zu sentimental. Ich gebe ehrlich zu, dass ich es nicht bedauert habe, als Fink die Firma verließ.«

Die Feindseligkeit war einer selbstzufriedenen Nonchalance gewichen.

»Sie kennen Bertha Focke also dem Namen nach. Haben Sie den Namen jemals an irgendjemanden weitergegeben?«

Janson runzelte die Stirn. »Wie meinen Sie das? Natürlich habe ich mit dem Zwischenmeister gesprochen, der sie beschäftigt, damit er sie abmahnt. Es geht nicht an, dass sich die Heimarbeiterinnen über die Arbeitsbedingungen beklagen. Allerdings habe ich nicht verlangt, dass er die Frau entlässt. Sie können gern dort nachfragen und es sich bestätigen lassen.«

Leo lächelte. »Auf diesen Gedanken wäre ich gar nicht gekommen, Herr Janson. Aber interessant, dass Sie die Möglichkeit erwähnen.« Er bemerkte zufrieden, wie sich Jansons Miene verdüsterte. »Mein Gedanke war jedoch ein anderer: ob Sie die Frau jemandem empfohlen haben.«

»Glauben Sie mir, ich habe Besseres zu tun, als irgendwelche Heimarbeiterinnen zu empfehlen.«

»Wir suchen noch immer nach den Tätern, die den Anschlag auf die Modenschau verübt haben, und vermuten eine Verbindung zu Bertha Focke.«

»Da kann ich Ihnen nicht helfen, Herr Wechsler. Wie ich bereits sagte, besteht zwischen Herrn Fink und mir kein Kontakt mehr, seit er unser Haus verlassen hat. Und mit Frau Focke habe ich nichts zu tun.«

»Wie Sie vielleicht wissen, wurde ein Mann namens Rainer Vogt in seiner Wohnung in Schöneberg erschlagen aufgefunden.« Leo beobachtete Janson, der trotz des abrupten Themenwechsels gelassen mit den Schultern zuckte.

»Hieß es nicht, er habe in anrüchigen Kreisen verkehrt? Da lebt man sicher gefährlich.«

»Ganz so einfach ist es nicht. Wir glauben, dass sein Tod mit dem Anschlag auf Morgenstern & Fink zusammenhängen könnte.«

Als Janson weiterhin keine Regung zeigte, erhob sich Leo. »Jetzt würde ich gern mit Ihrem Vater sprechen.«

Dieser konnte sich zwar an den Bericht erinnern, den Fink verfasst hatte, doch der Name Bertha Focke war ihm nicht geläufig.

»Ich habe Herrn Finks Ausscheiden sehr bedauert, das erwähnte ich bereits«, sagte Hermann Janson zögernd. Leo bemerkte, dass seine rechte Hand zitterte, konnte aber nicht sagen, ob der Mann nervös war oder unter den Gebrechen des Alters litt. »Aber mein Sohn …« Er hielt inne, als wäre er sich nicht sicher, ob er weitersprechen sollte. »Mein Sohn hat sich nicht gut mit ihm verstanden. Ich musste an die Zukunft denken – eine Firma, die von zwei Männern geleitet wird, die einander misstrauen, würde nicht lange überleben.«

»Leiten? Haben Sie Herrn Fink als einen Ihrer Nachfolger betrachtet?«, fragte Leo rasch.

»Er ist sehr begabt. Ich hatte mir erhofft, Ernst könne

das Unternehmen kaufmännisch führen, während Carl sich um die gestalterischen Belange kümmert. Von ihrer Begabung her wäre es eine wunderbare Verbindung gewesen, sie hätten unser Haus in die Zukunft führen können, aber es sollte nicht sein.«

Leo spürte, dass etwas Unausgesprochenes in den Worten mitschwang. »Wie läuft Ihre Firma, wenn ich fragen darf?«

Die Miene des alten Mannes veränderte sich. Er sah aus, als hätte man ihm einen Schlag versetzt, und brauchte Zeit für die Antwort. Als sie schließlich kam, klang seine Stimme heiser. »Nicht schlecht. Wir sind zufrieden.«

»Herr Janson«, sagte Leo ernst, »es geht nicht nur um einen Fall von Geschäftsschädigung und Körperverletzung, ein Mensch ist ums Leben gekommen. Ich muss Ihnen Fragen stellen, die Sie vielleicht als aufdringlich oder indiskret empfinden, aber das bringt meine Arbeit mit sich.«

Der alte Mann nickte. »Bitte fahren Sie fort.«

»Hat sich der Weggang von Herrn Fink negativ auf Ihr Geschäft ausgewirkt?«

Janson griff nach einem Briefbeschwerer in Form eines Bergkristalls und drehte ihn langsam mit der Hand auf der Tischplatte. »Sagen wir so, unserer Kollektion fehlt seither das gewisse Etwas. Carl Fink ist nicht umsonst so erfolgreich mit seinem Atelier. Er verstand es, auch einem Haus wie unserem, das sich nicht der Haute Couture verschrieben hat, eine besondere Note zu verleihen. Wir konnten ihn bisher nicht angemessen ersetzen. Und die Kundinnen merken das. Wir stehen nicht vor dem Konkurs, keineswegs, aber … wie soll ich sagen ... wir haben in der Rangfolge einige Plätze eingebüßt.«

»Haben Sie je versucht, Herrn Fink zurückholen?«, fragte Leo.

Der Blick des alten Mannes wanderte zur Tür und wieder zurück, so rasch, dass es Leo fast entgangen wäre. Durch die geschliffene Glasscheibe war ein Schatten zu sehen, der sofort wieder verschwand.

»Nein. Mir war klar, dass seine Entscheidung unwiderruflich war. Und wie gesagt, mit ihm und meinem Sohn wäre es auf Dauer nicht gutgegangen.«

Leo stand auf und wollte zur Tür gehen, hielt aber noch einmal inne. »Ich möchte Ihrer Personalabteilung einen Besuch abstatten, um herauszufinden, ob eine Verbindung zwischen Ihrer Firma und Morgenstern & Fink besteht. Mir ist bewusst, dass Sie nicht alle Leute, die hier gearbeitet haben, mit Namen kennen.«

»Wir haben nichts zu verbergen, Herr Wechsler.«

»Dann werde ich Sie nicht länger behelligen. Auf Wiedersehen, Herr Janson.«

Als Leo ins Vorzimmer trat, wartete dort Ernst Janson. »Ich hoffe, Sie haben alles erfahren, was Sie wissen wollten.«

»Nicht ganz«, erwiderte Leo betont liebenswürdig. »Wo finde ich die Personalabteilung?«

Carl Fink war wie blind durch die Straßen gelaufen, nachdem er das Atelier überstürzt verlassen hatte. Natürlich war das kein Benehmen für einen erwachsenen Mann, aber er hatte keine Luft mehr bekommen, als er den Argwohn in Lottes Augen las. Sie traut es mir zu, hatte er gedacht, sie traut mir zu, dass ich versucht habe, uns beide zugrunde zu richten. Er war sich nicht sicher, was ihn mehr kränkte – das Misstrauen, das aus ihrem Blick gesprochen hatte, oder dass sie ihn für töricht genug hielt, die eigene Existenz zu zerstören.

Erst als er das Gewühl des Kurfürstendamms hinter sich gelassen hatte, ging er langsamer. Zum Glück war es warm, denn in seiner Hast hatte er den Mantel im Atelier vergessen.

Als er das Rattern der Stadtbahn über sich hörte, bemerkte er, wohin er instinktiv gelaufen war. Er blieb stehen und schaute zu dem Bahnhofsgebäude mit der unverwechselbaren Kuppel empor. Hier war er oft ausgestiegen, wenn er Rainer besucht hatte. Bis letztes Jahr war der Bahnhof eine Baustelle gewesen, doch Lärm und Dreck hatten ihn nie gestört, wenn er abends oder am Wochenende in die Nollendorfstraße geeilt war. Der Weg war immer Teil des Wiedersehens gewesen, und er hatte nur dann ein Taxi genommen, wenn die Zeit zu knapp war.

Lotte hatte manchmal darüber gelacht und gesagt, er könne es sich leisten, im Auto vorzufahren, aber für Fink hatte es zum Zauber gehört, in der Bahnhofshalle eine Schachtel Pralinen oder eine Flasche Wein zu kaufen.

»Guckindieluft, wa?« Eine Frau, die einen mit Blumen beladenen Verkaufskarren zog, stieß ihn gnadenlos beiseite.

Er nahm sich vor, nie wieder am Nollendorfplatz aus der Bahn zu steigen.

Was sollte aus Rainers Möbeln, den Büchern, den Erinnerungsstücken werden? Den Gegenständen, die er selbst noch dort hatte? In den Augen der anderen war er ein Fremder, der kein Anrecht auf Rainers Sachen hatte. Er musste den Kommissar danach fragen … und sich um das Begräbnis kümmern.

Fink schob den Gedanken beiseite und ging in Richtung Bülowstraße. Es war noch früh am Nachmittag, keine gute Zeit, um in den Etablissements etwas herauszufinden. Doch er konnte weder zurück ins Atelier noch nach Hause, wollte nicht untätig dasitzen und warten, ob die Polizei Rainers Mörder fände.

Der Nationalhof in der Nr. 37 warb mit dem Motto »Das führende Ballhaus der modernen Welt«. An vier Abenden in der Woche wurde hier getanzt, es gab die berühmten Apachenfeste, auf denen die originellsten Kostüme prämiert wurden. Aber auch der Bund für Menschenrecht veranstaltete hier Vorträge, Rainer hatte mehrmals hier gesprochen.

Der Mann an der Tür wollte ihn mit einem Hinweis auf die frühe Stunde wegschicken, doch Fink ließ sich nicht abwimmeln.

»Ich muss den Wirt sprechen. Es ist dringend«, sagte er in einem arroganten Ton, der auf Türsteher gelegentlich Eindruck machte.

»Einen Augenblick.« Der Mann ließ ihn stehen und kam kurz darauf zurück, wobei er ihm bedeutete, in den Ballsaal durchzugehen. Die Garderobe war dunkel und verlassen, im Haus herrschte tiefe Stille.

Der Saal war ebenso gewaltig wie prachtvoll. Säulenreliefs reichten vom Boden bis zur Decke und umrahmten die großen Bogenfenster; eine Nische in der Wand, geschmückt von einem Fries mit Musikinstrumenten, bot Platz für ein Klavier und sieben bis acht Musiker. Die Tanzfläche war auf allen Seiten von weißgedeckten Tischen eingefasst, die Plätze für unterschiedlich große Gesellschaften boten. Das Prachtstück war jedoch der große, runde Deckenleuchter, den kein Kristall, sondern kugelförmige Lampen zierten.

Aus einer Ecke kam ein kleiner Mann herüber, der einen hellen Anzug und einen roséfarbenen Seidenschal trug.

»Fritz Götz, ich bin der Wirt. Was kann ich für Sie tun? Wenn mein Portier Sie um diese Zeit vorlässt, müssen Sie ganz schön hartnäckig gewesen sein.« Herr Götz stutzte und trat einen Schritt zurück, um seinen Besucher genauer zu betrachten. »Sie sind doch Carl Fink, der Modeschöpfer. Ich habe Ihr Bild kürzlich in der Zeitung gesehen. Welch unschöner Zwischenfall im Romanischen Café, ich hoffe, die Damen haben sich inzwischen erholt.«

Fink schluckte, als ihm bewusst wurde, dass er den Anschlag fast vergessen hatte. Er war angesichts von Rainers Tod verblasst.

»Sie können mir einen Gefallen tun. Ein Freund von mir hat bei Ihnen gelegentlich Vorträge für den Bund für Menschenrecht gehalten. Rainer Vogt.«

Er behielt den Mann genau im Blick. Ein betroffener Ausdruck huschte über das Gesicht des Wirtes. »Oh, das ist eine furchtbare Geschichte. Mein Beileid, ich habe davon gehört. Ein besonders freundlicher Mensch, ich habe nie ein schlechtes Wort über ihn gehört.«

Fink machte eine ungeduldige Handbewegung. »Danke. Er war doch öfter hier bei Ihnen, oder?«

»Das ist richtig. Allerdings finden diese Veranstaltungen nicht mehr statt.« Der Wirt hielt inne, als er den Fauxpas bemerkte. »Nicht wegen Herrn Vogts …

ich will damit sagen, es gab Differenzen mit dem Bund. Herr Vogt war einer der letzten Redner, wir haben ihn sehr geschätzt und immer gern in unseren Räumen empfangen.«

Fink hatte Rainer einmal über die Schulter geschaut, als dieser an einem Vortrag über die seit langem geforderte Abschaffung des § 175 arbeitete. Er hatte ihn mit Küssen auf die Haare abgelenkt, bis Rainer in gespielter Entrüstung aufgesprungen war und ihn ins Schlafzimmer gedrängt hatte.

Vorbei.

Fink atmete tief durch. »Natürlich will ich der Polizei nicht vorgreifen, aber ich wüsste gern, ob Sie irgendetwas gehört oder gesehen haben. Ich meine, Ihnen begegnen viele Menschen, es wird geredet, geklatscht ...« Er verstummte, als ihm bewusst wurde, wie hilflos seine Worte klangen.

Fritz Götz sah ihn mitfühlend an. »Eigentlich rede ich nicht über meine Gäste, Indiskretion schadet dem guten Ruf.«

Doch Fink wollte sich nicht so leicht geschlagen geben. »Ist Ihnen irgendetwas aufgefallen, als Rainer das letzte Mal hier war? War etwas anders als sonst?« Er merkte plötzlich, wie kühl es im Raum war, und rieb sich die Arme unter dem Jackett.

»Viel gibt es da nicht zu sagen. Herr Vogt kam nur zu den Vorträgen, nie zum Vergnügen her. Und selbst dann hat er nie nach den Jungs geschaut.«

Fink vermutete, dass die Bemerkung gut gemeint war, und nickte nur.

»Keine Skandale, von denen ich berichten könnte. Nur an eines erinnere ich mich. Vor ein paar Wochen hat ein Herr nach Rainers Adresse gefragt, es war nach seinem letzten Vortrag im Februar. Er sagte, er wolle ihm schreiben, da er seine Ausführungen mit großem Interesse angehört hätte.«

»Was für ein Herr?«, fragte Fink misstrauisch. »War er an Rainer interessiert?«

Götz lachte. »Das war ja das Seltsame. Der Mann war keiner von uns, Herr Fink. Da bin ich mir sicher.«

Fink glaubte ihm unbesehen. Wer dieses Lokal leitete, hatte einen unbestechlichen Blick. »Also war es jemand, der aus Neugier und Sensationslust gekommen war und den Vortrag zufällig interessant fand?«

Der Ballhauswirt schüttelte den Kopf. »Ich habe an der Kasse nachgefragt. Der Mann hat keinen Eintritt bezahlt und folglich auch nicht den Vortrag besucht.«

»Sie meinen, er war nur da, um sich nach Rainer zu erkundigen?«

»Gut möglich. Hier ist abends viel Betrieb, es gibt Tanz, Kabarett, Filmvorstellungen, da fallen einzelne Personen kaum auf. Die Vorträge finden jedoch in einem separaten Raum statt, der ist übersichtlich.«

»Und was haben Sie ihm gesagt?«

»Ganz einfach – er solle sich an den Bund für Menschenrecht wenden oder Herrn Vogt dorthin schreiben. Ich habe nicht erwähnt, dass ich Herrn Vogts Adresse nicht kenne, es ging ums Prinzip. Diskretion, Sie wissen schon.«

Fink nickte. »Ich danke Ihnen, Herr Götz. Eine letzte Frage: Wie sah der Mann aus?«

Götz überlegte. »Ich habe ein gutes Gedächtnis für Gesichter, das ist Berufsvoraussetzung, aber es ist schon einige Wochen her. Etwa Ihr Alter, würde ich sagen, gut gekleidet. Die Haare konnte ich nicht sehen, er trug einen Hut. Ach ja, er hatte eine Brille. Ein unauffälliger Typ.«

Carl bedankte sich noch einmal und wandte sich zur Tür. Dann zögerte er und drehte sich um, doch Götz schien seine Gedanken zu lesen. »Keine Sorge. Diskretion gehört zum Geschäft.«

15

Donnerstag, 24. März 1927

»Helga Wohlfahrt?«

Walther nickte. Er hatte Leo gleich am Morgen mit der Neuigkeit empfangen.

»Das Postfach wurde gekündigt, aber sie haben natürlich die Liste aufbewahrt, in der es verzeichnet war. Ich will gleich hinfahren. Die Dame wohnt in Spandau.«

»Gut, ich komme mit.« Leo wollte gerade zur Tür gehen, als das Telefon klingelte.

»Stellen Sie ihn durch.« Er hörte kurz zu und gab seinem Freund ein Zeichen, er solle warten. Dann zog er einen Notizblock heran und kritzelte etwas darauf. »Vielen Dank, Herr Fink. Ja, das glaube ich Ihnen. Aber wir ermitteln in mehrere Richtungen, wie Sie wissen ... Sie hören von uns.« Er legte auf und wandte sich Walther zu. »Fink hat möglicherweise eine Spur. Ich will der Sache nachgehen.«

»Soll ich allein nach Spandau fahren?«

»Ja, wir treffen uns später wieder hier.«

Walther vertrieb sich die Bahnfahrt nach Spandau mit der Lektüre des Sportteils. Helga Wohlfahrt stand nicht im Telefonbuch, daher konnte er sich nicht ankündigen und musste darauf vertrauen, sie zu Hause anzutreffen. Was kein Nachteil sein musste.

Helga Wohlfahrt wohnte in einem neu erbauten Mehrfamilienhaus mit moderner, glatter Fassade, wie man sie in Berlin immer häufiger sah. Die Zeit der Erker und des aufwändigen Stucks war vorbei. Der Blick auf die Klingel mit dem Namen »K. Wohlfahrt« verriet ihm, dass sie verheiratet war. Umso besser. Verheiratete Frauen, die in einem solchen Haus wohnten, waren selten berufstätig.

Bevor sich jemand meldete, öffnete eine junge Frau mit Kinderwagen von innen die Haustür. Walther hielt sie ihr höflich auf und tippte sich an den Hut, bevor er im Hausflur verschwand.

Von oben fragte eine Frauenstimme »Wer ist da, bitte?«

»Augenblick.« Walther hütete sich, im Flur eines solchen Hauses die Polizei zu erwähnen.

Als er im zweiten Stock ankam, sah er sich einer Frau gegenüber, die er auf Anfang vierzig schätzte. Sie trug einen rosafarbenen Morgenrock, den sie über der Brust zusammenhielt, und sah ihn aus verquollenen Augen an.

»Sind Sie Frau Helga Wohlfahrt?«

Sie nickte. »Was ist denn?«

Er zeigte seine Marke vor. »Dürfte ich hereinkommen? Es wäre sicher angenehmer für Sie, das in der Wohnung zu besprechen.«

Sie strich sich nervös über die Haare und warf einen Blick über seine Schulter zur Nachbarwohnung. Dann trat sie einen Schritt zurück. »Bitte.«

Die Wohnung war tadellos aufgeräumt und stand damit in auffälligem Gegensatz zu Frau Wohlfahrts Erscheinung. Moderne Möbel. Keine Nippsachen oder

Häkeldeckchen, kaum Bilder an den Wänden. Ein bisschen unpersönlich, aber gepflegt.

»Ich … hatte Migräne.« Sie deutete vage auf den Morgenrock und bot ihm einen Platz auf dem hellen Sofa an.

Dann setzte sie sich auf die Kante des Sessels gegenüber, den Rücken aufrecht, bereit, jeden Moment aufzuspringen. »Ich hatte noch nie die Polizei im Haus. Was ist passiert?«

Er räusperte sich. Jetzt bemerkte er die geplatzten Äderchen auf ihren Wangen. Den unruhigen Blick, der zu einem Barschrank mit Glastür wanderte.

»Sie haben ein Postfach in Wilmersdorf angemietet und wieder gekündigt?«

Eine zitternde Hand, die zum Mund wanderte, ein erneuter Blick zum Schrank.

Walther deutete darauf. »Brauchen Sie …?«

Sie nickte, wobei ihr die Röte am Hals emporkroch. »Es hilft gegen die Migräne.«

Er sah zu, wie sie die Flasche Weinbrand herausnahm und sich einen Fingerbreit einschenkte. Die Geschwindigkeit, mit der sie trank, zeugte von Gewohnheit.

»Nun, wie war das mit dem Postfach?«

Sie stellte das Glas ab und rutschte so weit auf der Sesselkante nach vorn, dass sie sich gerade noch halten konnte. »Ich … ich habe mir nichts dabei gedacht. Ich meine, nichts Böses …«

»Frau Wohlfahrt«, unterbrach Walther sie, »bitte sagen Sie mir, warum Sie das Postfach eröffnet haben. Und zwar auf den Namen eines Labors, das gar nicht existiert.«

Ihre Schultern bebten, doch sie weinte nicht. Er hörte,

wie sie heftig den Atem ausstieß, dann blickte sie ruckartig hoch. »Ich wollte es nicht, das müssen Sie mir glauben, und ich habe auch gesagt, dass es mir seltsam vorkommt, was das denn soll …«

»Soll das heißen, es war gar nicht Ihre Idee?«

»Natürlich nicht. Warum sollte ich so etwas tun? Meine Schwester hat mich darum gebeten.« Sie sah zu Boden. »Sie hat mir Geld versprochen. Klaus, mein Mann … er schaut genau ins Haushaltsbuch, und wenn ich meine Migräne bekomme – ich muss immer aufpassen, dass er nichts merkt.«

Walther verspürte die Erregung, die ihn überkam, wenn er auf der richtigen Spur war. »Ihre Schwester hat Ihnen Geld versprochen, wenn Sie ein Postfach auf Ihren Namen eröffnen und dabei ein Labor angeben, in dem Sie angeblich arbeiten, ist das richtig?«

Sie nickte.

»In Wilmersdorf?«

»Ja. Das hat sie mir genau erklärt.«

»Und hat Ihre Schwester auch gesagt, warum Sie das tun sollen?«

Sie schüttelte den Kopf. »Nein. Das sei privat. Anita ist ganz anders als ich, wir sehen uns selten. Sie hat einen interessanten Beruf und ich … na ja …« Ihre Augen wanderten zu der Flasche, die sie auf den Tisch gestellt hatte. »Ich musste versprechen, Klaus nichts davon zu erzählen. Das hätte ich sowieso nicht getan, dann hätte er mir das Geld weggenommen. Aber Sie sind von der Polizei, da kann ich doch nicht lügen.«

»Sagten Sie Anita? Wie heißt Ihre Schwester mit Nachnamen?«

»Haase. Ich bin eine geborene Haase.«

Fritz Götz hatte Leo in sein Büro gebeten, dessen Wände mit Werbeplakaten für diverse Veranstaltungen dekoriert waren. Dort zündete er sich eine parfümierte Zigarette an. »Ich habe Herrn Fink schon alles gesagt.«

»Herr Fink ist aber kein Polizist. Wann genau war der Mann hier, der sich nach Herrn Vogt erkundigt hat?«

»Nun, das muss ein Donnerstag gewesen sein, wegen der Vorträge.« Götz drehte sich um und blätterte in einem Wandkalender, der Ansichten aus dem Erzgebirge zeigte. »Augenblick.« Er warf einen Blick auf den Februar, zog ein in Leder gebundenes Buch heran und suchte darin. »Hier, da haben wir es, 24. Februar. Der Vortrag über die Pläne zur Abschaffung des Paragraphen 175.« Er holte einen Zettel aus einer Schublade und schob ihn Leo hin.

Es war eine Einladung des Bunds für Menschenrecht zu dem fraglichen Vortrag, der mit Adresse, Datum, Uhrzeit, dem Namen und einem Foto des Redners versehen war. Vogt hatte dunkle, wellige Haare, ein freundliches offenes Gesicht, eine runde Hornbrille. Leo konnte sich gut vorstellen, dass dieser Mensch die Wohnung eingerichtet hatte, in der er so viel Wärme gespürt hatte.

»Und der Mann war Ihnen unbekannt?«

»Ja. Ich habe ihn nie hier gesehen und hielt ihn, wie ich Herrn Fink bereits sagte, auch nicht für homosexuell. Gewiss gibt es Etablissements für unauffällige Leute aus der Provinz, die sich fern der Heimat gern verrucht geben und unter unseresgleichen mischen, aber mein Haus gehört nicht dazu. Und diese Vorträge wenden sich an ein spezielles Publikum.«

»Aber er sagte, er wolle Herrn Vogt schreiben, weil ihn sein Vortrag interessiert habe?«

Götz nickte und blies einen Rauchring an die Decke. Das Aroma nahm Leo beinahe den Atem. »Den er nicht besucht hatte. Die Sache erschien mir verdächtig, wenn auch nicht gefährlich, sonst hätte ich Rainer davon erzählt. Aber ich hatte es ehrlich gesagt vergessen, bis Herr Fink gestern hier erschien.«

»Könnten Sie mit unserem Zeichner ein Phantombild erstellen?«

Götz wiegte den Kopf, wobei ihm ein Bröckchen Asche in den Schoß fiel. »Schwierig. Die Beleuchtung war nicht sehr gut, er trug einen Hut und eine Brille, mehr fällt mir nicht ein. Aber ich könnte es versuchen.«

Leo kam noch eine Idee. »Sie sagen, Sie hätten den Mann an den Bund für Menschenrecht verwiesen?«

Götz nickte. »Ja, an Fritz Radszuweit, das ist der Vorsitzende. Es erschien mir richtig.«

»Vielleicht hat er sich tatsächlich dort gemeldet. Könnten Sie mir die Adresse geben?«

Götz diktierte sie ihm, dann erhob sich Leo. »Kommen Sie bitte morgen ins Präsidium für die Zeichnung. Zehn Uhr?«

»Natürlich. Wenn es nur hilft, den Mörder zu finden.«

Leo war vom Nationalhof aus mit der Bahn in die Neue Jakobstraße gefahren. Vor dem Haus Nr. 9 blieb er stehen. »Bund für Menschenrecht e.V.« stand auf dem Schild neben der Haustür, daneben befand sich eine kleine Buchhandlung, in der auch die Bücher des vereinseigenen Verlages angeboten wurden. In einer Ecke lagen einige Schallplatten, daneben Zeitschriften mit Titeln wie *Die Freundin, Insel* und *Magazin der Einsamen.* Leo betrat den Laden und musste lächeln, da ihn die engen Regale und der staubig-trockene Geruch an Claras Leihbücherei erinnerten.

Ein junger Mann stieg von einer Trittleiter und begrüßte ihn freundlich. Als er die Dienstmarke sah, wurde sein Gesicht verschlossener. »Worum geht es?«

»Könnte ich Ihren Vorsitzenden sprechen?«

»Herrn Radszuweit?«

Leo nickte.

»Er ist oben im Büro.« Der junge Mann öffnete die Tür zum Treppenhaus. »Erster Stock, an der Tür ist ein Schild.«

»Vielen Dank.«

Friedrich Radszuweit war ein Mann mit gepflegtem Schnurrbart, dessen Haar vorzeitig weiß geworden war. Er begrüßte Leo mit ernster Miene.

»Was kann ich für Sie tun?«

»Ich ermittle im Todesfall Rainer Vogt. Herr Götz vom Nationalhof hat mich an Sie verwiesen.«

Radszuweit bot ihm einen Platz und eine Tasse Kaffee an.

»Das ist eine furchtbare Tat, und dann die Presse – immer wieder der gleiche alte Unsinn. Klischees, Verleumdungen. Bei einem Menschen wie Rainer ist das noch schwerer zu ertragen.«

»Er hat Vorträge für Ihre Vereinigung gehalten?«

»Wir sind die größte Homosexuellen-Organisation in Deutschland, falls ich das sagen darf. Unser wichtigstes Ziel ist die Abschaffung des Paragraphen 175.

Und, ja, Rainer war ehrenamtlich für uns tätig, neben seiner Arbeit für Dr. Hirschfeld. Er konnte gut vor Menschen sprechen. Seine aufrichtige Art hat selbst Skeptiker überzeugt.« Radszuweit schüttelte bedrückt den Kopf.

»Wissen Sie, ob er Gegner hatte? Gab es Unruhen während seiner Vorträge, hat man ihn je bedroht?«

»Nicht dass ich wüsste. Ich bin nicht immer anwesend, aber wenn das geschehen wäre, hätte man mir davon berichtet. Glauben Sie, man hat ihn wegen seiner Veranlagung getötet?«, fragte Radszuweit unverblümt.

Leo warf einen beiläufigen Blick auf den Ehering des Mannes.

»Ja, ich bin verheiratet. Wie viele von uns«, sagte Radszuweit unbekümmert, und Leo kam sich ertappt vor. »Rainer allerdings nicht. Für ihn wäre das nicht in Frage gekommen.«

»Was wissen Sie über sein Privatleben?«

Der Verleger lächelte. »Nur das, was er mir anvertraut hat. Er hatte einen verheirateten Freund. Ich habe meine Vermutungen, aber er hat nie einen Namen genannt. Daher tue ich es auch nicht.« Dann stutzte er. »Oder können Sie mich dazu zwingen?«

»Ich kann Sie zu gar nichts zwingen, und solange gegen diesen Freund kein Verdacht besteht, gibt es auch keinen Grund. Aber eines wüsste ich gern – hat sich nach dem Vortrag am 24. Februar jemand nach Herrn Vogts Adresse erkundigt? Vielleicht unter dem Vorwand, er habe den Vortrag besucht und wolle dem Redner einen lobenden Brief schreiben?«

Radszuweit runzelte die Stirn. »Ich kann mich nicht

erinnern, aber das will nichts heißen. Augenblick, ich frage meinen Sekretär.«

Er stand auf und öffnete die Tür zum Nebenzimmer. »Stephan, kommst du mal?«

Ein junger Mann mit krausem Haar und Hornbrille kam hinter ihm herein und stellte sich als Stephan Schulte vor. Leo wiederholte seine Frage.

»Nicht schriftlich«, sagte Herr Schulte, »aber da war ein Anruf.« Er schaute zu Radszuweit. »Nach dem Vortrag über den 175 hatten wir viel Resonanz, fünfzehn Beitritte allein in Berlin. Ich erinnere mich, dass ein Mann anrief und Rainers Adresse haben wollte, um ihm ein Dankschreiben zu schicken.«

»Hat er seinen Namen genannt?«

»Nein. Ich habe ihn gebeten, das Dankschreiben an uns zu schicken, da wir keine Adressen herausgeben. Wir müssen unsere Mitglieder schützen, wie Sie sich vorstellen können.«

»Hat er sich noch einmal gemeldet?«

»Nicht dass ich wüsste.«

»Danke, Herr Schulte.«

Der junge Mann kehrte nach nebenan zurück.

»Meinen Sie, der Anruf könnte mit Rainers Tod zusammenhängen?«, fragte Radszuweit.

»Wir gehen allen Hinweisen nach.« Leo stand auf. »Ich danke Ihnen für die Auskunft, Herr Radszuweit.«

»Ich wünsche Ihnen allen erdenklichen Erfolg, das hat Rainer verdient.«

Beim Hinausgehen dachte Leo, wie viele Leute das schon zu ihm gesagt hatten. Ein durch und durch beliebter Mensch, und doch hatte ihm jemand nach dem Leben getrachtet.

Als Leo ins Präsidium zurückkam, stürzte ihm Robert Walther entgegen und zog ihn ungeduldig mit sich.

»Du wirst es nicht glauben – Helga Wohlfahrt ist die Schwester von Anita Haase. Sie hat das Postfach auf Wunsch ihrer Schwester angemietet.«

Leo warf Hut und Mantel über einen Stuhl und sah seinen Freund gespannt an. »Erzähl mir mehr über sie.«

»Die Wohnung ist tadellos, der Mann anscheinend überaus korrekt. Aber die Frau trinkt. Anita Haase hat ihr Geld versprochen, wenn sie das Postfach eröffnet, und Frau Wohlfahrt hat es genommen, um damit die Löcher in der Haushaltskasse zu stopfen.«

Leo klopfte mit den Fingern auf die Tischplatte. »Jemand aus der Firma, das hatten wir vermutet. Aber wie passt das zu dem Blatt mit Bertha Fockes Adresse?«

»Die Haase hat es dort versteckt, um den Verdacht auf Fink zu lenken. Allerdings wissen wir noch nicht, wie sie an das Dokument herangekommen ist.«

»Und warum sie die Firma zugrunde richten sollte, in der sie arbeitet, in deren Aufbau sie ihr ganzes Geld gesteckt hat.« Leo sah Walther aufmunternd an. »Vorschläge?«

Sein Freund lief vor dem Schreibtisch auf und ab. »Sie hat sich vermutlich ausgemalt, das Atelier mit Lotte Morgenstern aufzubauen und im Hintergrund Einfluss auszuüben. Dann aber holt ihre Freundin jemanden von außen in die Firma, der ihr nützt, und heiratet ihn auch noch.«

»Denkst du an Eifersucht?«, fragte Leo. »Ja, da ist was dran. Frau Morgenstern hat ihr vermutlich nicht gesagt, dass sie und Fink wie Bruder und Schwester zusammenleben.«

»Die Haase wird uns sicher nicht verraten, ob sie in ihre Chefin verliebt war, aber das ist auch nicht entscheidend. Ob nun enttäuschte Freundschaft oder Liebe, was zählt, ist die Eifersucht.«

Leo nickte und nahm den Faden auf. »Gut, nehmen wir an, Frau Morgenstern hat Anita Haase durch die Heirat vor den Kopf gestoßen. Die Haase wird eifersüchtig. Warum aber hat sie jetzt erst etwas unternommen?«

»Gute Frage«, sagte Walther. »Und ist es nur ein Zufall, dass der Anschlag und der Tod von Rainer Vogt so nahe beieinanderliegen?«

Leo berichtete von seinen Besuchen bei Götz und Radszuweit. »Der Mann aus dem Nationalhof könnte mit Vogts Tod zu tun haben. Herr Götz wird sich an einem Phantombild versuchen, aber ich mache mir keine großen Hoffnungen. Der Mann wollte nicht erkannt werden, und Götz war sehr vage in seinen Angaben.« Dann bemerkte er die Mappe, die auf seinem Schreibtisch lag, schlug sie auf und überflog den getippten Bericht, der darin lag. »Hier sind die Untersuchungsergebnisse für die Bronzestatue. Es handelt sich eindeutig um die Tatwaffe, Haare und Blut stammen vom Opfer. Man fand die Fingerabdrücke des Toten an der Figur.«

»Sonst keine?«

Leo schüttelte den Kopf.

»Und Fink?«

»Er sagt, er habe den Hut darüber geworfen. Dazu musste er die Statue nicht anfassen. Und der Täter, wer immer er war, hat offenbar Handschuhe getragen. Also konzentrieren wir uns auf den Mann, der Vogt gefolgt ist. Vorher aber ist Anita Haase dran.«

16

Auf der Straße vor dem Atelier parkte eine Limousine mit Chauffeur. Im Laden bediente Fräulein Winterscheidt eine blonde Dame mit Pelzstola und Zigarettenspitze, die mit übereinandergeschlagenen Beinen in einem Sessel thronte und sich gerade ein Abendkleid zeigen ließ.

Die Vorführdame schritt an der Kundin vorbei und drehte sich anmutig im Kreis, wobei sie den weit fallenden Rock hob, bis er sich wie ein seidener Fächer ausbreitete. Der Rückenausschnitt war mit einem zarten Geflecht aus goldenen, mit Perlen besetzten Fäden bedeckt.

Als Fräulein Winterscheidt die Kriminalbeamten bemerkte, entschuldigte sie sich rasch bei der Kundin und wollte nach hinten eilen, doch Leo winkte ab. »Lassen Sie sich nicht stören, wir finden den Weg.«

Die Kundin schaute die Männer fragend an. Die Chefverkäuferin gab der Vorführdame einen Wink, die daraufhin eine elegante Drehung vollzog, um die Kundin abzulenken.

Im Entwurfszimmer fanden sie Lotte Morgenstern und Anita Haase über Stoffproben gebeugt, die sie auf dem großen Arbeitstisch ausgebreitet hatten.

»Guten Tag.«

Die beiden fuhren herum, als sie Leos Stimme hörten. Lotte Morgenstern schaute von ihm zu Walther, und zum ersten Mal las Leo eine gewisse Gereiztheit in ihrem Blick. »Nichts für ungut, Herr Wechsler, aber Ihre Besuche sorgen für Unruhe. Mein Mann zieht es mittlerweile vor, zu Hause zu arbeiten.«

»Ich bin nicht wegen Ihres Mannes hier«, sagte er knapp. »Fräulein Haase, ich muss Sie bitten, uns zur Befragung aufs Präsidium zu begleiten.«

Anita Haase wurde blass, doch sie schaute nicht ihn, sondern Frau Morgenstern an. »Was soll das bedeuten? Ich verstehe nicht ...«

»Wir wissen, dass jemand die Näherin Bertha Focke damit beauftragt hat, Kopien der Kleider anzufertigen, und diese mit Capsaicin präpariert hat. Das Capsaicin wurde in einer Apotheke bestellt und an das Postfach eines Labors geliefert, das nicht existiert. Dieses Postfach wiederum wurde von Frau Helga Wohlfahrt eröffnet, Ihrer Schwester, die Sie laut deren Aussage dafür bezahlt haben. Damit wollten Sie jeden Verdacht von sich lenken.«

An Anita Haases Hals pochte eine Ader, ihr Atem ging stoßweise.

»Ist das wahr?« Lotte Morgenstern tastete hinter sich nach der Tischkante, um sich abzustützen. »Anita, ist das wahr?« Ihre Stimme war lauter geworden. Sie streckte die Hand nach ihrer Freundin aus, und Leo sah, wie Walther unwillkürlich einen Schritt nach vorn machte.

Anita Haase nickte. Dann ging ein Ruck durch ihren Körper, sie drückte den Rücken durch und hob den Kopf. »Ja, Lotte, es ist wahr. Die Herren verstehen ihr

Handwerk, wie mir scheint. Dabei fand ich mich recht gewieft.«

»Holen Sie Hut und Mantel«, sagte Leo.

Weiter kam er nicht, denn Lotte Morgenstern stürzte an ihm vorbei und stieß Anita Haase nach hinten, dass diese mit dem Kopf gegen die Wand schlug. Walther wollte dazwischengehen, doch Leo hob warnend die Hand.

»Warum hast du das getan? Wie konntest du – das hier war unsere Idee, deine und meine, du hast mir dein ganzes Geld gegeben, du hast dich bei Gerson unbeliebt gemacht, du hast ertragen, dass sie hinter deinem Rücken über dich reden, und dann machst du alles kaputt?«

Anita Haase griff nach den Händen, die ihre Schultern umklammerten, und riss sich los. Ihr Gesicht war rot angelaufen, ihre Bestürzung in Wut umgeschlagen. »Eben darum habe ich es getan! Weil ich all das für dich gemacht habe, die hämischen Bemerkungen ertragen, das Getuschel der Kolleginnen, weil ich irgendwie das Geld aufbringen wollte, damit du ... damit wir – und dann hast du es weggeworfen. Für *ihn*!«

Fräulein Winterscheidt riss die Tür auf. »Was ist denn hier ...« Als ihr Blick auf die beiden Frauen fiel, schlug sie die Hand vor den Mund. Walther führte sie behutsam in den Flur und schloss die Tür hinter sich.

»Meine Damen, das reicht«, sagte Leo. »Frau Morgenstern, wir werden Sie und Ihren Mann in Kürze befragen. Ich hoffe, dass Sie die Geschäfte bis dahin ungehindert weiterführen können.«

» Mein Mantel ist nebenan. Ist das eine Festnahme?«, fragte Anita Haase ruhig.

»Nein. Aber wenn Sie sich weigern mitzukommen, wird es eine«, erwiderte Leo.

Bevor Leo die Tür schloss, sah er, wie Lotte Morgenstern kraftlos auf einen Stuhl sank und die Hand zum Telefon ausstreckte.

»Könntest du bitte aufhören zu weinen?«, sagte Carl ruhig. »Was ist passiert?«

Als Lotte sich gefasst hatte und berichten konnte, wurde seine Kehle eng, er umklammerte den Telefonhörer. Anita, natürlich. Er dachte an die Blicke, mit denen sie ihn hinter Lottes Rücken bedacht hatte. Subtile Kleinigkeiten – dass sie ihm Unterlagen erst auf Nachfrage brachte, aber so, dass Lotte es nicht merkte. Er hatte es als Bagatellen abgetan, die keine Diskussion lohnten.

»Sie hat es wegen *mir* getan?«, fragte er tonlos. »Aber wir beide haben ihr vertraut.«

Er lehnte den Kopf an die Wand. Lottes Worte prallten an ihm ab, er hatte nur einen Gedanken: Wenn Anita dazu fähig gewesen war, die Kleider zu vergiften – was war dann mit Rainer? Hatte sie irgendwie von ihm erfahren?

Als er hörte, wie Lotte seinen Namen wiederholte, riss er sich zusammen. »Tut mir leid, ich war in Gedanken. Die Polizei hat sie mit aufs Präsidium genommen?«

»Ja.« Carl hörte, wie heftig sie atmete. »Ich bin ganz durcheinander und würde am liebsten nach Hause kommen, aber wenn ich auch noch gehe, bricht hier alles zusammen. Als die Polizei kam, hatte ich gerade die Frau des ungarischen Botschafters im Laden. Zum Glück hat Fräulein Winterscheidt sie geschickt abgelenkt und sich eine Erklärung ausgedacht, weshalb zwei Männer in die hinteren Räume marschieren und eine der Angestellten mitnehmen.« Stille. »Ich weiß, dass es dir schlecht geht, aber würdest du kommen? Würdest du das für mich tun?«

»Ich mache mich sofort auf den Weg.«

Er wollte einhängen, als er noch einmal Lottes Stimme hörte. »Und Carl, bitte verzeih mir. Es tut mir so leid. Das mit der Adresse, dass ich auch nur eine Sekunde geglaubt habe, du könntest es gewesen sein. Ich schäme mich dafür. Es ist einfacher, das am Telefon zu sagen, als wenn du mir gleich gegenüberstehst. Ich weiß, ich bin feige, aber ich sage es trotzdem.«

Er atmete tief durch. »Danke, Lotte. Ich danke dir.«

Fräulein Meinelt brachte um sechs noch einmal Kaffee. Leo saß mit aufgekrempelten Ärmeln am Tisch, Walther stand am Fenster und betrachtete die Frau, die mit gesenktem Kopf auf dem Stuhl saß.

»Fräulein Haase, Sie haben ausgesagt, dass Sie die Sabotage der Modenschau allein geplant haben. Sie haben Ihre Schwester dazu gebracht, ein Postfach zu eröffnen; die Näherin Bertha Focke anonym mit der Anfertigung der Kleider beauftragt und per Geldsendung in bar bezahlt; am Tag der Modenschau die richtigen gegen die präparierten Kleider ausgetauscht. Ist das richtig?«, fragte Leo.

Sie nickte.

»Ich nehme an, Sie haben auch das Blatt mit der Adresse in Herrn Finks Schreibtisch gelegt, nicht wahr?«

Man hatte darauf nur verwischte Fingerabdrücke gefunden, von denen einige Fragmente Fink zuzuordnen waren, während alle anderen gar nicht identifiziert werden konnten. Es konnte alles und nichts bedeuten.

Sie schwieg.

»Woher kennen Sie die Frau überhaupt? Eine kleine Näherin, die in einem Mietshaus im Wedding lebt, eine Heimarbeiterin, die kaum unter Menschen kommt, geschweige denn in den eleganten Westen Berlins. Und ausgerechnet diese Frau beauftragen Sie damit, die Kleider zu nähen.«

Anita Haase hob den Blick. »Ich habe alles gesagt, was ich zu sagen habe. Sie haben mein Geständnis. Reicht das nicht?«

»Wir sprechen hier von gefährlicher Körperverletzung und Geschäftsschädigung. Das sind Delikte, mit denen nicht zu spaßen ist und auf die eine ansehnliche Strafe steht. Möglicherweise auch Gefängnis.«

Sie wurde sichtlich blasser.

»Jemand hat versucht, den Verdacht auf Herrn Fink zu lenken. Und zwar mit einem Blatt Papier, das den Briefkopf der Firma Janson trägt.«

Schweigen.

Leo holte einen mit der Maschine geschriebenen Brief aus der Schublade. »Ich habe der Personalabteilung der Firma Janson einen Besuch abgestattet. Das hier ist eine Bewerbung aus dem Jahre 1922, unterzeichnet von Ihnen. Sie kennen Bertha Focke, arbeiten bei Morgenstern & Fink und haben eine Verbindung zur Firma Janson.«

»Ich habe mich beworben, wurde eingeladen und bekam eine Woche später eine schriftliche Absage. Das ist alles.«

Leo schaute zu Walther, der mit den Schultern zuckte.

Er hatte sich von dem Bewerbungsschreiben mehr erhofft.

»Bei wem haben Sie sich damals vorgestellt?«, fragte Walther.

»Beim Juniorchef, Herrn Ernst Janson.«

»Haben Sie danach noch einmal mit der Firma zu tun gehabt?«

»Nein.«

»Sie können gehen«, sagte Leo unvermittelt.

Anita Haase sah ihn überrascht an.

»Natürlich steht Ihnen eine Anklage wegen Körperverletzung bevor. Sie können fürs Erste nach Hause gehen, müssen sich aber zu unserer Verfügung halten und dürfen Berlin nicht verlassen. Die Aussage wird Ihnen zur Unterschrift vorgelegt.«

Leo blieb sitzen. Walther hielt Anita Haase nicht die Tür auf, sondern sah zu, wie sie Hut und Mantel anzog und leise hinausging.

Draußen war es völlig dunkel, nur die Lampe auf Leos Schreibtisch warf einen schwachen Lichtkreis, der nicht bis in die Ecken des Raums drang.

»Ich dachte, du hättest sie mit der Bewerbung.«

»Das hatte ich auch gehofft. Und ich bin mir sicher, dass da noch mehr ist. Warum wollte sie nichts zu dem Blatt aus Finks Schreibtisch sagen?«

Walther zuckte mit den Schultern. »Warum hast du Vogt nicht erwähnt?«

»Weil wir immer noch nicht wissen, ob die Fälle wirklich zusammenhängen. Und weil nichts darauf hindeutet, dass die Haase ihn kannte. Sie wusste offenbar nicht einmal, wie es um die Ehe von Lotte Morgenstern bestellt war und dass Fink einen Geliebten hatte.« Er schaltete die Schreibtischlampe aus. »Morgen gehe ich zu Janson und frage ihn nach der Haase.«

»Und dann wird er sagen, nettes Gespräch, konnte sie leider nicht einstellen, habe sie nie wiedergesehen. Und ein Motiv hat er auch nicht«, gab sein Freund zu bedenken und machte im Vorzimmer das Licht an.

Fräulein Meinelts Schreibmaschine war ordentlich abgedeckt, der Tisch aufgeräumt. Sie gingen durch die stillen Flure, in denen nur noch wenige Kollegen unterwegs waren, und traten durch das große Eingangsportal in den dunklen Märzabend.

Leo, der in eine andere Richtung musste, hielt kurz inne, und Walther sah ihn fragend an. »Du bist nicht zufrieden?«

»Nein. Natürlich war es ein wichtiger Schritt heute, aber …«

»Du hattest gehofft, es würde uns auch bei Vogt weiterhelfen.«

Leo nickte und gab sich einen Ruck. »Für heute ist Feierabend. Sag mal, wie geht es Jenny?«

»Sie studiert ein neues Programm ein und tritt im April zum ersten Mal damit auf. Sie hofft, dass sie die Stelle im Blumenladen bald kündigen kann.«

»Das freut mich. Clara und ich schauen es uns auf jeden Fall an. Also dann.«

»Bis morgen.«

Leo drehte sich um und ging in Richtung S-Bahn.

Es war schon halb neun, als Leo die Tür aufschloss, so spät kam er selten nach Hause. Von drinnen schlug ihm Gelächter entgegen.

»Tante Ilse ist da!« Marie kam ihm mit einer Bonbontüte in der Hand entgegen. »Sie trinkt mit Clara im Wohnzimmer Sekt.«

Leo hängte Hut und Mantel auf und strich seiner Tochter über die Haare.

»Haben sie was zu feiern?«

Marie zuckte mit den Schultern. »Weiß nicht. Ich wollte den Sekt probieren, aber sie haben mich nicht gelassen. Nur Saft durfte ich trinken. Und Tante Ilse hat Bonbons mitgebracht.« Sie hielt ihm die Tüte hin, und er nahm ein gestreiftes Pfefferminzkissen.

»Danke, Liebes. Wo ist Georg?«

»Der macht Hausaufgaben.«

Marie verschwand mit den Bonbons, und Leo ging ins Wohnzimmer, wo ihm Clara und seine Schwester mit leuchtenden Augen entgegenblickten. Clara stand auf und küsste ihn auf die Wange, dann warf sie einen Blick in Richtung Küche. »Du bist so spät dran, ich hoffe, das Essen ist noch warm.« Sie deutete auf die Flasche. »Möchtest du auch Sekt?«

Er begrüßte seine Schwester. »Wenn ich ehrlich bin, hätte ich lieber ein Bier. Verratet ihr mir, was es zu feiern gibt?« Er bemerkte, wie seine Schwester rot wurde, und als Clara in der Küche verschwunden war, schaute er sie belustigt an. »Na los, raus mit der Sprache. Wenn ich schon Überstunden mache und euch hier angeheitert vorfinde …«

Ilse stellte ihr Glas ab und räusperte sich. »Eigentlich ist es zu früh zum Feiern. Aber als ich Clara von Herrn Dohm erzählt habe, hat sie die Flasche geholt …«

Leo warf einen Blick auf das Etikett: »… die ich im Präsidium zu Weihnachten bekommen habe.«

»Genau die«, sagte Clara und hielt ihm die Bierflasche hin. »Nachdem sie drei Monate in der Vorratskammer gestanden hatte. Wenn deine Schwester einen netten Herrn kennenlernt, ist das doch ein schöner Anlass, sie zu öffnen.«

Ilse wirkte noch verlegener, sagte aber nicht ohne Stolz: »Er heißt Richard Dohm und ist Musiker. Er spielt in der Staatskapelle Cello.«

Leo setzte sich und hielt seine Flasche in die Höhe. »Darauf stoßen wir an.« Nachdem er getrunken hatte, lehnte er sich zurück. »Woher kennt ihr euch?«

»Das ist eine hübsche Geschichte, die musst du Leo erzählen«, sagte Clara.

Eigentlich hatte er sich einen ruhigen Abend erhofft, aber seine Schwester so glücklich zu sehen, vertrieb seine Müdigkeit. Er hörte sich amüsiert an, wie Richard Dohm mit seinem Cello die Praxis heimgesucht hatte, bis Magda Schott sich seiner erbarmt und Verliebtheit statt kranker Lunge diagnostiziert hatte.

»Ich wäre nie drauf gekommen, dass er immer wegen mir da war«, sagte Ilse. »Aber nachdem er es mir gesagt hatte, dachte ich mir, was für ein kluger und beharrlicher Mann. Das muss belohnt werden. Und der Kuchen war ausgezeichnet.«

Leo lachte aus voller Kehle, so hatte er Ilse noch nie erlebt. »Nur der Kuchen?«

»Na ja, wir waren gestern noch einmal zusammen aus. Und er hat mir eine Karte für die Oper geschenkt, damit ich ihn spielen hören kann. Es sind sogar zwei – falls jemand von euch mitgehen möchte. Ein Sinfoniekonzert mit Wilhelm Furtwängler.«

»Geh doch mit«, sagte Leo zu Clara. »Ich weiß nie,

ob ich pünktlich Feierabend machen kann, wir haben gerade viel zu tun.«

Ilse sah Clara erwartungsvoll an. »Magst du? Es ist nächsten Mittwoch.«

Clara schenkte ihrer Schwägerin Sekt nach. »Es wäre mir eine Ehre, dich zu begleiten. Ich kenne die Staatskapelle nur von Schallplatten. Und Männer im Frack fand ich schon immer unwiderstehlich.«

Leo stieß spielerisch ihren Fuß an, der seitlich über der Sessellehne wippte. »Ich besitze keinen Frack. Muss ich mir Sorgen machen?«

Clara stand auf und küsste ihn. »Für dunkelhaarige Männer ohne Frack mache ich eine Ausnahme.«

Als sie an diesem Abend schlafen gingen, schob Leo die Gardine beiseite und sah hinaus. Clara legte von hinten die Arme um ihn und drückte die Stirn an seine Schulter.

»Was ist? Komm doch ins Bett.«

»Ich habe Ilse noch nie so glücklich erlebt. Auch nicht bei diesem Schneider.«

»So wird es nicht kommen, Leo, diesmal nicht«, sagte Clara beruhigend.

»Nein, er scheint es wirklich ernst zu meinen.« Leo drehte sich um und zog sie an sich. »Sie hat es verdient.«

17

Freitag, 25. März 1927

Leo bemerkte den Aufruhr nur, weil er an diesem Morgen einen anderen Weg genommen hatte und durch die Voltairestraße zum Seiteneingang des Präsidiums gegangen war. Der Anblick, der sich ihm dort bot, war geradezu surreal.

Die Tür ging auf, und eine Gruppe Männer stürzte auf den Gehweg. Er sah geschminkte Gesichter, in denen sich dunkle Bartschatten abzeichneten; manche hatten Damenperücken auf dem Kopf. Sie trugen Abendkleider in allen Farben, Satin schimmerte in der Morgensonne auf, Pailletten fingen das Licht. Sie hielten Täschchen umklammert und stolperten auf hohen Absätzen dahin, die nicht für dieses fluchtartige Tempo geschaffen waren.

Passanten blieben stehen, stießen einander an, lachten und riefen den Männern anzügliche Bemerkungen hinterher. »Jetzt aber schnell zum Friseur, für zwei Groschen rasieren!«, rief ein junger Kerl mit Schiebermütze.

»Gleich um die Ecke ist einer. Der gibt euch sicher Mengenrabatt!«, rief eine ältere Frau mit Einkaufstasche.

Einem der Flüchtenden schlug der Fuß um, und Leo hörte, wie er mit tiefer Stimme fluchte. Dann rappelte er sich mit Hilfe eines Begleiters auf und bog um die nächste Straßenecke.

Als die Transvestiten verschwunden waren, wandte sich Leo zum Eingang, wo er den Kollegen Meyer aus der Abteilung E stehen sah. Aber er war nicht allein. Neben ihm lungerten mehrere Männer herum, die sich vor Lachen ausschütteten. Einer hatte sogar eine Kamera mit Stativ dabei. Es waren vertraute Gesichter darunter, die Leo aus Pressekonferenzen kannte.

»Oh, die Sensation von morgen?«, fragte er. »Sie scheinen ja wirklich um Schlagzeilen verlegen.«

Er wollte an der Gruppe vorbeigehen, doch Meyer hielt ihn am Arm fest. »Aber Herr Kollege, gönnen Sie uns doch den kleinen Spaß.«

Auch wenn Leo es eher befremdlich fand, wenn Männer sich als Frauen verkleideten, konnte er es nicht leiden, wenn man sie wegen dieser Eigenart zum Gespött machte. »Warum waren die überhaupt hier?«, fragte er Meyer. »Die Polizei geht gewöhnlich nicht gegen Transvestiten vor.«

»Na ja, solange sie da bleiben, wo sie hingehören«, erwiderte der Kollege. »In ihren Lokalen können sie treiben, was sie wollen, aber diese feinen Herren wollten sich in ihrer ganzen Schönheit vor dem Mikado auf der Straße zeigen. Das konnte ich natürlich nicht zulassen und habe dafür gesorgt, dass sie eine Nacht auf Staatskosten nachdenken konnten.«

Leo schaute ihn an. Er war nicht darauf aus, Streit mit einem Kollegen aus einer anderen Abteilung anzufangen. Andererseits ging es ihm gewaltig gegen den Strich, dass Meyer das Lokal offenbar hatte beobachten lassen – ebenfalls auf Staatskosten – und dann auch noch die Presse angerufen hatte, um die Männer der Lächerlichkeit preiszugeben. Die Polizei pflegte gute Beziehungen zu den Zeitungen, aber dies hier schien nur dem Privatvergnügen zu dienen.

»War es wirklich nötig, die Presse herzubestellen?«, fragte er ungehalten. »Reicht es nicht, dass die Männer in dieser Aufmachung am hellen Tag über die Straße laufen müssen?«

»Ich glaube kaum, dass Sie das etwas angeht, Herr Wechsler. Oder arbeiten Sie neuerdings bei der Sitte? Ach ja, der Fall Vogt, wie konnte ich das vergessen«, erwiderte Meyer hämisch und warf einen Blick in die Runde, woraufhin die Journalisten einander lachend anstießen.

»Nun haben Sie sich doch nicht so«, sagte einer jovial, doch Leo hatte genug. Er ließ die Männer stehen und betrat schweigend das Gebäude.

Hermann Schmidt, der Polizeizeichner, kam Leo im Korridor entgegen. »Morgen, Herr Wechsler, ich habe Ihnen das Bild gerade reingereicht. Herr Götz war sehr bemüht, aber viel ist leider nicht dabei herausgekommen.«

»Danke, Herr Schmidt.«

Das Phantombild hatte er über der Geschichte mit Anita Haase fast vergessen. Der Zeichner war ein fähiger Mann, aber wenn die Zeugen zu wenig gesehen hatten, konnte auch er nicht weiterhelfen. Leo trat mit der Zeichnung unter die Lampe, da nur trübes Licht durchs Fenster fiel, und stutzte. Hut, Brille, keine besonderen Merkmale und doch … er schaute sich das Brillengestell genauer an. Dann ging er nach nebenan zu Fräulein Meinelt und legte ihr das Blatt auf den Tisch. »Fällt Ihnen an der Brille etwas auf?«

Sie nahm die Zeichnung und betrachtete sie gründlich. »Hm, nicht viel. Höchstens die Form. Die meisten Brillen sind rund, diese ist eckig. Meinen Sie das?«

»Danke, Fräulein Meinelt.«

Leo setzte sich wieder an den Schreibtisch und stützte das Kinn auf die Hände. Natürlich konnte es Zufall sein, doch er war erst kürzlich einem Mann mit eckiger Brille begegnet.

»Sie schon wieder? Und so früh am Morgen?« Der Juniorchef des Konfektionshauses bemühte sich gar nicht erst um Freundlichkeit.

»Ja, Herr Janson. Können wir bitte in Ihr Büro gehen?«

Leo nahm einfach Platz, als Janson ihm keinen Stuhl anbot. »Wir wissen jetzt, wer den Anschlag auf die Modenschau bei Morgenstern & Fink verübt hat.«

»Glückwunsch. Allerdings ist mir nicht klar, warum Sie deswegen zu mir kommen.«

»Es handelt sich um eine Dame, die sich einmal bei Ihnen vorgestellt hat, und zwar bei Ihnen persönlich. Das war im Jahre 1922, die betreffende Korrespondenz habe ich in Ihrer Personalabteilung gefunden.«

»Wir sind ein großes Unternehmen, hier stellen sich viele Leute vor. Die meisten sehe ich nur dieses eine Mal.«

»Es handelt sich um Fräulein Anita Haase.«

Janson runzelte die Stirn, als überlegte er, und nickte dann. »Stimmt, sie war früher bei Gerson und arbeitet jetzt für Morgenstern & Fink, oder? Die Konfektionsbranche ist wie ein Dorf, man kennt sich untereinander. Ich glaube, wir konnten uns über das Gehalt nicht einig werden. Gerson zahlt sehr gut, da konnte ich nicht mithalten. Aber das ist auch schon alles, was mich mit der Dame verbindet.« Dann schaute er Leo mit plötzlichem Interesse an. »Habe ich Sie richtig verstanden? Fräulein Haase hat den Anschlag auf das Atelier verübt, in dem sie selbst arbeitet?«

Leo ging nicht darauf ein. »Haben Sie Fräulein Haase seit diesem Vorstellungsgespräch noch einmal gesehen?«

»Nein. Ich weiß nur das, was ich Ihnen bereits gesagt habe.«

Leo legte die Zeichnung auf den Tisch. Janson warf einen Blick darauf, ohne sie zu sich heranzuziehen.

»Was soll das nun wieder?«

»Dieser Mann hat sich vor einigen Wochen im Nationalhof in der Bülowstraße nach der Adresse von Rainer Vogt erkundigt. Der Inhaber des Lokals hat sie ihm nicht gegeben, sondern ihn an den Bund für Menschenrecht verwiesen, für den Herr Vogt tätig war. Bei dieser Organisation ging kurz danach ein Anruf ein, bei dem sich ein Mann ebenfalls nach der Adresse von Herrn Vogt erkundigte.«

Janson schob Leo die Zeichnung zurück. »Mir ist nicht klar, warum Sie damit zu mir kommen.«

»Herr Vogt wurde erschlagen in seiner Wohnung aufgefunden.«

»Ach, der Fall in Schöneberg? Den erwähnten Sie bereits, aber das beantwortet meine Frage nicht.«

»Sie tragen eine ungewöhnliche Brille, Herr Janson. Der Mann auf der Zeichnung auch.«

Es war das erste Mal, dass Leo Ernst Janson lachen hörte. »Und deshalb meinen Sie, dass ich Homosexuellen hinterhersteige? Ich bitte Sie, Herr Wechsler, das geht nun wirklich zu weit.«

»Wären Sie mit einer Gegenüberstellung einverstanden?« Leo wollte nur sehen, wie Janson reagierte; er wusste, dass es keine eindeutige Identifizierung geben würde.

Janson erwiderte ungerührt: »Gewiss. Aber wenn Ihr Zeuge nicht mehr gesehen hat als das ...«

Als Jakob Sonnenschein am Morgen ins Büro kam, traf er dort nur Robert Walther an.

»Ist der Chef noch nicht da?«, fragte er und stellte seine Aktentasche auf den Boden, nachdem er eine Thermosflasche und zwei belegte Brote herausgeholt hatte.

»Deine Esther versorgt dich gut«, sagte Walther mit kaum verhohlenem Neid.

Sonnenschein grinste. »Dafür ist deine Freundin eine berühmte Sängerin. Und ob ich noch so verwöhnt werde, wenn das Kleine da ist, weiß ich auch nicht.«

»Berühmt, na ja, aber Jenny ist auf einem guten Weg.« Walther sah zu, wie sich Sonnenschein Tee aus seiner Thermosflasche eingoss, und sagte dann: »Ach ja, der Chef ist schon wieder weg. Zu Janson. Wir haben gestern Anita Haase verhört.« Er berichtete von den Ergebnissen. »Wir glauben beide, dass sie mehr weiß, als sie sagt.«

»Zu Janson ist mir vorhin noch eine Idee gekommen«, sagte Sonnenschein. Er blätterte in seinem Notizbuch und sah auf die Uhr. »Bisschen früh, aber vielleicht habe ich Glück.« Er wählte eine Nummer und wartete. »Ja, Herrn Korff, bitte. Nennen Sie meinen Namen und sagen Sie, es sei dringend. Danke, ich warte.«

Er nickte Walther zu.

»Ja, Kriminalassistent Sonnenschein, Sie erinnern sich? Ich hätte noch ein paar Fragen, Herr Korff, ginge das telefonisch? Danke. Nein, ich habe unsere Abmachung nicht vergessen.«

Er griff nach einem Notizblock und begann zu stenographieren. »Erzählen Sie mir bitte alles, was Sie über die Firma Janson wissen. Genau, Janson am Hausvogteiplatz. Finanzielle Situation, Erfolge und Misserfolge, Personalien, Gerüchte, Klatsch … mich interessiert alles.«

Er wartete, während Walther ihn gespannt ansah.

»Ach, ich verstehe. Per Kurier? Ich danke Ihnen ganz herzlich für Ihre Hilfe, Herr Korff. Es war mir ein Vergnügen.«

Sonnenschein hängte mit zufriedener Miene ein. »Er stellt mir alles zusammen und schickt es bis heute Mittag hierher. Wenn jemand etwas über Janson weiß, das lieber verborgen bleiben sollte, dann er.«

Leo steckte die Zeichnung wieder ein. »Ich fasse zusammen: Auf das Modeatelier Morgenstern & Fink wird ein Anschlag verübt. Der Besitzer hat früher bei Ihnen gearbeitet. Die Täterin hat sich einmal bei Ihnen vorgestellt. Die Näherin, die unwissentlich an dem Anschlag beteiligt war, arbeitet seit Jahren für Ihre Firma. Ein Mann wird erschlagen, der mit dem Inhaber des Modeateliers bekannt war. Eine Person, deren charakteristische Brille Ihrem Modell ähnlich ist, hat sich zuvor mehrfach nach der Adresse dieses Mannes erkundigt. Ich würde sagen, das reicht, um einen Kriminalbeamten nachdenklich zu stimmen.«

Janson ließ sich nicht aus der Ruhe bringen. »Ich kann nur wiederholen, dass dies alles keine Beweise sind, Herr Wechsler. Ich wünschte, Sie würden meinen Vater und mich endlich in Frieden lassen. Was mit dem Atelier geschehen ist, tut mir leid, und wenn eine Angestellte ihrer eigenen Firma schaden will, umso bedauerlicher. Es wirft kein gutes Licht auf das Klima, das dort herrscht.« Er unterstrich seine Worte mit einem maliziösen Grinsen. »Wenn das alles wäre …«

Leo musste sich eingestehen, dass Janson recht hatte. Was er aufgezählt hatte, würde vor Gericht nicht standhalten, es reichte nicht einmal für einen Haftbefehl. Er war zuversichtlich gewesen, dass Janson sich irgendwie verraten würde, doch seine Gelassenheit war unerschütterlich.

Draußen auf dem Hausvogteiplatz blieb Leo einen Augenblick stehen und ging dann langsam zum Werderschen Markt, wo er nach rechts in Richtung Alexanderplatz abbog. Gewöhnlich genoss er die Spaziergänge durch die Stadt, deren Schmutz, Lärm und Lebendigkeit ihn mitrissen wie ein blecherner, warm pulsierender Strom. Diesmal aber hatte er keinen Blick für die gewaltige Fassade des Schlosses zu seiner Linken, den Neptunbrunnen, an dem trotz des kühlen Wetters einige Kinder verwegen mit Wasser spritzten, oder den roten Turm des Rathauses, der ein Stück weiter über den Dächern aufragte. In jeder Ermittlung gab es Momente, in denen man nicht weiterwusste, vielleicht sogar glaubte, versagt zu haben.

Auf der Kurfürstenbrücke blieb Leo abrupt stehen, stützte sich auf das Geländer und schaute auf die Spree, die grau und träge unter ihm dahinfloss. Ihm war ein Gedanke gekommen, der nichts mit Spekulation, sondern nur mit Logik zu tun hatte:

Warum war Ernst Janson ihnen von Anfang an so feindselig begegnet? Sie hatten ihn und seinen Vater routinemäßig befragt, weil Carl Fink, einer der Geschädigten in ihrem Fall, früher bei Janson gearbeitet hatte. Das war die übliche Vorgehensweise. Doch der jüngere Janson hatte seine Abneigung gegen Fink so deutlich kundgetan, dass es schon übertrieben wirkte, zumal Fink seit Jahren nicht mehr für die Firma arbeitete und er ihn als Konkurrent um die Gunst seines Vaters nicht fürchten musste.

Leo ging langsam weiter. Er musste nachdenken, sich mit Robert austauschen. An der nächsten Ecke kaufte er sich eine Wurst mit Brot, weil er die Mittagspause vermutlich durcharbeiten würde.

Leo saß mit Walther und Sonnenschein zusammen und schilderte sein Gespräch mit Janson, als es klopfte und Fräulein Meinelt einen großen braunen Umschlag hereinreichte. »Für Herrn Sonnenschein.«

Der Kriminalassistent sprang auf, nahm den Umschlag entgegen und legte ihn vor Leo auf den Tisch.

»Der ist doch für Sie.«

»Ich glaube, Sie sollten sich das zuerst anschauen, Herr Wechsler. Ich habe Herrn Korff, den Chefredakteur der *Dame*, gebeten, uns alles zu schicken, was er über die Firma Janson weiß. Auch den Klatsch. Und er war schnell, das muss ich ihm lassen.«

Leo drehte sich um und griff nach dem Brieföffner. Der Umschlag enthielt eine Mappe mit drei getippten Seiten und einigen Zeitungsausschnitten.

»Gehen wir nach nebenan.«

Dort breiteten sie die Unterlagen auf dem größten Tisch aus und beugten sich gemeinsam darüber.

Kurt Korff hatte anscheinend aus dem Kopf diktiert, was ihm zum Atelier einfiel, einiges davon war ihnen bereits bekannt.

Dann deutete Leo auf die Mitte der zweiten Seite und las vor: »Man munkelt über einen Rückgang der Umsätze. Mir liegen keine verlässlichen Zahlen vor, doch wird berichtet, dass in den letzten zwei Jahren etwa fünfzig Heimarbeiterinnen ihre Arbeit verloren haben, als einem Zwischenmeister gekündigt wurde, der diese Frauen im Auftrag von Janson beschäftigte. Es gab keinen Hinweis auf Beschwerden über mangelnde Qualität, und es wurde angeblich auch kein neuer Zwischenmeister gesucht.«

Leo blätterte weiter. »Und hier: ›Wie man sich erzählt, freue sich die Konkurrenz über Zulauf, da man bei Janson nicht mehr die gewohnte Qualität erhalte.‹«

Er richtete sich auf und schaute seine Kollegen an. »Vor drei Jahren hat Carl Fink gekündigt.«

»Aber die Entwicklung reicht nur zwei Jahre zurück«, gab Sonnenschein zu bedenken.

Walther hob die Hand. »Wenn der wirtschaftliche Misserfolg wirklich daher rührt, dass Finks schöpferische Handschrift fehlte, hat es vermutlich eine Weile gedauert, bis sich das zeigte.«

Leo nickte. »Die erste Kollektion profitierte wohl noch von seinem Einfluss. Es gab Kollegen, die mit ihm zusammengearbeitet hatten und seinen Stil kannten. Dann aber merkten die Kundinnen, dass sich etwas verändert hatte, und liefen zur Konkurrenz über.« Er klopfte mit der Hand auf den Tisch. »Sonnenschein, damit haben Sie uns einen Schritt weitergebracht. Ich weiß noch nicht, wie das alles zusammenpasst, aber es ist ein guter Ansatz. Wir sollten uns die Bücher genauer ansehen. Haben wir auch etwas über Jansons Privatleben?«

Walther deutete auf einen Zeitungsausschnitt. »Hier, aus dem Gesellschaftsteil. Ernst Janson und seine Frau Edith bei einem Empfang in Paris. Das ist von 1925. Sonst sehe ich nichts.«

»Herr Korff sagte, er wolle mir schicken, was er auf die Schnelle finden könne«, erklärte Sonnenschein. »Möglicherweise kommt noch etwas nach. Er hat sich ungeheuer beeilt.« Er zögerte kurz. »Im Gegenzug für ein Exklusivgespräch, wenn der Fall aufgeklärt ist.«

Leo grinste. »Eine Hand wäscht die andere. Wir sollten einen Haftbefehl für Anita Haase beantragen.«

»Warum jetzt doch?«, fragte Walther verwundert.

»Es könnte sie zum Reden bringen. Wir wissen immer noch nicht, warum sie zu dem Blatt mit der Adresse schweigt. Wer außer ihr sollte es in die Schublade gelegt haben? Sie hat alles gestanden, warum nicht das? Sie und Janson haben etwas gemeinsam – eine Abneigung gegen Fink. Sie sind einander schon begegnet, und das Briefpapier stammt aus Jansons Firma. Anita Haases Geschichte ist noch nicht zu Ende.«

Als Leo und Walther in der Wartenburgstraße aus dem Wagen stiegen, erbebte das Pflaster unter ihren Füßen.

Sie schauten über die Straße zum benachbarten Anhalter Güterbahnhof. Das weitläufige Gelände erstreckte sich mehr als einen Kilometer von Norden nach Süden, eine riesige Freifläche, durchzogen von Schienen, Lagerhäusern und einem kreisrunden Lokschuppen. Dort wurden anscheinend gerade Waggons aneinandergekoppelt, ein bebender, metallischer Widerhall, der bis auf die andere Straßenseite zu spüren war. Die Häuser waren eigentlich ganz hübsch, dachte Leo, doch der Lärm des Bahnhofs würde ihn gewaltig stören.

Der Haftrichter hatte sich mit der Ausstellung beeilt, nachdem Leo nicht ganz wahrheitsgemäß erklärt hatte, es bestünde Fluchtgefahr.

Als sie den gepflegten Hausflur betraten, trafen sie auf zwei ältere Frauen, die dicht beieinanderstanden und tuschelten. Sie blickten auf, als sie die beiden Kriminalbeamten bemerkten.

In diesem Moment hörten Leo und Walther es auch – laute Stimmen ein oder zwei Stockwerke über ihnen, ein Mann und eine Frau, dann wurde eine Tür geöffnet und heftig zugeschlagen.

Leo zog seine Dienstmarke, und bevor er etwas sagen konnte, stieß eine der Frauen ein »Na endlich« hervor.

»Das geht schon seit einer Viertelstunde so. Dabei ist Fräulein Haase eine ordentliche Mieterin. Ich weiß nicht, wen sie sich da ins Haus geholt hat.«

»Seit einer Viertelstunde?«, fragte Walther.

»Ja, ich habe gerade das Treppenhaus geputzt«, die Frau deutete auf einen Eimer mit Wischmopp, der neben ihr an der Wand lehnte, »als ein Herr heraufkam. Sehr gut gekleidet. Habe ihn noch nie hier gesehen. Er hat bei Fräulein Haase geklingelt, das habe ich gehört. Kurz darauf ging es los.«

Die andere Frau nickte und schob die Brust vor, als wollte sie ihre eigene Bedeutung herausstreichen. »Und dann hat Else bei mir geklingelt und gesagt, da stimmt was nicht. Wir sind ein friedliches Haus, wenn das nicht aufhört, müssen wir die Polizei rufen. Sonst kommt es noch zu Mord und Totschlag.«

Leo tippte sich an den Hut und stieg mit Walther die Treppe hinauf, während ihnen die Frauen enttäuscht nachsahen.

»Vermutlich hatten die sich eine längere Rede zurechtgelegt«, sagte Walther leise. »Du hast ihnen den Auftritt vermasselt.«

Vor der Wohnungstür blieben sie stehen und horchten. Kein Zweifel, es war die Stimme von Carl Fink.

»Ich habe doch gesagt, ich weiß nichts darüber … Wenn Sie nicht sofort meine Wohnung verlassen, rufe ich die Polizei!«

Leo wollte gerade klingeln, als die Tür von innen aufgerissen wurde. Anita Haase trug einen Morgenmantel, eine Haarsträhne war aus dem Seidenband gerutscht, das sie um den Kopf gebunden hatte. »Gut, dass Sie kommen! Herr Fink bedroht mich in meiner eigenen Wohnung!«

Leo schob sie sanft nach drinnen, bevor Walther die Tür hinter ihnen schloss.

Carl Fink stand schwer atmend am Ende des Flurs, die Lippen zusammengepresst.

»Ich habe Fräulein Haase nicht bedroht, sondern zur Rede gestellt.«

Sie fuhr herum. »Sie haben alles kaputtgemacht!

Lotte und ich hatten es genau geplant, und Sie sind dazwischengekommen, haben sich hineingedrängt …«

»Sie haben versucht, mir den Anschlag in die Schuhe zu schieben«, sagte Fink gefährlich ruhig. »Sie haben versucht, einen Keil zwischen Lotte und mich zu treiben und mich als kriminell hinzustellen.«

Sie wollte sich auf ihn stürzen, doch Leo ergriff von hinten ihre Oberarme. »Sie sagen jetzt nichts mehr, sondern ziehen sich an und kommen mit.«

»Was soll das heißen?«

Leo nickte Walther zu, der die Handschellen aus der Tasche holte. »Ich verhafte Sie wegen gefährlicher Körperverletzung in zwei Fällen. Im Laufe der Ermittlungen können weitere Vorwürfe gegen Sie erhoben werden.«

Anita Haases Gesichtsausdruck wechselte binnen Sekunden von Wut über Entsetzen zu Fassungslosigkeit. Dann riss sie sich los, stürzte an Fink vorbei ins Schlafzimmer und verriegelte von innen die Tür.

»Verdammt! Gehen Sie beiseite, Herr Fink!« Leo nahm Anlauf und warf sich mit der Schulter gegen die Tür, die sich nicht bewegte. »Robert! Mit dem Fuß, auf drei!«

Die beiden Kriminalbeamten stellten sich vor der Tür auf und traten auf Leos Zeichen hin mit aller Gewalt dagegen. Beim ersten Versuch erzitterte das Holz, beim zweiten brach das Schloss heraus. Die Tür flog auf und prallte gegen die Wand.

Anita Haase stand mit einem Rasiermesser in der Hand am Toilettentisch, von ihrem Unterarm tropfte Blut auf den hellblauen Teppich.

Sie ließ das Messer fallen und schaute die beiden

Männer resigniert an. »Pflaster sind in der Küche. Nicht einmal das ist mir gelungen.«

Walther holte die Pflaster und ein nasses Tuch, während sich Leo den Arm näher ansah. Die Schnitte waren oberflächlich, kein wichtiges Blutgefäß schien verletzt.

»Herr Fink, Sie können gehen«, sagte Leo.

Fink blieb zögernd in der Tür stehen und schaute Anita Haase an, die blass, aber gefasst auf dem Hocker vor dem Toilettentisch saß. »Wofür das alles?«, fragte er leise. »Ich habe Ihnen nichts weggenommen, auch nicht Lotte. Sie gehört niemandem, nur sich selbst.«

Mit diesen Worten drehte er sich um und verließ die Wohnung.

Georg und Wolfgang hockten in einem Verschlag, der im Hinterhof des Hauses stand, in dem Wolfgang wohnte. Früher hatte hier ein Schmied sein Werkzeug gelagert, doch die Schmiede war bankrottgegangen, und seither rosteten ein alter Amboss und Eisenteile vor sich hin, ein bizarr anmutender Haufen im Zwielicht, dessen Spitzen und Kanten sich nur schwach vor dem kleinen, verschmutzten Fenster abzeichneten.

Die Jungen hatten zwei alte Sofakissen gefunden und in eine Ecke hinter den Haufen gelegt, wo niemand sie entdeckte, der sich zufällig hierher verirrte. Wenn er mit Wolfgang zusammen war, spürte Georg den Hauch des Verbotenen und kam sich dabei ungeheuer kühn vor.

Wolfgang hatte eine Fünferschachtel Zigaretten dabei. Die hatte ihm sein Vater geschenkt, weil der Junge ihn nicht verraten hatte, nachdem er ihn mit einer anderen Frau hinter der Eckkneipe überrascht hatte.

Als sein Freund ihm davon erzählte, fragte Georg sich flüchtig, ob sein eigener Vater zu einem solchen Betrug an Clara fähig wäre. Sicher nicht.

Doch eigentlich hatten sie sich nicht getroffen, um über Erwachsenenkram zu reden, sagte Wolfgang, es gäbe Wichtigeres. »Wie gesagt, sobald du vierzehn bist«, verkündete er in wichtigem Ton und stieß gekonnt den Rauch aus.

»Aber ich muss meinen Vater fragen«, erwiderte Georg leise. »Ich weiß nicht, was er davon hält. Er ist bei so was manchmal komisch.« Es kam ihm wie Verrat vor, so über seinen Vater zu sprechen, der für ihn immer noch Held und Vorbild war.

»Ist ja noch ein bisschen hin bis zu deinem Geburtstag.«

Georg räusperte sich. »Sag mal, gehen alle Adler dorthin, wenn sie vierzehn sind?«

Wolfgang lachte. »Nein, nur die besten. Ich habe dir doch von Karl Boehse erzählt, der würde uns beide empfehlen.«

»Boehse? Wer war das noch mal?« Manchmal erzählte Wolfgang so viel, dass Georg sich nicht alles merken konnte; in seinen Kopf mussten auch noch lateinische Vokabeln und mathematische Formeln hineinpassen.

»Der Sturmmann, der neben uns wohnt. Er ist eigentlich Schuhmacher, verbringt aber die meiste Zeit mit seinen Kameraden. Er ist ein prima Kerl und hat mir viel über Politik beigebracht. Der kennt sich aus. Und er hat Muskeln, sag ich dir, das ist ein Kämpfer, auch wenn er auf den ersten Blick gar nicht so aussieht.«

Georg saß ziemlich still da. Er fühlte sich wohler, wenn es um die Adler ging, um Mutproben und Lagerfeuer und nächtliche Erkundungen. Vielleicht musste er Wolfgang einfach reden lassen, bis er sich verausgabt hatte.

»Und ich habe eine tolle Neuigkeit«, sagte Wolfgang und drückte die Zigarette aus, die er mit bemerkenswerter Geübtheit geraucht hatte. »Am Dienstag will Karl sich mit uns treffen. Dann erzählt er, wie es bei ihnen zugeht. Und du bist der einzige Adler, den ich mitnehmen würde.«

Georg wusste, dass Wolfgang Stolz und Dankbarkeit erwartete, und die lieferte er ihm auch. Doch tief im Inneren fühlte er sich beklommen, als wäre es in dem Verschlag plötzlich kälter geworden.

18

Samstag, 26. März 1927

Am nächsten Morgen standen Leo und Clara zeitig auf. Clara hatte sich besondere Mühe mit dem Frühstück gegeben, auch wenn es für sie beide ein Arbeitstag war. Die kurze Zeit, die sie allein miteinander verbrachten, sollte etwas Besonderes sein. Auf dem Tisch stand eine Vase mit Narzissen, und sie hatte Servietten neben die Teller gelegt.

»Schaffst du es heute Abend?«, fragte sie und stellte ihre Kaffeetasse ab.

»Sicher«, sagte Leo. »Hab ich doch versprochen.«

Clara hatte in ihrer Leihbücherei einen zusätzlichen Raum angemietet, in dem sie kleinere Veranstaltungen abhalten konnte. Für diesen Abend hatte sie einen jungen Schriftsteller eingeladen, der aus einem unveröffentlichten Werk lesen sollte. Ein Verlagslektor hatte ihn empfohlen, und Clara hatte beschlossen, den Schritt zu wagen.

»Natürlich ist es ein bisschen schade, dass man sein Buch noch nicht kaufen kann, aber es hat mich wirklich beeindruckt.« Sie sah ihn nachdenklich an und legte ihm die Hand auf den Arm. »Weißt du, ich musste beim Lesen immer an Georg denken. Das Buch ist aus der Sicht eines Heranwachsenden geschrieben, der die Welt der Erwachsenen nicht versteht. Der immer das Gefühl hat, dass man ihm Dinge vorenthält, vor allem, wenn es um Sexualität geht. Und dann kommt der Krieg, und er erlebt diese ganze Begeisterung, die Aufhebung sozialer Schranken, selbst der jüdische Kaufmann im Ort wird in die Gemeinschaft aufgenommen. Und dann kehrt die Ernüchterung ein, gleichzeitig mit dem Hunger. Man spürt die Kraft und die Empörung, die aus ihm sprechen.«

»Aber er schreibt über eine andere Zeit«, wandte Leo ein. »Georg wächst in einer Welt ohne Krieg und Hunger auf. Und ich habe auch nicht das Gefühl, dass wir allzu prüde sind.«

Clara lächelte. »Nein, aber es ist interessant, dass kaum mehr als ein Jahrzehnt dazwischenliegt. Und ich gehe mal davon aus, dass du ihn gelegentlich beiseite nimmst und ihm ein paar Dinge erklärst.«

Leo grinste. »Von Mann zu Mann, oder wie?«

»Genau«, sagte Clara ungerührt. »Er ist dreizehn, da werden Mädchen allmählich interessant.«

»Mir scheint, im Augenblick sind diese Adler sehr viel interessanter. Gestern war es ganz schön spät. Das habe ich nur durchgehen lassen, weil er heute schulfrei hat. Das geht aber nicht jeden Freitag. Und du brauchst gar nicht so nachsichtig zu lächeln, ich werde es ihm deutlich sagen.«

»Tut mir leid. Es ist nur ungewohnt, dich so streng zu erleben. Du bist ein sehr großzügiger Vater. Es gibt viele, die anders sind. Du kannst dir nicht vorstellen, was ich im Laden manchmal höre. Oder was Ilse aus der Praxis erzählt.«

»Das weiß ich doch.« Er stand auf und küsste sie auf die Wange. »Ich muss los. Und wirf Georg aus dem Bett, er soll dir im Laden helfen.«

»Raus mit dir, das schaffe ich schon. Ich kann auch streng sein«, sagte Clara und schob ihn lachend zur Tür.

»Ich habe gerade in der Firma angerufen. Der junge Janson ist zu Hause geblieben, da seine Frau eine große Gesellschaft gibt, die schon am Nachmittag beginnt. Zwei von uns fahren hin«, sagte Leo. »Ich bin gespannt, wie er reagiert, wenn wir bei ihm vor der Tür stehen und er seiner Frau erklären muss, was die Kriminalpolizei bei ihm zu suchen hat.«

Walther grinste. »Das hat schon öfter funktioniert.«

»Ich möchte wetten, er hat ihr gegenüber mit keinem Ton erwähnt, dass wir ihn mehrfach befragt haben.«

»Wir haben aber auch keine Beweise«, sagte Sonnenschein zweifelnd. »Bisher ist alles reine Vermutung.«

»Das stimmt«, erwiderte Leo, »aber es sind inzwischen so viele Puzzleteile, dass wir guten Grund haben, ihm Druck zu machen. Und außerdem sagt mir mein Gefühl, dass wir richtig liegen, schließlich hat er sich uns gegenüber von Anfang an ungewöhnlich feindselig verhalten. Robert, du fährst mit Sonnenschein zu Janson nach Hause. Mein Gesicht hat er oft genug gesehen, da schaltet er sofort auf stur. Hasselmann und ich gehen in die Firma und schauen uns die Bücher an.«

»Ohne Durchsuchungsbefehl?«, gab Hasselmann zu bedenken. »Den bekommen wir am Samstag nicht, zumal keine Gefahr im Verzug ist.«

Leo nickte. »Also fragen wir freundlich nach. Wenn man uns wegschickt, wissen wir, dass die Geschäftsleitung etwas zu verbergen hat. Aber ich glaube, dass wir mehr Erfolg haben, wenn der junge Janson nicht zugegen ist. Sein Vater hat sich bisher sehr zuvorkommend gezeigt.«

Sie verließen zu viert das Präsidium und trennten sich vor der Tür. Leo und Hasselmann gingen zu Fuß, der Weg zum Hausvogteiplatz war nicht weit. Es war ein trockener, milder Morgen, und Leo genoss den Spaziergang. Sie kamen an einem Zeitungsstand vorbei, und Hasselmann warf im Vorbeigehen einen Blick auf die Schlagzeilen.

»Am Montag verkünden sie das Urteil im Fall Schulz und Konsorten. Beim letzten Prozess haben sie ihn freigesprochen.«

Vor einigen Jahren war bekannt geworden, dass die Reichswehr geheime Militärkommandos, die sogenannte Schwarze Reichswehr, unterstützt und sogar finanziert hatte. In deren Reihen war es zu Fememorden an vermeintlichen kommunistischen Spitzeln gekommen. Oberleutnant Paul Schulz war bereits vor zwei Jahren vor Gericht gestellt und damals aus Mangel an Beweisen freigesprochen worden. Die Reichswehr hatte jede Mitwisserschaft oder Beteiligung abgestritten und war sogar so weit gegangen, Journalisten, die offen darüber berichtet hatten, wegen Beleidigung zu verklagen.

»Justiz und Militär arbeiten oft Hand in Hand«, sagte Leo nachdenklich.

»Sie fürchten die Bedrohung durch die Kommunisten«, sagte Hasselmann. »Denen würde ich das Land auch nicht überlassen.«

Leo warf dem Kollegen einen Seitenblick zu. Er wusste nicht viel über ihn, nur dass er verheiratet war und am Wochenende eine Fußballmannschaft trainierte. Bei der Arbeit sprachen sie eher selten über Politik, und man ging mit seiner Überzeugung für gewöhnlich nicht hausieren. Die meisten wussten, dass Leo aus kleinen Verhältnissen stammte und immer eher links gestanden hatte, was ihm gelegentlich Spott und Misstrauen eingetragen hatte. Meist redete er nur mit Robert über solche Dinge. Hasselmanns Äußerung hatte ihn jedoch neugierig gemacht.

»Aber es sind Mörder«, erwiderte Leo deshalb. »Und es gab überhaupt keine Beweise dafür, dass die Getöteten kommunistische Spitzel waren. Und selbst wenn, hätte man sie aus der Gruppe ausschließen oder anzeigen können, statt sie umzubringen. Mal ganz davon abgesehen, dass es gegen das Gesetz verstößt, wenn die Reichswehr Geheimkommandos unterhält.«

Er spürte Hasselmanns Blick. »Verzeihung, aber ich sehe das anders, Herr Wechsler. Dieser verbrecherische Vertrag hat damals festgelegt, dass die Reichswehr nur hunderttausend Mann stark sein darf. Und das ist für ein Land von der Größe Deutschlands viel zu wenig. Mich wundert es nicht, dass man versucht hat, zusätzliche Truppen zur Verteidigung aufzustellen, auch gegen den Feind von innen.«

»Diese Ansichten sollten Sie lieber für sich behalten«, sagte Leo knapp. Hasselmanns Worte weckten in ihm dumpfe Erinnerungen an die Dolchstoßlegende und die zerrissenen Jahre nach dem Krieg, als Freikorps und Geheimorganisationen mit Gewalt versucht hatten, die neue Ordnung zu stürzen, als man Politiker auf offener Straße ermordet hatte. »Niemand steht über dem Gesetz, die Polizei nicht und auch nicht die Armee. Das sollten gerade wir als Polizeibeamte respektieren.«

Hasselmann schwieg. Nach ein paar Minuten kam Leo auf Fußball zu sprechen, und der Kollege erzählte sichtlich erleichtert von der Jugendmannschaft, in der sein Sohn spielte und die bei der letzten Bezirksmeisterschaft erfreulich gut abgeschnitten hatte.

Doch Leo gingen Hasselmanns Worte nicht aus dem Kopf. Was war eine vertretbare politische Meinung, und ab wann verließ man das Terrain von Recht und Gesetz? Welche Gefahr war größer, die von rechts oder von links? Hasselmann schien die Kommunisten für gefährlicher zu halten. Und doch war es noch keine Woche her, dass eine drückend überlegene Meute von SA-Leuten eine Handvoll Kommunisten verprügelt hatte. Wie hatte Hasselmann darüber gedacht?

Leo war erleichtert, als sie vom Werderschen Markt nach links abbogen und das Gebäude sahen, in dem die Firma Janson residierte.

Ernst Janson bewohnte keine Villa im Grunewald, sondern ein Stadthaus in einer der schmalen Straßen unweit der Nikolaikirche, im alten Herzen Berlins. Es fügte sich in das Bild des traditionsbewussten Unternehmens, das Sonnenschein gewonnen hatte.

»Herr Korff schrieb mir, dass die Firma bereits seit 1864 besteht. Der Firmengründer August Janson hat das Haus aus dem frühen 19. Jahrhundert gekauft, sein Sohn Hermann ist dort aufgewachsen und hat es nach dem Tod seines Vaters übernommen. Ernst Janson bewohnt zwei Etagen mit seiner Frau«, erläuterte er Walther.

»Nach dem, was der Chef erzählt hat, wundert es

mich, dass er mit seinem Vater unter einem Dach lebt«, sagte Walther. »Was die Geschäftsführung angeht, sind sie unterschiedlicher Meinung. Und auch, was Carl Fink betraf.«

Sonnenschein zuckte mit den Schultern. »Die dritte Generation von Mode Janson, der Sitz der Familie im ältesten Wohnviertel Berlins in der Nähe der Firma, das hat eben Stil.«

Als sie durch die schmalen Straßen mit dem Kopfsteinpflaster und den alten Bürgerhäusern gingen, fühlte Sonnenschein sich in die Vergangenheit versetzt. Das hier hatte nichts mit dem schnellen, glitzernden Berlin zu tun, mit der Hektik, die am nahe gelegenen Alexanderplatz herrschte, oder mit der Atemlosigkeit des Westens. Äußerlich glich die Gegend auf den ersten Blick der Spandauer Vorstadt, in der er aufgewachsen war und in der sein Vater immer noch die Fleischerei führte, doch Alt-Berlin strahlte eine vornehme Wohlanständigkeit aus. Hier gab es kaum Kriminalität und auch keine armen Juden aus dem Osten.

»Da wären wir.« Walther war vor einem weiß gestrichenen Stadthaus stehengeblieben. Eine schön geschnitzte Tür mit Messingklopfer in Form eines Löwenmauls, eine symmetrische Fassade mit jeweils drei Fenstern rechts und links des Eingangs, darüber ein kleiner Balkon mit schmiedeeisernem Gitter. Über der Tür befand sich ein Buntglasfenster mit einem stilisierten J in der Mitte.

Sie wollten gerade klingeln, als ein Lieferwagen hinter ihnen hielt und die Tür von innen geöffnet wurde. Eine ältere Frau in schwarzem Kleid und weißer

Schürze schaute verwundert von ihnen zu dem Lieferwagen.

»Bringen Sie das Büfett?«, fragte sie Walther. Der zeigte seine Dienstmarke vor. »Kriminalpolizei, mein Name ist Walther, das ist mein Kollege Sonnenschein. Wir würden gern Herrn Ernst Janson sprechen.«

Die Frau öffnete den Mund und schloss ihn wieder, bevor sie einen Mann mit weißer Mütze herbeiwinkte, der hinter ihnen aus dem Lieferwagen gestiegen war. »Alles nach hinten in die Küche«, sagte sie und deutete in den Flur.

Zwei Männer schleppten große Silberplatten und Servierschüsseln an ihnen vorbei. Dann wandte sich die Haushälterin wieder an die Kriminalbeamten.

»Verzeihung, kommen Sie herein. Die Dame des Hauses feiert heute ihren dreißigsten Geburtstag.«

Sie führte Sonnenschein und Walther in einen weiß gestrichenen Flur mit schöner Stuckdecke und rot-weißem Fliesenboden und öffnete eine Tür zu ihrer Rechten. »Wenn Sie bitte warten möchten, ich sage Herrn Janson Bescheid.«

Der Raum war mit ausgesuchten antiken Möbeln ausgestattet – einem Sofa, zwei Sesseln, einem kleinen Beistelltisch. Die Gemälde an den Wänden zeigten alte Ansichten von Berlin.

Im Flur war eine weitere Frauenstimme zu hören, dann ging die Tür auf, und eine hübsche blonde Frau in kamelhaarfarbenem Twinset und Faltenrock kam herein. Sie schaute die Kriminalbeamten fragend an.

»Guten Tag, ich bin Edith Janson. Mein Mann kommt gleich. Wie Sie sehen, haben wir heute eine Feier und –«

»Wir werden ihn nicht lange aufhalten. Es geht um ein Kapitalverbrechen, daher können wir leider keine Rücksicht auf private Angelegenheiten nehmen.«

Ihr Blick verriet, dass Janson nichts von den Ermittlungen erzählt hatte. »Ist jemandem aus der Firma etwas zugestoßen?«, fragte sie besorgt.

In diesem Augenblick trat Ernst Janson hinter ihr ins Zimmer und sah Sonnenschein und Walther ungehalten an. »Müssen Sie mich sogar am Wochenende zu Hause behelligen? Das kann doch wohl bis Montag warten.«

Sonnenschein warf Walther einen auffordernden Blick zu. Auf so etwas verstand sich der Kollege besser.

»Wir ermitteln in einem gewaltsamen Todesfall. Die können nie bis Montag warten.«

Janson schob seine Frau behutsam aus dem Zimmer und schloss die Tür hinter ihr.

»Ich werde mich bei Ihrem Vorgesetzten beschweren. Der Anschlag auf die Modenschau wurde aufgeklärt, und mit Herrn Vogt war ich nicht bekannt. Was also wollen Sie noch von mir?«

Er blieb mit verschränkten Armen vor den Kriminalbeamten stehen, ohne ihnen einen Platz anzubieten.

»Wir wüssten gern, wie es um Ihre Firma bestellt ist«, sagte Walther. »Finanziell, meine ich.«

Auf dem Gesicht des Unternehmers zeichnete sich Überraschung ab.

»Ich wüsste nicht, was Sie das angeht. Und mir ist schleierhaft, was dies mit Ihrem Fall zu tun haben sollte.«

»Das lassen Sie bitte unsere Sorge sein. Man erzählt

sich, die Umsätze seien zurückgegangen, nachdem Herr Fink Ihr Haus verlassen hatte. Ist das richtig?«

An Jansons Hals krochen rote Flecken empor. »Wer erzählt das? Vermutlich jemand von der Konkurrenz. Das ist zwar nicht die feine Art, Geschäfte zu machen, aber es gibt Unternehmen, die nicht davor zurückscheuen, Gerüchte zu streuen.«

Walther blieb gelassen. »Wenn es Geschwätz ist, können Sie uns also versichern, dass der Weggang von Herrn Fink den Erfolg Ihres Unternehmens nicht beeinträchtigt hat?«

»Unsere Geschäfte laufen gut. Natürlich gibt es immer Höhen und Tiefen, das liegt in der Natur der Sache. Aber wenn Sie glauben, dass der Erfolg einer Firma von einem einzigen Mitarbeiter abhängt, unterschätzen Sie die Ersetzbarkeit menschlicher Arbeitskraft.«

Sonnenschein zog eine Augenbraue hoch und warf Walther einen vielsagenden Blick zu.

»Mein Vater sieht das anders, aber er neigt in solchen Dingen zu einer gewissen Sentimentalität, die man sich als Unternehmer eigentlich nicht leisten kann. Wenn ein Mitarbeiter kündigt, muss man ihn ersetzen, so einfach ist das.«

»Hat Ihr Vater je versucht, Herrn Fink zurückzuholen?«, fragte Sonnenschein aus einem Impuls heraus, und sowohl Walther als auch Janson sahen ihn überrascht an. »Wenn ihm so viel an Herrn Finks Mitarbeit lag, wie er sagt, wäre das doch denkbar.«

»Das hätte er nicht hinter meinem Rücken getan«, erklärte Janson überzeugt. »Er ist auch dabei, sich nach und nach aus dem aktiven Geschäft zurückzuziehen, er hatte in den letzten Jahren Herzprobleme. Es ist Zeit für die nächste Generation.« Er klatschte in die Hände, als hätte er etwas für sich beschlossen. »Wenn Sie keine weiteren Fragen haben, würde ich mich gern wieder meiner Frau widmen.« Er schaute munter von einem zum anderen, woraufhin die beiden Beamten nickten.

An der Tür drehte sich Walther noch einmal um. »Danke für die Geduld, Herr Janson. Und da Sie uns so überzeugend dargelegt haben, dass in Ihrer Firma alles zum Besten steht, stört es Sie sicher nicht, dass unsere Kollegen Ihrem Vater gerade die gleichen Fragen stellen. Guten Tag. Und eine fröhliche Feier.«

Lotte Morgenstern und Carl Fink saßen beim Frühstück. Sie hatte am Vorabend mit Fräulein Winterscheidt vereinbart, dass sie später ins Atelier kommen würden; auszuschlafen und gemeinsam in Ruhe zu frühstücken, hatten sie sich verdient und dringend nötig. In den nächsten Wochen mussten sie einen Ersatz für Anita finden, doch zuerst sollte Ruhe einkehren. Dass die Frau des ungarischen Botschafters ein Kleid und ein Nachmittagskostüm bestellt hatte, war ein gutes Zeichen, und Lotte gestattete sich zum ersten Mal wieder ein wenig Hoffnung.

»Ich bin froh, dass die Sache mit Anita ausgestanden ist. Natürlich war es ein Schock, und ich kann immer noch nicht begreifen, wie sie uns so hintergehen konnte. Ich vermute auch, dass sie im Januar in meinen Unterlagen gewühlt hat, um Unruhe zu stiften. Aber vielleicht ist die schlimmste Zeit damit vorbei.« Sie sah, wie Carls Gesicht hart wurde, und griff rasch nach seiner Hand. »Ich weiß. So war es nicht gemeint. Sie werden ihn finden, das verspreche ich dir.«

Er legte den Löffel behutsam auf die Untertasse, als wolle er nicht das leiseste Klirren erzeugen, und schaute Lotte an. »Wie kannst du das versprechen? Ich liege nachts wach und zermartere mir den Kopf, ob es nicht doch jemanden gab, der Rainer gehasst hat, jemanden, den ich hätte kennen und vor dem ich ihn hätte warnen müssen – aber warum hat derjenige so lange abgewartet? Und dann frage ich mich, ob er mir etwas verschwiegen hat. Aber das hätte ich gemerkt …«

Lotte hielt seine Hand fest und schaute ihn an. »Und wenn er erpresst wurde?«

»Womit denn?«, rief Carl ungehalten. »Womit hätte ihn jemand erpressen sollen? Er hat seine Homosexualität nie verheimlicht, er hat für Hirschfeld gearbeitet und Vorträge gehalten. Alle, die ihn näher kannten, wussten Bescheid.«

»*Er* hat sie nicht verheimlicht«, sagte Lotte mit Nachdruck. »Aber was ist mit dir?«

Er hob ruckartig den Kopf. »Wie meinst du das?«

»Du hast mehr zu verlieren als er.«

In diesem Augenblick klingelte das Telefon. Lotte stand auf und ging in die Diele, kam aber sofort zurück. »Für dich, Carl. Die Polizei.«

Er wischte sich mit der Serviette den Mund ab und verließ das Zimmer.

Sie setzte sich wieder an den Tisch, schenkte sich Kaffee nach und stützte den Kopf in die Hand, während sie gedankenverloren in der Tasse rührte. Dabei horchte sie mit einem Ohr auf Carls Stimme, die durch die angelehnte Tür zu ihr drang.

»Wie kommen Sie darauf? – Nein, er nicht, aber sein Sohn. – Schon vor längerer Zeit, Ende vergangenen

Jahres. – Es war im November. Wir hatten unglaublich viel zu tun mit der Kollektion, Fräulein Winterscheidt war krank, zwei Näherinnen waren wegen Grippe ausgefallen. Und genau da hatte er die Stirn, mich abends um acht im Atelier anzurufen und zu fragen, ob ich meine Stelle wiederhaben möchte. Er bot mir eine beträchtliche Summe an. Ich habe natürlich nein gesagt. – Ja, er hat nach einigen Wochen noch einmal gefragt. Daraufhin habe ich mir die Frage erlaubt, ob seine Firma so schlecht laufe, dass er ausgerechnet den Mann, über dessen Kündigung er sich über die Maßen gefreut habe, zurückholen wolle. – Nein, einen Grund hat er beide Male nicht genannt. – Gerne. Auf Wiederhören.«

Als Carl wieder hereinkam, blieb er hinter seinem Stuhl stehen und strich geistesabwesend über die Rückenlehne. »Sie wollten wissen, ob mich der alte Janson gebeten hat, in die Firma zurückzukehren.«

Lotte sah ihn überrascht an. »Aber es war doch der Sohn.«

Carl ließ sich auf den Stuhl fallen und spielte mit dem halben Brötchen, das auf seinem Teller lag. »Das habe ich ihnen auch gesagt.« Er klopfte mit dem Zeigefinger gegen die Lippen. »Sie scheinen an Janson dran zu sein. Ich überlege gerade … Ist es nicht ein seltsamer Zufall, dass Anita eine Näherin, die für Janson arbeitet, damit beauftragt hat, die Kleider zu kopieren? Mal angenommen, die beiden kennen einander.« Er hielt inne und schüttelte dann den Kopf. »Aber selbst wenn dem so wäre, wüssten wir immer noch nicht, wer Rainer …«

Ihm versagte die Stimme, und Lotte drückte ihm

mitfühlend die Hand. Er fasste sich wieder. »Wir müssen die Ermittlungen wohl doch der Polizei überlassen.«

»Immerhin hast du ihnen den Hinweis auf den Mann aus dem Nationalhof geliefert.«

»Der ihnen anscheinend nicht geholfen hat«, sagte Carl resigniert und zündete sich eine Zigarette an.

19

»Herr Wechsler, ein Anruf für Sie. Der Herr sagt, es sei dringend.« Hermann Jansons Sekretärin stand in der Tür und schaute von den beiden Kriminalbeamten zum Seniorchef des Hauses.

Leo nickte Hasselmann zu, der sich über einen Tisch beugte, auf dem mehrere aufgeschlagene Hauptbücher lagen. Er ging nach nebenan ins Vorzimmer, wo ihm die Sekretärin den Hörer reichte und sich diskret an einem Schrank zu schaffen machte.

»Wechsler.« Er hörte mit wachsender Verwunderung zu. »Gute Arbeit, Robert.« Er legte auf, dankte der Sekretärin und kehrte ins Chefbüro zurück, wo Hermann Janson zusammengesunken in seinem Sessel wartete.

Leo tat der alte Mann leid. Er hatte zögernd bestätigt, dass die Umsätze in den letzten beiden Jahren zurückgegangen waren, und ihnen Einblick in die Bücher gewährt. Leo und Hasselmann hatten sich einen ersten Eindruck verschafft, doch es gab Kollegen, die auf Buchführung spezialisiert waren und sich die Unterlagen noch genauer anschauen würden.

Hasselmann sah ihn fragend an, und Leo gab ihm ein Zeichen, bevor er sich in den Sessel gegenüber dem Schreibtisch setzte. »Danke, Herr Janson, wir wissen

Ihre Mithilfe zu schätzen. Eine Frage habe ich noch, dann werden wir Sie nicht weiter behelligen. Wussten Sie, dass Ihr Sohn Herrn Fink vor einigen Monaten gebeten hat, in die Firma zurückzukehren?«

Der alte Mann wurde blass. »Das kann nicht sein. Wie Sie wissen, gab es zwischen ihm und Herrn Fink Differenzen. Ernst war froh, als er gekündigt hat, während ich es bis heute bedaure. Wenn ihn jemand zurückgeholt hätte, dann ich. Aber mir war klar, dass es aussichtslos war. Er war zu groß für uns geworden.«

Leo hörte die Traurigkeit, die in Jansons Stimme mitschwang. Er zögerte, bevor er fortfuhr. »Meine Kollegen haben mit Herrn Fink gesprochen. Er hat bestätigt, dass Ihr Sohn ihn im November angerufen und gebeten hat, zu Janson zurückzukommen. Er hat ihm viel Geld geboten und ihn gegen Jahresende erneut deswegen angesprochen. Offenbar war das nicht mit Ihnen abgestimmt.«

Janson schüttelte fassungslos den Kopf, seine altersfleckigen Hände lagen zitternd auf der Tischplatte. »Ich begreife das nicht …«

»Können Sie sich vorstellen, weshalb Ihr Sohn diesen Schritt unternommen hat? Lag es vielleicht daran, dass die Geschäfte zurückgegangen sind, seit Herr Fink nicht mehr für Sie arbeitet?«

Janson schluckte mühsam. »Ich … weiß es nicht. Möglicherweise. Aber er hätte es mit mir absprechen müssen. Wenn bekannt wird, dass Ernst ihn zurückholen wollte, wissen alle, dass es um die Firma nicht zum Besten steht.«

Leo erhob sich. »Herr Janson, es tut mir aufrichtig leid, dass wir Sie beunruhigt haben, aber es ließ sich nicht vermeiden. Wir müssen ein für alle Mal klären, welche Beziehung zwischen Ihrem Sohn und Carl Fink bestand. Wenn Ihnen noch etwas einfällt, das uns helfen könnte, rufen Sie mich bitte an.«

Dann verließen er und Hasselmann leise den Raum.

»Solche Befragungen sind scheußlich«, sagte Leo, als sie in Richtung Präsidium gingen.

Er hörte, wie Hasselmann sich leise räusperte.

»Ja?«

»Wo ist die Verbindung zu Vogt? Nach der suchen wir noch immer, oder?«

Leo nickte. »Wir haben nach wie vor nichts außer der vagen Beschreibung des Mannes, der sich nach Vogt erkundigt hat. Und der trägt eine Brille wie Janson.«

»Sicher nicht als Einziger in einer Stadt mit inzwischen vier Millionen Einwohnern«, gab Hasselmann zu bedenken.

»Na schön, rechnen wir mal. Ungefähr die Hälfte der Einwohner Berlins ist weiblich, bleiben zwei Millionen. Davon ziehen wir einen gewaltigen Prozentsatz von Männern ab, die zu jung oder zu alt sind, um in Frage zu kommen. Und aus der verbleibenden Gruppe filtern wir diejenigen heraus, die eine eckige Metallbrille tragen und Grund gehabt hätten, mit Rainer Vogt Verbindung aufzunehmen, weil sie etwas von Carl Fink wollten.«

»Sie meinen, er wollte Vogt erpressen, damit dieser Fink dazu bewegte, in die Firma zurückzukehren? Klingt ziemlich kompliziert. Wäre es nicht einfacher gewesen, Fink direkt zu erpressen?«

Leo nickte. »Da ist was dran, aber lassen wir das

mal für einen Moment außer Acht und spielen die Theorie durch: Die Geschäfte laufen schlecht. Janson denkt, er könne die Firma retten, wenn er Fink zurückholt. Fink lässt ihn zweimal mit deutlichen Worten abblitzen. Janson hat auf irgendeinem Weg von Finks Homosexualität erfahren oder vermutet es zumindest.«

»Aber woher wusste er von Vogt?«

»Vielleicht hat er Fink beobachtet. Oder einen Detektiv auf ihn angesetzt, das können wir nicht ausschließen.«

Die Missstimmung von vorhin schien vergessen. Sie waren so in ihre Überlegungen vertieft, dass ein Lieferwagenfahrer lautstark hupen musste, um sie nicht zu überfahren. Dann lehnte er sich aus dem Wagenfenster und rief den beiden Kriminalbeamten eine unflätige Beleidigung hinterher.

Hasselmann hielt den Kopf gesenkt, die Hände in den Hosentaschen. »Und dann geht er zu Vogt nach Hause, vielleicht in der Hoffnung, die beiden dort zu überraschen …«

»… und etwas läuft schief. Wir wissen nicht, ob es Mord war. Ich könnte mir vorstellen, dass Janson wirklich nur mit Vogt oder beiden reden wollte. Vielleicht wurde Vogt wütend und wollte ihn rauswerfen oder drohte mit der Polizei. Woraufhin Janson zu der Statue griff und ihn niederschlug.«

»Ja, da ist was dran«, sagte Hasselmann zögernd. »Aber glauben Sie wirklich, dass die geschäftliche Krise als Motiv ausreicht? Dass Janson Fink deshalb um jeden Preis zurückholen wollte?«

»Wenn seine finanzielle Lage verzweifelt genug ist, schon.«

»Ich glaube, da ist noch mehr. Janson war damals heilfroh, Fink loszusein. Und sich eine klare Absage einzufangen und dennoch weiter zu versuchen, ihn für die Firma zu gewinnen …«

»Gut«, sagte Leo entschlossen. »Also graben wir weiter.«

Hermann Janson erhob sich seufzend aus seinem Sessel. Das Gespräch mit Wechsler hatte ihn ziemlich mitgenommen. Natürlich musste er die Zügel irgendwann aus der Hand geben und hatte Ernst in den vergangenen Jahren viel Verantwortung übertragen, doch dass sein Sohn eigenmächtig einen solchen Schritt unternahm, traf ihn sehr.

Dass er sich gefreut hätte, wenn Carl Fink zurückgekommen wäre, war gar keine Frage. Aber warum hatte Ernst nicht mit ihm darüber gesprochen?

Er setzte den Hut auf und griff nach dem Mantel. Er musste zum Fest gehen, um Edith nicht den Ehrentag zu verderben. Seine Schwiegertochter war eine reizende Frau.

Als er ins Vorzimmer trat, klingelte gerade das Telefon. Janson wollte Fräulein Müller zum Abschied zunicken und gehen, als ihn etwas innehalten ließ.

»Vorzimmer Janson, Müller am Apparat. Verzeihung, wie war der Name? Herr Ellert vom Werk Premnitz der Köln-Rottweil AG?« Sie notierte etwas. »Leider ist Herr Janson junior auf einer Familienfeier. Möchten Sie den Seniorchef … nein, dann richte ich es aus. Auf Wiederhören.« Fräulein Müller legte auf, riss den Zettel vom Block und wollte gerade aufstehen, als sie Hermann Janson an der Tür bemerkte.

»Seit wann machen wir Geschäfte mit Köln-Rottweil?«

»Ich glaube, Ihr Sohn hat im vergangenen Jahr ein paarmal mit der Firma telefoniert, Herr Janson. Etwas Näheres weiß ich leider nicht.«

»Danke. Gehen Sie nur.«

Sie verschwand im Büro seines Sohnes. Hermann Janson sah ihr nach, griff nach dem Gehstock, den er im Schirmständer abgestellt hatte, und verließ mit langsamen Schritten den Raum.

Draußen hielt ihm der Chauffeur die Wagentür auf. »Nach Hause, Herr Direktor?«

»Ja.« Er lehnte sich zurück und schloss die Augen. Die Strecke war kurz, doch er fühlte sich derart erschöpft, dass er kaum wach bleiben konnte. Dabei fing der Tag erst richtig an. Er seufzte. Familienfeier hin oder her, es würde sich nicht vermeiden lassen, dass er mit Ernst unter vier Augen sprach.

Im Präsidium berieten sich Leo und seine Kollegen.

»Ernst Janson hat seinem Vater nichts von dem Plan erzählt, Carl Fink zurückzuholen«, sagte Leo. »Das ist merkwürdig. Da sollten wir nachhaken.«

»Wir können schlecht noch einmal in die Familienfeier platzen und beide zur Rede stellen«, sagte Walther.

Leo schaute nachdenklich aus dem Fenster. Seine Gedanken wanderten für einen Moment zu Clara und den Kindern, die dabei waren, die Leihbücherei für die Lesung herzurichten. Dann zwang er sich, auch im Geist ins Büro zurückzukehren, und drehte sich abrupt um. »Ich habe eine andere Idee. Wir sehen uns die Wohnung von Anita Haase an.«

»Wer begleitet Sie?«, wollte Sonnenschein wissen.

»Ich fahre mit Robert«, sagte Leo. »Machen Sie für heute Feierabend, Sonnenschein. Esther wird sich freuen, Sie auch wieder einmal zu Gesicht zu bekommen. Und, Hasselmann, viel Glück, falls Ihr Sohn am Wochenende spielt.«

»Ich hole die Schlüssel«, bot Walther an und ging zur Tür, während Sonnenschein seinem Vorgesetzten dankbar zunickte.

Leo saß bereits im Wagen, als Walther mit den Wohnungsschlüsseln aus Richtung Untersuchungsgefängnis kam. »Man sagte mir, sie habe eine ruhige Nacht verbracht«, berichtete er, nachdem er sich neben Leo gesetzt hatte. »Der Arzt war gestern Abend noch bei ihr und hat die Schnitte im Arm verbunden, es besteht kein Grund zur Besorgnis. Der Wärter sagt, sie wirke sehr gefasst.«

Leo sah auf die Uhr, während er in Richtung Anhalter Bahnhof fuhr. Auf der Leipziger Straße staute sich wie immer der Verkehr, sie kamen nur langsam voran. Am Leipziger Platz bog er nach links ab, wo der Verkehr zum Glück ruhiger floss. Schließlich hielt er vor dem Haus in der Wartenburgstraße.

Drinnen zogen sie Handschuhe über und verteilten sich auf die Zimmer. Leo durchsuchte im Schlafzimmer systematisch Nachttisch, Kleiderschrank, die Schubladen der Frisierkommode, ohne etwas Auffälliges zu finden. Kleidung von hoher Qualität, aber nicht glanzvoll und eher praktisch geschnitten bis auf zwei Abendroben, die von Kleiderhüllen geschützt wurden. Wanderschuhe. Riemchenpumps. Ledersandalen. Vier Hutschachteln. Eine ansehnliche Sammlung von Strickmützen, die nach liebevoller Handarbeit aussahen.

»Leo, komm mal her!«, rief Walther aus dem Wohnzimmer. Er stand vor einem Telefontischchen mit offener Schublade und blätterte in einem Notizbuch. »Das habe ich dort drin gefunden. Sie hat alles Mögliche hineingekritzelt. Männchen, Kleider, Kringel, was man so nebenher macht. Aber schau mal hier.« Er deutete auf ein Wort. »Vistra. Hast du eine Ahnung, was das sein könnte?«

Leo trat neben ihn. Das Wort war umgeben von Kritzeleien, stand aber ganz für sich, ohne weitere Erläuterungen. »Nie gehört.«

Sie durchsuchten rasch die übrigen Räume, ohne etwas Verdächtiges zu finden, zogen die Handschuhe aus und verließen die Wohnung. Leo schloss die Tür ab, wobei er das Notizbuch in der Tasche spürte.

Leo hatte Walther ebenfalls nach Hause geschickt. Er selbst wollte nur noch einen Anruf erledigen, bevor er endlich zu Clara in die Beusselstraße fuhr. Er wählte die Nummer von Morgenstern & Fink.

»Herr Fink, ich habe eine Frage, die Sie oder Ihre Frau mir vielleicht beantworten können.«

»Gewiss«, sagte der Modeschöpfer bereitwillig. »Worum geht es?«

Leo klopfte mit den Fingern auf das Notizbuch, das vor ihm auf dem Schreibtisch lag. »Sagt Ihnen der Begriff Vistra etwas?« Er buchstabierte das Wort.

»Ja«, erwiderte Fink sofort. »Das ist eine Kunstseide. Kunstseide wird seit einigen Jahrzehnten nach einem chemischen Verfahren hergestellt, das deutlich günstiger ist als die traditionelle Gewinnung aus Seidenraupen. Es gibt unterschiedliche Marken, eine davon heißt Vistra. Soweit ich weiß, wird der Stoff in einem Werk in Premnitz hergestellt.«

»Ich habe das Wort in einem Notizbuch entdeckt, das wir aus der Wohnung von Fräulein Haase mitgenommen haben. Verwenden Sie so etwas?«

Fink lachte kurz auf. »Nein, Herr Wechsler, ganz sicher nicht. In der Haute Couture verwenden wir keine Kunstfasern, nur Wolle, Seide und Leinen.«

»Es ist also ein Material, das man für billige Kleidung einsetzt?«

»Es wird in Deutschland generell kaum für Kleidung verwendet, die Stoffe haben sich bis jetzt nicht durchgesetzt. Die Kunden trauen ihnen nicht, auch wenn im Grunde nichts gegen sie einzuwenden ist. Manche fühlen sich sogar ganz angenehm auf der Haut an.«

»Vielen Dank für die Auskunft, Herr Fink.«

»Gerne.«

Leo wollte sich verabschieden, doch dann fiel ihm noch etwas ein. »Noch eine Bitte – fragen Sie Ihre Frau, ob sie einmal Kontakt zu der Firma hatte, die Vistra herstellt. Falls ja, soll sie sich bitte am Montag bei mir melden.«

»Diese Frage kann ich Ihnen auch beantworten. Ihr Cousin, Herr Ludwig Ellert, arbeitet in Premnitz. Er hat Lotte mehrfach angeboten, mit ihm zusammenzuarbeiten, es kam natürlich nicht in Frage. Aber ich kann mir nicht vorstellen, dass er und Fräulein Haase einander kennen.«

Durchs Schaufenster fiel warmes Licht auf die Straße, das Schild mit der Aufschrift »Bücher Bleibtreu«, das Clara aus Sentimentalität behalten hatte, schaukelte leicht im Wind. Leo warf einen Blick durch das große Fenster und sah Clara auf einer Leiter stehen, während sie Bücher oben auf ein Regal stapelte. Georg reichte ihr weitere an, die neben ihm auf einem Stuhl lagen. Ilse ordnete Flaschen und Gläser auf einem kleinen Tisch an, während Marie ein buntes Sammelsurium an Stühlen, die sie aus den Wohnungen in die Leihbücherei geschleppt hatten, in Reihen anordnete. Leo blieb einen Moment stehen und betrachtete seine Familie. Endlich konnte er den Tag hinter sich lassen – das plötzliche Misstrauen gegenüber Hasselmann, die Befragung von Hermann Janson, bei der ihm gar nicht wohl gewesen war – und spürte, wie ihn eine angenehme Wärme überkam.

»Bin ich hier richtig?«

Er zuckte zusammen und drehte sich um. Hinter ihm stand ein junger Mann, den er auf Mitte zwanzig schätzte und der eine Aktentasche in der Hand hielt. Schmales Gesicht, glattes, streng gescheiteltes Haar, weißes Hemd mit gepunkteter Krawatte. »Ist das die Leihbücherei von Frau Wechsler?«

»Ja, da sind Sie richtig. Möchten Sie zu der Lesung?«

Der Mann nickte und lächelte. »Ich bin der Autor. Harald Wolff.«

»Wechsler, die Bücherei gehört meiner Frau. Kommen Sie doch herein.«

Leo hielt ihm die Tür auf. Als Clara die beiden Männer entdeckte, stieg sie von der Leiter und kam ihnen entgegen. Sie trug ein grünes Kleid mit Knopfleiste und tief angesetztem Rock, das ihre Haare und Augen zur Geltung brachte.

»Herzlich willkommen, Herr Wolff. Wie ich sehe, kennen Sie meinen Mann bereits. Meine Schwägerin Ilse, unsere Kinder Georg und Marie.«

Nachdem die Begrüßungen erledigt waren, setzte sich Clara mit Herrn Wolff zusammen, um die Lesung zu besprechen.

»Wie schön, dass du da bist«, sagte Ilse, die gerade an Leos Seite aufgetaucht war. »Clara ist ziemlich aufgeregt. Sie hat Angst, dass niemand kommt und Herr Wolff enttäuscht ist. Aber sie braucht sich keine Sorgen zu machen, ich habe viel Werbung in der Praxis gemacht. Magda hat schon behauptet, ich würde die Patienten nötigen, ins Geschäft meiner Schwägerin zu gehen.« Als sie lachte, glänzten ihre Augen, und Leo dachte staunend, wie sehr sie sich verändert hatte. Dann bemerkte er, dass sie an ihm vorbei zur Tür schaute, und drehte sich um.

Dort stand ein Mann in Hut und leichtem Mantel, der etwas verunsichert durch die Scheibe schaute. Ilse eilte an Leo vorbei und öffnete ihm die Tür. »Kommen Sie herein, hier sind Sie richtig.«

Sie blieb mit dem Gast vor Leo stehen. »Mein Bruder Leo. Und das ist Herr Richard Dohm, von dem ich dir erzählt habe. Er ist Cellist an der Oper. Wir kennen uns aus der Praxis.«

Sie gaben einander die Hand. »An der Oper? Ich bin beeindruckt, Herr Dohm, und hoffe, Sie irgendwann einmal spielen zu hören.«

Der Musiker lächelte warm. »Es wäre mir eine Freude.« Dann sah er zu Ilse. »Ihre Schwester hat mich überzeugt, heute Abend herzukommen. Dabei kenne ich mich mit Literatur gar nicht gut aus.«

»Das ist auch nicht nötig«, sagte Clara, die zu ihnen getreten war und Herrn Dohm die Hand gab. »Freut mich sehr, ich habe schon von Ihnen gehört.«

»Nur Gutes«, beeilte sich Ilse zu sagen, woraufhin Clara schmunzelte.

»In der Tat. Und es freut mich zu sehen, dass Sie bei guter Gesundheit sind. Ihre Zielstrebigkeit ist bewundernswert.«

Herr Dohm stutzte und lächelte dann ebenfalls. »Man könnte es auch Penetranz nennen. Vielleicht ist Fräulein Wechsler nur deshalb mit mir ausgegangen, damit ich Frau Dr. Schott nicht mehr behellige.«

Ilse lehnte sich kaum merklich gegen ihn. »Unsinn. Magda hatte nur Mitgefühl mit Ihnen.«

Nach und nach kamen weitere Gäste, Leute aus der Nachbarschaft und solche, die auf anderem Wege von der Lesung erfahren hatten. Als Letzte kam Magda Schott herein und winkte Clara entschuldigend zu. Um halb acht waren alle Stühle besetzt, und Leo musste sogar stehen.

Er winkte die Kinder zu sich. »Georg, du bringst Marie jetzt nach Hause, wie wir es besprochen hatten.«

Georg sah ihn etwas unwillig an und warf einen Blick auf den Schriftsteller.

Leo ahnte, was in seinem Sohn vorging, doch nach allem, was Clara ihm von dem Manuskript erzählt hatte, bezweifelte er, dass es die richtige Lektüre für die Kinder war.

»Ich kann auch allein gehen, Vati«, sagte Marie leise.

Leo schüttelte den Kopf. »Nein, es war ausgemacht, dass ihr helft und dann nach Hause geht.«

Georg zuckte mit den Schultern und schob seine Schwester zur Tür. Dann fragte er, ohne sich umzudrehen: »Kann ich bei Wolfgang übernachten?«

»Wenn seine Eltern einverstanden sind.«

Nachdem Clara ihren Gast vorgestellt und sich zu Leo gesellt hatte, nahm Harald Wolff an einem kleinen Tisch Platz, auf dem eine Leselampe stand, und holte sein Manuskript aus der Tasche. Er verschränkte die Hände darauf und schaute ins Publikum.

»Ehrlich gesagt, bin ich etwas nervös, denn ich lese heute zum ersten Mal vor Publikum aus diesem Stapel Papier, der erst noch ein Buch werden soll. Es steckt viel von mir selbst darin, auch wenn die Personen andere Namen tragen.

Ich habe versucht, so wahrhaftig wie möglich von einer Zeit zu erzählen, die noch gar nicht lange zurückliegt, der Zeit meiner Jugend, in der ich viel wissen wollte und wenig erklärt bekam, in der die Menschen den Krieg wie ein Volksfest feierten und erst spät erkannten, dass er ein Trauerspiel war. Von einer Zeit, in der wir Kinder nicht fragen, sondern gehorchen sollten, in der wir für die Schule lernen und vom Leben nichts erfahren sollten.

Es ist auch die Geschichte einer Generation, die ihre Eltern nicht mehr verstehen konnte, die den Respekt vor ihnen verlor, weil sie ihnen nicht mehr glaubte. Wir sahen mit an, wie alles, was unsere Eltern uns erzählt hatten, als Lüge entlarvt wurde.«

Und dann begann er zu lesen.

Leo fühlte sich sofort in den Bann der Sprache gezogen und war gleichzeitig froh, dass er Georg und Marie nach Hause geschickt hatte. Die Schilderungen jugendlicher Sexualität waren ziemlich offenherzig. Dann schaute er zu Clara. Sie war stolz auf das, was sie aus der Leihbücherei gemacht hatte, zu Recht. Und er war es auch.

Nachdem Herr Wolff etwa vierzig Minuten gelesen hatte, dankte er seinem Publikum, das angeregt applaudierte.

Clara trat nach vorn. »Ich danke Ihnen noch einmal, dass Sie gekommen sind, Herr Wolff.« Sie schaute ins Publikum. »Alle Gäste sind herzlich zu einem Glas Wein oder Limonade eingeladen, und Herr Wolff wird gern Ihre Fragen beantworten.« Sie sah, wie Magda sofort auf den Schriftsteller zusteuerte.

»Das war sehr interessant«, sagte Herr Dohm, der mit einem Weinglas in der Hand bei Ilse und Leo stand. »Und ich erkenne so einiges aus meiner Jugendzeit wieder, auch wenn der Herr jünger ist als ich.«

»Das sollten Sie ihm sagen«, warf Leo ein. »Aber ich glaube, die gute Magda hat ihn mit Beschlag belegt.«

Er schaute zu Clara hinüber, die ihre Gäste begrüßte, die Wangen gerötet und das nicht nur vom Wein.

Jemand hakte ihn unter. »Es war schon besser, dass du sie heimgeschickt hast«, sagte seine Schwester. »Aber aus Kindern werden auch Leute. Ewig kannst du das nicht machen.«

Leo schaute Ilse überrascht an.

»Nun guck nicht so, ich bin doch nicht blind, nur weil ich selbst keine habe.« Sie lachte. »So habt ihr demnächst mehr Zeit für euch. Um mal ins Konzert zu gehen beispielsweise.« Mit diesen Worten ließ sie ihn los und trat zu Herrn Dohm.

Leo nickte bei sich, griff nach seinem Weinglas und ging zu Harald Wolff hinüber, um ihm zu sagen, dass ihn sein Vortrag sehr beeindruckt hatte.

»Ich habe gesehen, wie der Junge gegangen ist«, sagte der Schriftsteller. »Ihr Sohn?«

»Ja.«

»Wie alt ist er?«

»Dreizehn.«

Wolff sah ihn nachdenklich an. »So alt wie ich, als der Krieg ausbrach. Seither hat sich die Welt gewaltig verändert, auch zum Guten, aber es ist und bleibt ein Alter, in dem man sich häufig unverstanden fühlt. Und auch nicht verstanden werden will.«

»Eigentlich verstehen Georg und ich uns gut.«

»Das glaube ich Ihnen. Aber die Jugend ist immer auch eine Zeit der Geheimnisse. Wenn unsere Eltern erfahren hätten, was meine Freunde und ich getrieben haben ... Damals gab es so viel Unaussprechliches, dass wir das Schweigen vorzogen, um uns ein bisschen Freiheit zu ertrotzen.«

Leo fragte sich den Rest des Abends, ob er Georg zu Unrecht wie ein Kind behandelt hatte.

20

Sonntag, 27. März 1927/ Montag, 28. März 1927

Eigentlich hätte Leo den Sonntag frei gehabt, doch daraus wurde nichts. Nach dem Frühstück hatte er sich gerade daran gemacht, ein neues Bücherregal im Wohnzimmer aufzustellen, als das Telefon klingelte.

Clara kam herein. »Das Präsidium für dich.«

Leo legte seufzend den Hammer beiseite und ging in den Flur, wo das Telefon stand. »Wechsler.«

Clara war in der Küchentür stehengeblieben und sah ihn an, wobei sich seine veränderte Miene in ihrem Gesicht spiegelte.

»Ja, danke, ich kümmere mich darum.« Er hängte ein.

»Was ist passiert?«

Er atmete tief durch und sah sie bedrückt an. »Der alte Janson ist tot. Er hat gestern einen Herzanfall erlitten und ist gestorben, bevor ein Arzt zur Stelle war.«

»Aber was hast du damit zu tun? Bei deinem Fall geht es doch um seinen Sohn, oder?«

Er rollte die Ärmel herunter und ging ins Schlafzimmer, um die Manschettenknöpfe zu holen. Clara folgte ihm. Er befestigte die Knöpfe und sagte mit gesenktem Kopf: »Ich war gestern bei ihm in der Firma und habe ihm mitgeteilt, dass sein Sohn ohne sein Wissen geschäftliche Schritte unternommen hat. Dass er ihm offenkundig nicht vertraut hat. Es hat ihn ziemlich mitgenommen.«

»… und du machst dir deswegen Vorwürfe«, ergänzte Clara. »Aber du hast nur getan, was die Ermittlungen verlangten. Dass man Menschen dabei kränkt, lässt sich nicht vermeiden, das weißt du besser als ich.«

»Du hast recht. Gelegentlich muss man Zeugen gegeneinander ausspielen. Aber das macht es nicht angenehmer.«

Clara rückte seine Krawatte zurecht und küsste ihn sanft. »Wenn du rechtzeitig zurück bist, können wir spazieren gehen. Und später etwas unternehmen.«

Er nickte, holte Hut und Mantel und verschwand im Hausflur.

Leo hatte die Kollegen nicht einbestellt. Sie hatten sich ihr Wochenende verdient, und wenn es nur darum ging, die näheren Todesumstände zu klären, konnte er das auch selbst übernehmen.

Daher begab er sich geradewegs zum Haus der Jansons nahe der Nikolaikirche. Ein Dienstmädchen öffnete ihm die Tür.

»Die Herrschaften können niemand empfangen, es gab einen Trauerfall in der Familie«, sagte sie sofort, doch Leo zeigte seine Dienstmarke vor.

»Ich muss kurz mit Herrn Janson sprechen.«

Sie schaute ihn unsicher an und warf einen Blick über die Schulter.

»Wer ist denn da?« Eine hübsche Frau um die dreißig tauchte hinter ihr auf. Sie war schwarz gekleidet, ihre Augen waren gerötet.

»Ja, bitte?«

Leo wiederholte sein Anliegen.

»Muss das wirklich heute sein? Mein Schwiegervater ist gestern gestorben, während meiner Geburtstagsfeier, und wir sind alle …«

Leo unterbrach sie so sanft wie möglich. »Ich mache es kurz. Ihren Mann, bitte.«

»Er ist nicht da.« Die Frau schluckte und kämpfte mit den Tränen. »Es war ein natürlicher Tod, daher verstehe ich nicht …«

Er nutzte die Gelegenheit. »Dürfte ich kurz mit Ihnen sprechen, Frau Janson?«

Ihre Augen wurden groß, dann trat sie zurück. »Kommen Sie herein.« Sie schickte das Dienstmädchen weg und führte ihn in ein Empfangszimmer, wo sie ihm einen Platz auf dem Sofa anbot und sich selbst auf eine Sesselkante hockte.

»Was kann ich für Sie tun?«

»Könnten Sie mir die Umstände von Herrn Jansons Tod schildern?«

Sie musste sich kurz sammeln. »Es war gegen halb acht, nach dem Essen. Die Kapelle hatte zu spielen begonnen, wir wollten tanzen. Mein Schwiegervater bat meinen Mann um eine Unterredung. Ernst hat gefragt, ob es nicht Zeit hätte, es sei mein Fest, doch Hermann wirkte sehr entschlossen.«

»Ist Ihnen vorher etwas an Ihrem Schwiegervater aufgefallen?«

»Ja, er war zerstreut, den ganzen Nachmittag über. Er sah nicht krank aus, eher, als machte ihm etwas Sorgen. Ich habe mir nichts weiter dabei gedacht und war als Gastgeberin auch sehr eingespannt.«

»Gut, erzählen Sie bitte weiter.«

»Ernst und sein Vater sind ins Arbeitszimmer gegangen. Sie kamen nicht zurück. Also habe ich zwischendurch im Flur gehorcht, ob sie sich noch unterhalten. Sie waren laut, beide.«

»Konnten Sie etwas verstehen?«, fragte Leo rasch.

Sie sah ihn leicht beschämt an. »Nicht viel, aber ... Hermann rief etwas von Vertrauen, und es fiel ein Name, Fink, wenn ich mich nicht irre.«

»Mehr konnten Sie nicht hören?«

»Nein. Ich musste zurück zu meinen Gästen, auch wenn mir nicht wohl dabei war. Ernst und sein Vater waren öfter unterschiedlicher Meinung, trugen dies aber gewöhnlich nicht zu Hause aus. Ich bin also wieder zu den Gästen gegangen, und kurz darauf stürzte Ernst herein und rief, man solle einen Arzt verständigen. Bis er kam, war mein Schwiegervater bereits tot. Es ging sehr schnell, man hätte ihm wohl nicht mehr helfen können.«

»Haben Sie mit Ihrem Mann über den Streit gesprochen?«

Frau Janson schüttelte den Kopf. »Nein. Ich musste die Gäste nach Hause schicken, und er war sehr durcheinander.« Sie zuckte hilflos mit den Schultern. »Ich habe den Streit nicht erwähnt, weil ich nicht wollte, dass er denkt ... Vielleicht gibt er sich die Schuld an Hermanns Tod. Ich frage mich auch, ob es richtig war, es Ihnen zu sagen. Mir ist gar nicht wohl dabei.«

»Es war auf jeden Fall richtig, es mir zu sagen, Frau Janson.« Leo stand auf. »Danke für Ihr Verständnis. Und mein tief empfundenes Beileid. Richten Sie das auch Ihrem Mann aus.«

Sie zögerte. »Werden Sie ihn nach dem Streit fragen? Mein Schwiegervater hatte ein schwaches Herz, darum hat er zunehmend Verantwortung an Ernst abgegeben. Ich möchte nicht, dass mein Mann sich Vorwürfe macht. Der Arzt hat gesagt, es hätte bei jeder Gelegenheit passieren können.«

»Auf Wiedersehen, Frau Janson«, sagte Leo. »Sie brauchen mich nicht hinauszubegleiten.«

Er selbst hatte ganz andere Vorwürfe im Sinn.

Leo fuhr nach Hause, da er im Augenblick nicht viel ausrichten konnte. Als er hereinkam, hielt Clara ihm einen Zettel mit einer Telefonnummer hin.

»Die Dame sagt, du könntest sie ruhig heute noch zurückrufen.«

Er wählte die Nummer von Lotte Morgenstern, die sich nach zweimaligem Klingeln meldete.

»Mein Mann hat mir ausgerichtet, dass Sie sich nach Vistra erkundigt haben. Er hat Ihnen auch von meinem Cousin erzählt. Möchten Sie noch mehr wissen?«

»Bitte, nur zu.«

»In Premnitz gab es früher eine Pulverfabrik, die nach dem Krieg auf Befehl der Besatzungsmächte geschlossen werden musste. Daraufhin begann der Besitzer, die Köln-Rottweil AG, dort Kunstseide herzustellen. Der Markenname ist Vistra. Mein Cousin Ludwig Ellert hat vor einiger Zeit bei mir angefragt, ob ich das Produkt ausprobieren möchte, aber ich habe abgelehnt. Vermutlich hat mein Mann Ihnen das schon erzählt. Aber wenn Sie noch weitere Fragen haben …«

»In der Tat. Wissen Sie zufällig, ob Herr Ellert nur

an Sie herangetreten ist oder sich auch an andere Firmen gewandt hat?«

»Seine Worte lauteten: ›Wenn du an diesem lukrativen Geschäft nicht interessiert bist, gibt es ein Dutzend Firmen, die nur zu froh wären, mit mir zusammenzuarbeiten.‹«

»Wie eng ist Ihre Beziehung zu Herrn Ellert?«

Lotte Morgenstern zögerte kurz. »Wenn ich ehrlich bin, stehen wir einander nicht sehr nahe. Ludwig ist manchmal ziemlich dreist. Er tauchte ohne Einladung bei der Modenschau auf und hatte den Nerv, mich kurz darauf erneut zu fragen, ob ich nicht doch seine Seide ausprobieren will. Als wenn ich das nötig hätte, um meine Firma zu retten.«

»Warum haben Sie mir das nicht schon früher gesagt?«

»Ich dachte, es sei nicht wichtig. Abgesehen davon traue ich Ludwig den Anschlag auch nicht zu. Er ist ein Geschäftsmann, der seinen Vorteil sieht. Der Anruf war typisch für ihn, aber heimlich unsere Kleider zu vergiften … das glaube ich keine Sekunde.«

»Können Sie mir sagen, wann Sie die erste Anfrage von ihm erhalten haben?«

»Es ist schon eine ganze Weile her. Letzten Sommer muss das gewesen sein.«

»Und können Sie sich erklären, weshalb wir den Namen Vistra in Fräulein Haases Notizbuch gefunden haben?«

»Ehrlich gesagt, nicht. Ich habe damals selbst mit ihm telefoniert. Möglicherweise habe ich Anita davon erzählt. Aber warum sie den Namen notiert hat, kann ich Ihnen nicht sagen.«

»Ich danke Ihnen, Frau Morgenstern. Noch einen schönen Sonntag.«

Clara sah ihn an, als er ins Wohnzimmer kam. »Gibt es Fortschritte?«

Leo ließ sich in einen Sessel fallen und streckte die Beine aus. »Und wie! Ich kann es kaum erwarten, morgen ins Büro zu gehen.«

»Jetzt könnte ich glatt beleidigt sein«, sagte sie lachend.

Er griff nach der Kaffeetasse, die Clara ihm hingestellt hatte. »So war es nicht gemeint, Liebes.« Er hob die Tasse, als wollte er mit ihr anstoßen. »Im Übrigen haben wir noch gar nicht die Lesung gestern gefeiert, das war ein schöner Erfolg. Wie wäre es mit einem Kinobesuch heute Abend? Nur wir beide? Ich würde doch gerne *Metropolis* sehen, auch wenn die Kritiken schlecht waren.«

Clara setzte sich auf die Armlehne, nahm ihm die Tasse ab und küsste ihn auf den Mund. »Einverstanden, Herr Wechsler.«

Am nächsten Morgen stand Leo um acht Uhr auf dem Hausvogteiplatz und blickte an der Fassade empor, hinter der sich die Firmenräume von Janson & Sohn befanden. Die Nachricht vom Tod des Seniorchefs hatte sich rasch verbreitet; er bemerkte einen Boten, der das Gebäude betrat, in der Hand einen Stapel schwarz umrandeter Briefumschläge. Ein anderer brachte ein Gesteck in gedeckten Farben.

Leo ging in den zweiten Stock hinauf. Dort war es immer ruhig gewesen, doch an diesem Morgen herrschte eine geradezu gespenstische Stimmung.

Die Sekretärinnen waren schwarz oder dunkelblau gekleidet. Er ging ins Vorzimmer von Hermann Janson, dessen Sekretärin mit verweinten Augen an der Schreibmaschine saß.

»Es tut mir leid, aber Herr …« Sie drückte die Hand vor den Mund und tastete in ihrer Rocktasche nach einem Taschentuch.

»Ich weiß«, sagte Leo freundlich. »Mein Beileid. Ein schwerer Verlust für die Firma und sicher auch für Sie.« Er warf einen Blick über die Schulter, die Bürotür von Ernst Janson war geschlossen.

»Ich will Sie auch nicht lange stören. Wenn Sie mir eine Frage beantworten würden, Fräulein …?«

Die Sekretärin putzte sich die Nase und nickte. »Müller, Irene Müller. Was kann ich für Sie tun?«

»Macht die Firma Janson Geschäfte mit der Köln-Rottweil AG in Premnitz?«

Fräulein Müller sah ihn überrascht an. »So ein Zufall, dass Sie gerade heute danach fragen.«

»Warum?«

»Am Samstag hat ein Herr von dieser Firma angerufen und wollte den Juniorchef sprechen. Der war aber nicht im Haus, weil seine Frau Geburtstag feierte. Ich habe ihm eine Notiz auf den Schreibtisch gelegt.«

»Können Sie mir bitte den Namen und die Telefonnummer des Herrn geben?«

Die Sekretärin stand auf, ging nach nebenan und kam mit dem Zettel zurück.

Ludwig Ellert. Und eine Telefonnummer. Leo notierte die Angaben.

»Hat der Herr gesagt, worum es geht?«

»Nein.«

»War es das erste Mal, dass jemand aus Premnitz hier angerufen hat?«

»Der Juniorchef hat im vergangenen Jahr mehrmals mit der Firma telefoniert, aber es gab meines Wissens keine geschäftlichen Beziehungen.«

»Wann ist das gewesen?«

Sie runzelte die Stirn. »Spätsommer oder Herbst, würde ich sagen.«

»Ich nehme an, Herr Janson ist nicht im Haus?«

»Nein, er hat mit dem Trauerfall zu tun und kommt später.«

»Ich danke Ihnen, Fräulein Müller. Auf Wiedersehen.«

»Das ist ja ein Ding«, rief Walther und klopfte Leo auf die Schulter. »Damit haben wir eine mögliche Verbindung zwischen Janson, Haase und einer Firma, die Geschäftspartner aus der Konfektionsbranche suchte, um ihre Kunstseide zu vermarkten.«

»Und deren Verkaufsdirektor mit Lotte Morgenstern verwandt ist«, fügte Leo hinzu.

»Fragt sich, wie viel Geld da im Spiel war«, sagte Sonnenschein.

»Für eine Firma, mit der es wirtschaftlich bergab ging, könnte es ein Anreiz gewesen sein.« Leo griff zum Hörer. »Ich rufe jetzt diesen Ellert an. Wobei es mir am liebsten wäre, ihm vor Ort einen Besuch abzustatten.«

Sonnenschein und Walther beobachteten, wie sich Leos Miene nach den ersten Worten verdunkelte.

»Erst heute Mittag?«, fragte er ungeduldig. »Ja, es ist eilig. – Nein, er soll in jedem Fall auf mich warten. Es geht um eine polizeiliche Ermittlung.«

Er stand auf, marschierte ins Vorzimmer von Kriminalrat Gennat und blieb vor Fräulein Steiners Schreibtisch stehen. Die Sekretärin war auch für Gennats Verpflegung zuständig und wurde darum liebevoll Bockwurst-Trudchen genannt. »Ist der Chef zu sprechen?«

»So kurzangebunden heute Morgen?« Sie schob ihm eine Schachtel Pralinen hin. »Nehmen Sie eine, Herr Wechsler, Schokolade beruhigt die Nerven. Und dann gehen Sie einfach rein.«

Leo nahm sich einen Sahnetrüffel und klopfte an die Tür zu Gennats Büro, bevor er eintrat.

»Herr Wechsler! Wären Sie heute Nachmittag gekommen, hätte ich Ihnen ein Stück Torte angeboten, aber ich sehe, Trudchen hat Sie schon versorgt. Bitte.« Der füllige Kriminalrat deutete auf den Stuhl gegenüber dem Schreibtisch. »Was gibt's?«

Leo schilderte kurz die Lage. »Der Herr ist erst heute Mittag wieder im Haus, hat dann aber angeblich dringende Termine.«

»Und Sie sind der Ansicht, dass ein Besuch dort Ihren Ermittlungen zuträglich wäre?«

Gennat bemerkte Leos Zögern. »Verstehe. Sie haben einen dringenden Verdacht, aber keine Beweise.«

»Ja, Herr Kriminalrat. Aber ich bin mir sicher, dass Ernst Janson etwas zu verbergen hat.«

»Gut, dann fahren Sie jetzt gleich nach Premnitz. Kosten sind genehmigt. Und Trudchen soll Ihnen noch eine Praline geben, bevor Sie gehen.«

»Danke, Herr Kriminalrat.« Leo konnte sich ein Grinsen nicht verkneifen.

Und nahm den Sahnetrüffel nur zu gerne mit.

21

Gegen Mittag kam Leo in Premnitz am Bahnhof an, wo er von einem Schupo empfangen wurde. »Lange mein Name. Der Herr Kriminalrat hat mich gebeten, Sie zur Fabrik zu fahren, Herr Oberkommissar.«

Als Leo den Adler Standard 6 sah, pfiff er durch die Zähne. »Das ist aber kein Dienstfahrzeug, oder?«

Lange grinste stolz. »Nein, den habe ich mir beim Herrn Bürgermeister geliehen.«

»Hat das auch der Herr Kriminalrat in die Wege geleitet?«

»Jawohl, Herr Oberkommissar. Der Adler ist äußerst komfortabel und fährt neunzig Stundenkilometer. Den würde ich gern gegen mein Dienstfahrrad eintauschen, das können Sie mir glauben.«

Der Ort selbst war nicht groß, das Industriegebiet an seinem Rand dafür umso weitläufiger. Überall ragten Schornsteine in den Himmel, endlose Rohrleitungen erstreckten sich quer durchs Gelände und verliefen an den Wänden der gewaltigen Produktionshallen.

»Das ehemalige Pulverwerk wurde vor einiger Zeit von der I.G. Farben übernommen.«

»Der größte Chemiekonzern der Welt, nicht wahr?« Der Zusammenschluss hatte vor zwei Jahren die Zeitungen beherrscht.

»Ja«, sagte der Schupo mit unverhohlenem Stolz. »Premnitz hat eine große Zukunft. Die Köln-Rottweil AG unterstützt auch den Ort.« Sie bogen in eine Einfahrt, hinter der sich ein weitläufiger Park ausbreitete. »Gleich sind wir da.«

Leo sah staunend aus dem Fenster. Das Gelände passte eher zu einem Schloss oder Herrenhaus als zur Verwaltung einer Chemiefabrik, ein Eindruck, der sich bestätigte, als der Wagen vor dem Gebäude hielt.

»Das Haus ist erst zehn Jahre alt, aber man könnte glauben, es stammte vom Alten Fritz, nicht wahr?«, fragte der Schupo, als Leo die Tür öffnete. »Ich warte hier und fahre Sie wieder zurück, Herr Oberkommissar.«

Die Eingangstür lag hinter einem halbrunden Säulenportikus, der von einem Türmchen gekrönt wurde. Rechts und links des Portals erstreckten sich zwei weitläufige Flügel mit symmetrischen Fensterreihen, die sich farblich von der übrigen Fassade abhoben.

Auch das Innere enttäuschte nicht. Die Eingangshalle war mit dunklem Holz getäfelt, und die aufwändig geschnitzte Treppe teilte sich und führte an beiden Seitenwänden in den ersten Stock empor. Das alles wirkte, als wären hier seit Jahrhunderten Menschen ein und aus gegangen.

Leo trat durch die Tür mit der Aufschrift »Anmeldung«, hinter der eine junge Frau am Schreibtisch saß und telefonierte. Sie legte den Hörer beiseite und kam zu ihm herüber.

»Was kann ich für Sie tun?«

Leo zeigte seine Dienstmarke. »Ich habe heute Morgen angerufen. Ist Herr Ellert jetzt im Haus?«

»Bitte gehen Sie in den zweiten Stock, dann links, das dritte Büro auf der rechten Seite. Ich melde Sie an.«

Leo stieg die knarrenden Stufen hinauf, wobei er flüchtig bemerkte, wie still es im Gebäude war.

Vor der Tür, die man ihm beschrieben hatte, blieb er stehen. Ein Schild im Metallrahmen verkündete »Ludwig Ellert, Verkaufsdirektor«.

Er klopfte. Die Tür wurde geöffnet. Leo sah sich einem großen, kräftigen Mann mit Halbglatze gegenüber, der auffallend elegant gekleidet war und durchdringend nach Eau de Cologne roch.

»Herr Oberkommissar Wechsler? Kommen Sie bitte herein.« Er gab Leo die Hand und schloss die Tür. »Nehmen Sie Platz. Ich bin ein neugieriger Mensch und wirklich gespannt, was Sie herführt.«

Ellert steckte den Kopf durch die Verbindungstür und orderte Kaffee bei seiner Sekretärin.

»Zunächst einmal wüsste ich gern, wie es um Ihre Verbindung zu Frau Lotte Morgenstern bestellt ist.«

Ellert lachte dröhnend. »Cousinchen Lotte, die hat was aus sich gemacht. Schade, dass sie jetzt auf die Nase gefallen ist. Ich habe ihr meine Hilfe angeboten, aber sie wollte nicht hören.«

»Herr Ellert, wann haben Sie Frau Morgenstern zum ersten Mal gefragt, ob sie Ihre Kunstseide versuchsweise einsetzen möchte?«

»Letzten Sommer. Im Mai wurde beschlossen, einen derartigen Versuch zu starten, und mein erster Gedanke war natürlich Lotte.«

»Und sie hat abgelehnt?«

Ein Anflug von Missmut huschte über Ellerts Gesicht. »Ja, wir waren ihr nicht gut genug.«

»Sind Sie mit anderen Konfektionsfirmen ins Geschäft gekommen, nachdem Frau Morgenstern abgelehnt hatte?«

»Leider nicht.« Als er Leos überraschten Blick bemerkte, hob er die Hand. »Verzeihung, ich habe mich missverständlich ausgedrückt. Es gab ernsthafte Verhandlungen mit einer anderen Firma, wenn auch leider ohne greifbare Ergebnisse.«

Leo schlug sein Notizbuch auf. »Bitte erzählen Sie.«

»Dazu muss ich etwas ausholen. Sie wissen vielleicht, dass dies hier bis Kriegsende eine Pulverfabrik war. Natürlich musste man sich nach neuen Geschäftsmöglichkeiten umsehen und verlegte sich auf die Herstellung von Kunstfasern. Ein faszinierender Forschungsbereich – Fasern für jeden Zweck, ob Kleidung oder Strümpfe oder Polsterstoffe, technische Textilien, was immer gebraucht wird. Man ist nicht auf die Haltung von Tieren angewiesen oder von günstiger Witterung abhängig, sondern kann … aber verzeihen Sie, das ist der Verkäufer in mir.«

»Ich möchte vor allem wissen, ob Sie Anita Haase oder Ernst Janson kennen oder mit ihnen Geschäfte gemacht haben.«

Ellert lehnte sich zurück, als die Sekretärin mit dem Kaffeetablett kam und Leo und ihrem Chef einschenkte.

»Der Name Anita Haase sagt mir nichts, Janson hingegen schon.« Er beugte sich vor, als wollte er Leo etwas Vertrauliches mitteilen. »Es ist so – viele Leute sind misstrauisch, wenn es um Kleidung aus Kunstfasern geht. Sie betrachten sie völlig zu Unrecht als minderwertig. Unser Produkt ist ausgezeichnet, aber wir verkaufen in Deutschland praktisch nichts, fast alles geht in den Export.

Vor zwei Jahren hat uns die I.G. Farben übernommen und setzt große Erwartungen in Vistra, unser weißes Gold, wie wir es gerne nennen. Wir müssen Ergebnisse liefern, sonst … Sie wissen, wie es in der Wirtschaft zugeht. Also habe ich einen Plan aufgestellt, um angesehene Konfektionsfirmen ins Boot zu holen. Wir haben uns gedacht, wenn die Leute sehen, dass ein Haus wie Morgenstern & Fink oder Simon & Block Kleider aus unserer Kunstseide fertigt, werden die Kundinnen ihnen folgen. Leider haben wir auf Granit gebissen, die Couture-Firmen wollten sich nicht darauf einlassen. Zu wenig Risikofreude, wenn Sie mich fragen.«

»Woraufhin Sie sich an Unternehmen gewandt haben, die eher für die Masse produzieren?«

»Nicht die Billiganbieter, sondern das mittlere Segment.«

»Wie Janson?«

»In der Tat. Mir war zu Ohren gekommen, dass sie ein wenig zu kämpfen haben, also erschien mir der Zeitpunkt für eine Anfrage günstig. Im Herbst habe ich mich an den Juniorchef gewandt und ihm ein erstes Angebot unterbreitet. Ich wusste, dass die Firma vor einigen Jahren ihren besten Konfektionär verloren hatte, was zu einem Rückgang der Umsätze führte. Ich habe Herrn Janson gesagt, dass wir sehr daran interessiert seien, sein Haus zu beliefern. Wir würden die Werbemaßnahmen finanzieren und die Materialien bereitstellen. Er könne die Weberei aussuchen und habe Mitsprache bei der Gestaltung der Stoffe, also ideale Bedingungen.«

Er legte eine Pause ein, und Leo fragte: »Ist bereits Geld geflossen?«

Ellert nickte. »Wir haben ihm eine ansehnliche Summe angezahlt und verlangt, dass er im Gegenzug den Konfektionär zurückholt, der jahrelang maßgeblich zum Erfolg des Unternehmens beigetragen hat.«

»Carl Fink, den Mann Ihrer Cousine Lotte.«

»In der Tat«, bestätigte Ellert grinsend. »Das war natürlich etwas heikel. Aber meine Stelle hängt nicht unwesentlich vom Verkaufserfolg der Kunstseide ab. Da konnte ich keine Rücksicht auf familiäre Bindungen nehmen.«

»Wie ging es mit Janson weiter?«

»Er sagte zu, sich darum zu kümmern.«

»Was ist daraus geworden?«

Ellert lachte bitter. »Nichts.«

»Nichts? Obwohl Sie ihm Geld gezahlt hatten?«

Ellert kehrte die Hände nach außen. »Janson hat mehrfach um Aufschub gebeten. Ich war geduldig, weil ich mir von der Zusammenarbeit einiges erhoffte. Er sagte, er müsse behutsam vorgehen, es habe Unstimmigkeiten zwischen ihm und Fink gegeben, bevor dieser ausschied. Er schlug auch vor, sich nach jemand anderem umzusehen, aber darauf habe ich mich nicht eingelassen. Ich kenne Carls Handschrift und konnte genau sehen, dass bei den neueren Kollektionen aus dem Hause Janson ein gewisser Schwung fehlte, eine Eleganz, die Jansons Modelle früher über den Durchschnitt hob.«

Leo nickte. »Und wie ging es weiter?«

»Bis Jahresende habe ich mich geduldet, danach aber den Druck verstärkt, weil ich selbst unter Druck stehe. Die Geschäftsleitung will Vistra endlich auf dem deutschen Markt durchsetzen.«

»Wie hat Janson reagiert?«

»Anfang Januar kündigte er an, es sei nur eine Frage der Zeit, bis Fink sich zur Rückkehr entschließen würde.«

Im Januar hatte es den vermeintlichen Einbruch im Atelier gegeben.

»Als sich bis Februar immer noch nichts ergeben hatte, erbat Janson sich einen letzten Aufschub und flehte mich an, ihm zu vertrauen. Er habe endlich eine Möglichkeit gefunden, Fink zu überzeugen.«

Leo überschlug ihre bisherigen Ergebnisse, während er mitstenographierte, alles passte. Im Februar hatte Janson vermutlich den Anschlag geplant. Und zugleich versucht, Vogts Adresse ausfindig zu machen.

»Augenblick mal«, sagte Ellert unvermittelt. »Was wäre, wenn – aber nein, das ist zu weit hergeholt.«

»Was meinen Sie?«

»Könnte Janson versucht haben, Finks neue Firma zu sabotieren, damit er zu ihm zurückkommt? Steckt etwa er hinter dem Anschlag auf die Modenschau?«

»Genau das ist unsere Hypothese, Herr Ellert.«

Der Verkaufsdirektor wurde sichtlich verlegen. »Herr Wechsler, Sie müssen verstehen, für mich geht es vor allem um den Erfolg unseres Hauses.« Und deine Stelle, dachte Leo. »Ich habe mir nichts zuschulden kommen lassen, es war ein ganz normales geschäftliches Angebot. Wie hätte ich ahnen können, dass Janson zu solchen Mitteln greift?«

»Nun, er hat den Anschlag nicht selbst verübt. Aber es ist denkbar, dass er mit der Täterin zusammengearbeitet hat. Er hat ein starkes Motiv. Was die Schuld angeht: Sie sind immerhin nicht davor zurückgeschreckt, ein doppeltes Spiel mit Ihrer Cousine zu treiben«, sagte Leo kühl. »Sie hatten wenig zu verlieren. Entweder käme es zu einer Partnerschaft mit Morgenstern & Fink oder mit Janson. Sie wären in jedem Fall der Gewinner gewesen.«

»Das macht mich nicht kriminell«, erwiderte Ellert.

»Höchstens skrupellos.«

»Ich bin Geschäftsmann, kein Wohltäter.«

»Eine letzte Frage: Können Sie mir sagen, wann genau Herr Janson Sie ein letztes Mal um Aufschub gebeten und wie er es formuliert hat?«

Ellert stand auf und trat an einen Aktenschrank, aus dem er eine Mappe holte. Er blätterte darin, dann hielt er Leo ein mit der Maschine getipptes Blatt hin:

Aktennotiz vom 21.2.27:

Anruf EJ. Ersucht dringend um erneuten Aufschub. Ich mahne Rückzahlung an und drohe mit rechtlichen Schritten. EJ sagt zu, bis Ende März eine Lösung zu finden. Es gäbe noch Möglichkeiten, um Fink zu überzeugen. Nach Rücksprache mit Firmenleitung bewilligt.

Es waren genau zwei Möglichkeiten gewesen, dachte Leo. Morgenstern & Fink durch den Anschlag zu ruinieren, woraufhin sich Janson als Retter in der Not für Fink präsentiert hätte, oder über eine Erpressung Druck auf Vogt und Fink auszuüben.

»Danke, Herr Ellert. Wenn sich weitere Fragen ergeben, melde ich mich.«

Der Verkaufsdirektor hatte sich wieder gefasst und

lächelte jovial. »Herr Oberkommissar, ich wäre Ihnen verbunden, wenn Sie unseren Namen so weit wie möglich aus der Sache heraushalten könnten.«

»Das kann ich nicht versprechen.« Leo verspürte Widerwillen angesichts Ellerts berechnender Art. Der Mann hätte Lotte Morgensterns Atelier ohne Weiteres dem eigenen Erfolg geopfert.

Auf dem Weg zum Wagen ging Leo eine Frage nicht aus dem Kopf – wie war Janson auf Rainer Vogt gekommen? Mit der Antwort konnten sie den Kreis schließen, ohne sie stand ihre ganze Theorie auf tönernen Füßen.

Als Lange ihn sah, sprang er heraus und hielt Leo wie ein Chauffeur die Tür auf. »Bitte, Herr Oberkommissar.«

Leo war peinlich berührt und wollte einsteigen, als er schnelle Schritte hinter sich auf dem Kies hörte. Er drehte sich um und sah die Sekretärin, bei der er sich vorhin angemeldet hatte.

»Herr Wechsler? Gut, dass ich Sie noch erwischt habe. Telefon für Sie. Es ist dringend.«

Leo folgte ihr ins Empfangszimmer, wo sie ihm den Hörer reichte und sich diskret zurückzog.

»Wechsler.«

»Ich bin's, Robert.« Er klang beinahe atemlos. »Janson ist weg.«

»Was soll das heißen?«

»Seine Frau hat vorhin angerufen, völlig aufgelöst. Er habe morgens das Haus verlassen, um zum Bestatter zu gehen. Als er nicht zurückkam, rief sie in der Firma an, wo die Sekretärin ihr mitteilte, er sei nur kurz da gewesen und wieder gegangen. Er habe gesagt, er müsse geschäftlich verreisen.«

»Augenblick mal – war es dieselbe Sekretärin, die auch für seinen Vater gearbeitet hat?«

»Ja.«

»Wenn er mit ihr gesprochen hat, weiß er, dass wir ihm auf der Spur sind, ich habe sie nach der Köln-Rottweil AG gefragt. Verständige sofort die Schutzpolizei. Sämtliche Bahnhöfe durchsuchen, vor allem die Fernbahnhöfe, es besteht Fluchtgefahr. Gebt eine Fahndung heraus. Und wir brauchen einen Haftbefehl, das übernimmst du!«

Verdammt, hoffentlich saß Janson noch nicht im Zug.

Wachtmeister Lange riss ihm erneut die Wagentür auf. »Bitte, Herr Oberkommissar. Etwas Wichtiges?«

»Wann geht der nächste Zug nach Berlin?«

Lange wiegte den Kopf. »Frühestens in einer Stunde.«

Leo überlegte rasch. »Was würde der Bürgermeister wohl sagen, wenn ich ihn bäte, dass Sie mich mit seinem Wagen nach Berlin zurückfahren? Es handelt sich um einen polizeilichen Notfall.«

Kurz darauf waren sie unterwegs in die Hauptstadt. Wachtmeister Lange schien nur auf diese Chance gewartet zu haben – ein wichtiger Einsatz, der es ihm erlaubte, so schnell wie möglich zu fahren. Er nahm die Kurven mit einem derartigen Schwung, dass sich Leo am Türgriff festklammerte, und ließ kein Schlagloch aus, was sein Fahrgast schon nach wenigen Minuten unangenehm im Rücken spürte. Es sah ganz danach aus, als wollte Lange jeden einzelnen der neunzig Stundenkilometer aus dem Adler herausholen. Trotz der atemberaubenden Fahrt versuchte Leo über den Fall nachzudenken.

Ein Fluchtversuch war so gut wie ein Geständnis. Aber was für ein Geständnis genau?

Er erinnerte sich an den Streit zwischen Vater und Sohn, von dem Frau Janson ihm erzählt hatte. Vermutlich hatte der Senior ihn auf die Vistra-Pläne und den Versuch, Fink zurückzuholen, angesprochen, worauf es zu einer Auseinandersetzung gekommen war. Hermann Janson hatte einen tödlichen Herzanfall erlitten. Der Sohn sah seine Felle davonschwimmen. Die Vistra-Pläne gescheitert, bei der Köln-Rottweil AG verschuldet, die Zukunft der Firma bedroht: Das Netz zog sich um ihn zusammen. Nur die Verbindung zu Rainer Vogt hatten sie ihm noch nicht nachgewiesen.

Als sie vor dem Untersuchungsgefängnis Moabit anhielten, gab Leo Lange die Hand. »Saubere Arbeit, Herr Wachtmeister, Sie haben was bei mir gut. Und der Bürgermeister ebenfalls.«

Der Mann salutierte und wollte aus dem Wagen springen, doch Leo war schon ausgestiegen. Er hörte noch, wie Lange ihm »Viel Erfolg, Herr Oberkommissar« hinterherrief.

Leo kam fast täglich an dem wuchtigen Bau des Kriminalgerichts in der Turmstraße vorbei, der zusammen mit dem Gefängnis einen einzigen düsteren Komplex bildete. Nur aus der Luft oder auf Bauplänen konnte man erkennen, dass es sich um einen Stern mit fünf roten Backsteinflügeln handelte, die wie Strahlen von der kuppelgekrönten Mitte ausgingen. Er meldete sich beim Pförtner an und fragte, ob er kurz telefonieren könne. Dann rief er Fräulein Meinelt im Präsidium an.

»Läuft die Fahndung? – Gut. Geben Sie bitte durch, dass auch einige Kollegen in die Firma und zu Janson nach Hause fahren sollen.«

»Sofort, Herr Wechsler.«

Er bedankte sich und wurde in einen kleinen Raum geführt, wo er einige Minuten wartete, bis eine Wärterin Anita Haase hereinführte. Sie trug einen Häftlingskittel, war ungeschminkt und hatte die Haare straff nach hinten gekämmt.

Sie setzte sich an den Holztisch mit der vernarbten Oberfläche und sah Leo an. »Was wollen Sie?«

Er musterte sie. »Sie können mir helfen.«

»Ich habe alles gesagt.«

»Das glaube ich nicht.«

»Woher wollen Sie das wissen?«, fragte sie trotzig.

Statt die Frage zu beantworten, verschränkte Leo die Hände auf der Tischplatte und beugte sich vor. »Ernst Janson ist flüchtig. Er hat Berlin verlassen, nachdem er erfahren hatte, dass wir von seiner Verbindung zur Köln-Rottweil AG wussten und dem Plan, in seiner Firma eine Kollektion aus Kunstseide einzuführen.«

Ihr Gesicht wurde lebhafter, sie zupfte mit den Zähnen nervös an der Unterlippe. »Flüchtig?«

»Er wird polizeilich gesucht, weil wir vermuten, dass er Rainer Vogt getötet haben könnte.« Leo sah sie eindringlich an. »Für Sie kann es nicht schlimmer kommen, Fräulein Haase. Erzählen Sie uns alles, was Sie über Janson wissen.«

Sie wirkte immer noch unsicher. »Er kann mir nichts tun?«

»Solange Sie hier drinnen sind, nicht. Und Ihre Strafe wird gewiss milder ausfallen als seine.«

Sie holte tief Luft und schaute auf ihre Hände, die im Schoß lagen. »Er hat mich eines Tages auf der Straße angesprochen, als ich nach Feierabend aus dem Atelier kam. Es sollte wie eine Zufallsbegegnung aussehen, aber mir wurde bald klar, dass er mich abgepasst hatte. In der Modebranche kennt jeder jeden, er wusste natürlich, wo ich arbeite. Er lud mich auf einen Kaffee ein und erkundigte sich nach dem Atelier. Er erwähnte, dass Herr Fink früher für ihn gearbeitet hätte und dass er ihn gern wieder in der Firma haben wolle, er ihn bisher aber nicht habe zurückgewinnen können. Ich konnte mein Glück kaum fassen und habe mir das wohl anmerken lassen. Jedenfalls fragte er mich, ob ich an einem Geschäft interessiert sei. Das Atelier sollte so weit in Verruf gebracht werden, dass Herr Fink zu Janson zurückkehrte. Und mir versprach er Geld, damit ich das Atelier später mit Lotte weiterführen könnte. Er bekäme seinen besten Modeschöpfer zurück, und Lotte würde wieder nur mit mir zusammenarbeiten. Er hat den Anschlag geplant, und ich habe ihm dabei geholfen. Er hat das Geld für Bertha Focke besorgt und mir den Zettel mit ihrer Adresse gegeben. Er hatte ihn in Finks alten Unterlagen gefunden. Den Zettel habe ich in die Schublade gelegt, damit es aussieht, als hätte Fink den Anschlag selbst verübt.«

Endlich ergab alles einen Sinn, doch Leo war ungeduldig. »Ich brauche die Verbindung zwischen Janson und Rainer Vogt.«

Anita Haase schluckte. »Ich habe Herrn Vogt wirklich nicht gekannt, das schwöre ich. Und auch, dass ich den Namen nie gehört habe, bevor Sie mich nach ihm gefragt haben. Aber Janson hat mir erzählt, er habe

Herrn Fink mit einem Mann gesehen. Vor einem Lokal, einem einschlägigen Lokal, wie er es nannte. Und ob ich etwas darüber wüsste … Ich habe nein gesagt.« Sie biss sich auf die Lippe. »Ich wollte ihn aus der Firma haben, das gebe ich zu, aber es sollte … Lotte sollte nicht in den Dreck gezogen werden.«

»Würden Sie das unter Eid aussagen?«, fragte Leo gespannt.

Sie senkte den Blick. »Ja, das würde ich. Sie glauben gar nicht, wie sehr ich das alles bereue. Wenn ich geahnt hätte, dass so etwas …« Sie schlug die Hand vor den Mund, um ein Schluchzen zu unterdrücken. »Ich … wollte nur, dass es wie früher wird, nur Lotte und ich, so wie wir es immer geplant hatten. Und wir hätten Geld gehabt, hätten noch einmal neu anfangen können und …« Sie verstummte, die Augen ins Leere gerichtet.

Endlich hatten sie die Verbindung. Eine zufällige Begegnung, Janson hatte Fink vielleicht noch einmal ansprechen wollen und die beiden Männer zusammen gesehen. Oder er hatte ihn beobachtet, weil er hoffte, etwas zu entdecken, mit dem er Druck ausüben konnte.

Leo stand auf, griff nach seinem Mantel und klopfte an die Tür. »Wir sind fertig.«

Er drehte sich noch einmal zu Anita Haase um. »Ich danke Ihnen.«

Sie blieb reglos sitzen.

22

Leo nahm ein Taxi zum Präsidium und eilte ins Vorzimmer. Fräulein Meinelt saß mit dem Telefonhörer in der Hand da.

»Endlich, Herr Wechsler!«

»Was ist mit Janson?«

Sie reichte ihm den Hörer. »Herr Walther.«

»Was gibt es, Robert? Wo seid ihr?«

»Bei einem Nachbarn von Janson. Leo, er ist in seinem Haus. Mit einer Waffe.«

»Was?«

»Wir sind vorhin hier angekommen und haben geklingelt. Nichts. Also haben wir ein zweites und drittes Mal geklingelt. Schließlich öffnete seine Frau die Tür. Unter Tränen. Sie schaute starr geradeaus. Dann trat sie ein wenig beiseite, und wir konnten Janson hinter ihr sehen. Er hielt eine Pistole auf sie gerichtet.«

»Was hat sie gesagt?«

»Dass er freien Abzug verlangt. Ein Wagen soll bereitgestellt werden.«

Leo ließ sich auf einen Stuhl fallen und fuhr sich durch die Haare. »Wie viele seid ihr?«

»Nur Sonnenschein und ich, die anderen sind in der Firma oder auf den Bahnhöfen.«

»Ich komme sofort. Sucht euch eine Position, von

der aus ihr das Haus beobachten könnt, ohne dass er euch sieht. Solange ihr nichts unternehmt, hält er hoffentlich still. Ich verständige die Kollegen.«

»Du hattest recht, Leo.«

»Ja. Aber so sollte es nicht enden.«

Der Mannschaftswagen parkte auf Leos Anweisung in einiger Entfernung.

»Sie halten sich im Hintergrund, bis ich Ihnen Bescheid gebe«, sagte er zu dem Einsatzleiter der Schutzpolizei und ging zum Haus der Jansons. Als er näher kam, traten Walther und Sonnenschein aus einem Hauseingang.

»Alles ruhig, Leo.«

Er nickte. »Ich war noch bei Anita Haase. Sie hat bestätigt, dass Janson Fink und Vogt zusammen gesehen hat. Und Ellert hat auch geredet, wir haben genug in der Hand für einen Haftbefehl. Wenn wir Janson da rausbekommen, haben wir ihn.«

»Endlich«, sagte Sonnenschein und schaute dann zum Haus hinüber. »Aber wie gehen wir vor? Die arme Frau.«

Leo drehte sich um und betrachtete das Haus. Keine Einfahrt. Kein äußerer Zugang zum Keller.

»Augenblick.«

Er kehrte zum Mannschaftswagen zurück und wandte sich an den Einsatzleiter. »Schicken Sie Ihre Männer in die Nebenstraßen. Sie sollen herausfinden, ob es einen Zugang von hinten gibt, Gartentor, Einfahrt, etwas in der Art.«

»Nicht nötig, Herr Oberkommissar.« Der Mann ging zum Wagen, holte einen Plan hervor und entfaltete ihn.

Es war eine Ansicht des Viertels in großem Maßstab. Er fuhr mit dem Finger die Straßen nach und tippte auf eine Stelle. »Hier kommt man rein, der Weg führt bis an die hintere Grundstücksgrenze.«

»Gut. Sie sichern die Straße ab, falls Janson einen Fluchtversuch nach vorn unternimmt. Meine Kollegen und ich gehen hinten herum.«

Als Leo zurückkam, sah er, wie sich gerade die Haustür schloss. Walther schaute ihm besorgt entgegen. »Frau Janson sagt, er gibt uns noch zehn Minuten. Dann erschießt er sie.«

»Es existiert ein Zugang von hinten. Kommt mit.«

Als er mit Sonnenschein und Walther um die Ecke bog, warf Leo einen Blick über die Schulter und sah, wie die Polizei die Straße in beide Richtungen abriegelte. Er konnte nur hoffen, dass Janson jetzt nicht in Panik geriet.

Er schaute die Straße entlang, geschlossene Bebauung. Wo war der Durchgang? Er zählte die Häuser – tatsächlich, eine schmale Öffnung zwischen hohen Mauern, zu schmal für ein Fahrzeug, wohl nur für Fußgänger oder Handkarren gedacht. »Hier ist es.«

Die drei Kriminalbeamten liefen den Weg entlang, der zu beiden Seiten von Mauern begrenzt wurde, wobei Leo die Rückseiten der Häuser im Auge behielt. Dann blieb er stehen. »Das muss es sein.«

Walther trat vor das Holztor, das in die Mauer eingelassen war, und drückte die Klinke. Abgeschlossen. »Eintreten?«

Leo nickte. Die Mauer war zu hoch, um darüberzuklettern, außerdem war der Rand mit Eisenspitzen versehen.

Walther ging zurück, so weit er konnte, nahm Anlauf und trat mit aller Gewalt gegen das massive Holztor. Es bebte in den Angeln, hielt aber stand.

Beim dritten Versuch splitterte das Holz um das Schloss, das Tor schwang auf und schlug gegen die Mauer. Es kam Leo ohrenbetäubend laut vor.

Geduckt liefen sie über den Rasen, die Waffen im Anschlag. Leo wusste nicht, wo Janson sich aufhielt. Er überlegte rasch. Janson vermutete wohl, dass alle Ausgänge bewacht wurden, sonst hätte er einfach durch den Garten verschwinden können. Möglicherweise hatte er seine Frau so postiert, dass sie die Straße überblicken konnte, während er selbst im hinteren Bereich wartete.

Sie hatten das Haus fast erreicht, als ein Schuss ertönte. Die drei Männer verharrten reglos. Nichts geschah. Ein Warnschuss?

Leo lief langsam und geduckt weiter bis zu einer kleinen Tür, deren Klinke er behutsam drückte. Ebenfalls abgeschlossen.

Falls sie sie gewaltsam öffneten und dann nicht schnell genug waren ... In diesem Augenblick hörte er ein leises Kratzen auf Höhe seiner Füße. Er bückte sich und entdeckte ein Souterrainfenster, aus dem ihm ein ängstliches Frauengesicht entgegenspähte. Das Fenster öffnete sich knarrend einen Spalt, und eine kräftige, raue Hand reichte ihm einen Schlüssel. »Wir sind zu dritt hier drinnen. Er hat uns eingesperrt.«

Leo drückte die Hand der Frau. »Danke. Ganz ruhig, gleich ist es vorbei.«

Zum Glück drehte sich der Schlüssel fast lautlos, und er öffnete vorsichtig die Tür. Sonnenschein und

Walther schlossen zu ihm auf. Eine Kammer mit Mantelhaken und Regalen voller Stiefel und Arbeitsschuhe. Sie bewegten sich lautlos hindurch. Die nächste Tür war nur angelehnt, und Leo spähte in den Hausflur, den er von seinem Besuch hier kannte. Auf halbem Weg zwischen Haustür und Stiefelkammer stand Ernst Janson, den Rücken an die Wand gepresst, die Waffe in der rechten Hand. Seine Frau saß neben ihm auf dem Boden, als wäre sie an der Wand hinuntergeglitten, schien aber äußerlich unverletzt.

Leo sah Walther an und versuchte, ihm stumm seine Entscheidung mitzuteilen. Er spürte, wie heftig sein Herz schlug. Natürlich war er an der Waffe ausgebildet und übte regelmäßig, hatte die Pistole aber selten eingesetzt.

Walther hob die Hand und sah Leo fragend an, der daraufhin nickte. Eine energische Kopfbewegung, sein Freund stimmte zu. Leo sah zu Sonnenschein, der ihm ebenfalls ein lautloses Zeichen gab.

Leo öffnete die Tür gerade so weit, dass er den Mann im Blick hatte. Er stützte die rechte mit der linken Hand ab, konzentrierte sich ganz auf sein Ziel und drückte ab.

Der Schuss hallte im Hausflur wider, mischte sich mit Jansons Schmerzenslaut und dem Aufschrei seiner Frau. Leo, Walther und Sonnenschein stürzten auf die beiden zu. Sonnenschein trat die Waffe weg, als Janson danach greifen wollte. Walther, der kräftigste von ihnen, zerrte Janson durch die Tür ins Empfangszimmer und warf ihn zu Boden, ohne auf dessen verletzte Hand zu achten. »Jakob, geh raus und sag den anderen Bescheid!«

Leo kniete im Flur vor Frau Janson und löste die Hände von ihrem Gesicht. »Sind Sie unverletzt?«

Sie konnte nur nicken. »Er ... meinen Sie, er hätte es getan? Er hätte auf mich ... warum denn nur ... warum ...?«

Sie atmete heftig und viel zu flach, wurde blass und sackte in sich zusammen. Leo schob ihr sein Jackett unter den Kopf und lief Sonnenschein hinterher. Der Mannschaftswagen stand jetzt vor dem Haus.

»Wir brauchen einen Krankenwagen, die Frau ist bewusstlos, vermutlich Schock!«, rief er. »Und einen Arzt für den Täter. Schussverletzung an der Hand.«

Als er ins Empfangszimmer trat, stand Walther neben Janson, der in Handschellen auf dem Boden lag. Man hatte ihm ein Tischtuch provisorisch um die Hand gewickelt. »Der wird schon wieder.« Walther klopfte Leo auf die Schulter. »Guter Schuss. Wie aus dem Lehrbuch.«

Leo atmete durch, er konnte noch nicht ganz fassen, dass er mit voller Absicht auf einen Menschen geschossen hatte. Doch darüber konnte er später nachdenken, es gab jetzt Wichtigeres. »Robert, geh nach unten und befreie die Dienstboten.«

Er trat neben Janson, half ihm auf die Beine und schob ihn in einen Sessel. Das Tischtuch war blutdurchtränkt, doch Leo empfand kein Mitleid.

»Jetzt fehlt nur noch Ihr Geständnis, Herr Janson. Im Grunde ist Ihre Tat von heute Geständnis genug, aber ich hätte es gern aus Ihrem eigenen Mund gehört. Ich rekapituliere: Nachdem Carl Fink gekündigt hatte, ging es mit Ihrer Firma langsam bergab. Das Angebot von Ludwig Ellert kam wie ein Rettungsanker, zumal man Ihnen einen großzügigen Vorschuss für entstehende Kosten gezahlt hat. Aber es war an eine Bedingung geknüpft, die nahezu unüberwindlich erschien – Carl Fink zur Rückkehr zu bewegen. Zuerst haben Sie es im Guten versucht, ihm vermutlich eine ansehnliche Summe geboten, vergeblich. Daraufhin haben Sie sich mit Anita Haase zusammengetan, die Fink loswerden wollte, eine perfekte Verbindung. Haase fingierte einen Einbruch, um ein Gefühl der Bedrohung zu erzeugen, die Ouvertüre zum Anschlag auf die Modenschau. Den haben Sie geplant und finanziert, denn Ihnen lief die Zeit davon. Herr Ellert wollte nicht ewig auf sein Geld und die Kollektion warten. Der Druck war enorm – Ellert konnte jederzeit sein Geld zurückverlangen, sich an eine andere Firma wenden und Ihr Versagen darüber hinaus publik machen.«

»Was wollen Sie von mir, wenn Sie schon alles wissen?«

»Da wäre auch noch Rainer Vogt.«

Leo sah, wie Janson ein Schweißtropfen an der Schläfe hinunterrann.

»Frau Haase hat ausgesagt, dass Sie Carl Fink mit einem Mann vor einem einschlägigen Lokal gesehen hätten. Und Sie hätten gefragt, ob sie mehr über ihn wisse, was sie verneint habe. Fräulein Haase ist bereit, dies unter Eid auszusagen. Der Mann kann nur Rainer Vogt gewesen sein. Sie hatten also einen ersten Verdacht. Ich vermute, das Lokal, vor dem Sie Fink und Vogt beobachtet haben, war das Hollandais in der Bülowstraße 69. Also haben Sie sich die Gegend gründlich angesehen und sind in Nr. 37 auf den Nationalhof gestoßen. Vogt hat dort im Februar einen Vortrag gehalten, der mit einem Plakat beworben wurde, auf dem sein Foto zu sehen war. Jetzt kannten Sie den Namen. Kurz darauf erkundigte sich ein Mann, der eine Brille wie Ihre trägt, im Nationalhof und an anderen Stellen nach Vogts Adresse. Das Adressbuch hätte Ihnen nichts genützt, Telefon hatte er nicht. Wie Sie sehen, gibt es genügend Indizien, die gegen Sie sprechen, von der Geiselnahme Ihrer eigenen Frau und Ihrer Hausangestellten ganz zu schweigen. Meinen Sie nicht, es wäre Zeit für ein Geständnis?«

Schweigen.

»Ich möchte wissen, was in der Wohnung von Rainer Vogt geschehen ist. Zwei Männer, nur einer hat überlebt. Nur Sie können uns sagen, wie es zu dem Todesfall gekommen ist, ob es Mord oder Totschlag war. Meinen Sie nicht, Sie haben sich lange genug versteckt?«

Jansons Kopf schoss hoch. Auf seinen blassen Wangen brannten hektische rote Flecken. »Versteckt? Ich? Fink hat sich versteckt, jahrelang, bis heute. Hat meinem Vater vorgegaukelt, ein anständiger Kerl zu sein, bis ihn sogar die Angestellten hinter vorgehaltener Hand als Kronprinzen bezeichneten. Wissen Sie, wie sich das anfühlt, wenn man arbeitet und sich müht und doch immer nur an zweiter Stelle kommt? Als Fink gekündigt hat, habe ich zwei Flaschen Champagner getrunken.«

»Weil Sie nicht wahrhaben wollten, wie wichtig er für Ihre Firma war.«

Ein bitterer Zug trat in Jansons Gesicht. »Das Schicksal besitzt bisweilen einen grausamen Humor. Um die Firma zu retten, musste ich vor diesem Mann zu Kreuze kriechen.« Er lachte freudlos. »Und er hat mich abblitzen lassen.«

»Kommen wir zu Rainer Vogt«, erinnerte ihn Leo.

»Ach ja, der edle Herr Vogt, der tugendhafte Kämpfer gegen den Paragraphen 175.« Er atmete tief durch und schloss die Augen, wobei er die Hand fester an sich presste. Leo horchte auf Geräusche von der Straße, Arzt und Krankenwagen mussten jeden Augenblick eintreffen. Als Walther in die Tür trat, legte er den Finger an die Lippen, woraufhin sein Freund reglos stehenblieb.

»Ich hatte gehofft, die beiden zusammen zu überraschen. Was für ein Triumph wäre das gewesen, Fink hätte mir danach aus der Hand gefressen! Aber Vogt war allein. Ich habe gesagt, ich sei ein Bekannter von Carl, und er ließ mich herein. Ein argloser Mensch. Zu arglos. Ich habe ihm alles auf den Kopf zugesagt, und er hat es nicht geleugnet. Und dann hat er gefragt, ob ich Geld wolle. ›Was kann ich Ihnen geben? Ich bin kein reicher Mann, aber wenn Sie Carl in Ruhe lassen, zahle ich, was ich kann.‹« Janson lachte auf. »Ich habe erwidert, dass ich kein Geld will, sondern Fink. Vogt sah mich verständnislos an. Also habe ich es ihm erklärt. ›Das kann ich nicht. Wie soll ich Carl dazu überreden?‹ Ich sagte, das würde ich ihm überlassen. ›Ich will ihn nur zurück. In meiner Firma. Wenn Sie das nicht schaffen, ruiniere ich sein Atelier, seine Frau und ihn selbst.‹ Er sprang auf und wollte mich hinauswerfen. Er drängte mich in den Flur, in Richtung Tür. Ich unternahm einen letzten Versuch, an seine Vernunft zu appellieren. ›Denken Sie nur, dann hätten Sie ihn ganz für sich. Ist es nicht furchtbar, ihn bei dieser Frau zu wissen? Dass er in den Augen der Öffentlichkeit ihr gehört? Dass er mit ihr statt mit Ihnen unter einem Dach lebt? Ist es nicht Ihr sehnlichster Wunsch –‹«

Er hielt inne, als Stimmen vor der Tür erklangen.

»Weiter.«

Janson zuckte mit dem unverletzten Arm. »Er hat nach der Statue gegriffen, nicht ich, das möchte ich betonen. Vermutlich wollte er mir drohen. Ich riss sie ihm weg. Er schrie, er werde Carl alles sagen, Carl werde nie wieder einen Fuß in meine Firma setzen, sie würden mich anzeigen … Dann ging alles sehr schnell. Sein Blick war verwundert, als hätte er geglaubt, *ich* sei nicht Manns genug. Er hat sich geirrt.«

Das Beben in Jansons Stimme rührte von seiner zunehmenden Schwäche her, nicht von Reue.

Die Tür ging auf. Ein Mann mit Arzttasche schaute Leo fragend an.

»Wenn er ins Krankenhaus muss, dann nur unter strengster Bewachung. Der Mann ist festgenommen.«

Der Arzt nickte und machte sich ans Werk.

Draußen auf der Straße zündete Leo sich eine Zigarette an. Sonnenschein und Walther standen bei ihm und schauten zu, wie Ernst Janson mit verbundener Hand zum Mannschaftswagen geführt wurde. Seine Frau war vor einigen Minuten ins nächste Krankenhaus gefahren worden. Die Dienstboten waren befreit und nach Hause geschickt worden, sie würden am nächsten Tag im Präsidium aussagen.

Sonnenschein räusperte sich. »Das vorhin, Herr Wechsler, das war wirklich … gut.«

Leo drückte die Zigarette aus und sah den Kollegen

offen an. »Jakob, mir zittern jetzt noch die Knie. Das muss ich so bald nicht wieder machen. Und noch was, ich heiße Leo.«

Das war schon lange überfällig.

23

Dienstag, 29. März 1927

Wenn möglich, besuchte Leo die Beerdigungen der Opfer, deren Tod er untersucht hatte. Daher hatte er sich an diesem Morgen freigenommen und war zum Friedhof Wilmersdorf gefahren, wo Rainer Vogt seine letzte Ruhestätte finden sollte.

Der Friedhof war erst vierzig Jahre alt, die Bäume noch nicht so hoch wie auf den alten Berliner Friedhöfen, doch das neue Krematorium mit der weithin sichtbaren Kuppel und die künstlerisch gestalteten Kolumbarien verliehen dem Ort eine besondere Würde.

Leo hatte am Vorabend mit Lotte Morgenstern telefoniert und erfahren, dass die Leiche von Rainer Vogt zwar eingeäschert, die Urne aber nicht in einem Kolumbarium, sondern unter einem Baum begraben werden sollte.

»Carl hat gesagt, Rainer wolle die Ewigkeit nicht in einem Haus aus Stein verbringen. Wie könnte ich ihm widersprechen?«

Leo ging zwischen den Rasenflächen hindurch, vorbei an gewaltigen steinernen Engeln und künstlerisch gestalteten Grabmälern. Er fand die Trauergemeinde in einer abgelegenen Ecke, in der die Grabsteine bescheidener und die Bäume höher waren. Die Stelle war liebevoll ausgesucht worden.

Die Trauergemeinde war groß. Leo bemerkte unter anderem Dr. Hirschfeld mit einer Anzahl von Begleitern aus dem Institut. Auch Friedrich Radszuweit war gekommen, Otto Böger, der Wirt vom Hollandais, Fritz Götz vom Nationalhof, eine Gruppe Frauen, die Leo nicht kannte. Etwas abseits wartete der junge Erich.

Carl Fink stand unmittelbar am Grab, seine Frau knapp hinter ihm, als wollte sie ihm beistehen, ohne sich aufzudrängen.

Er wartete ab, bis Fink alle Hände geschüttelt hatte und die Leute sich in angemessener Entfernung versammelt hatten, damit er allein Abschied nehmen konnte.

Fink stand mit gesenktem Kopf vor dem Grab, und Leo sah, wie seine Schultern bebten. Seine Frau trat neben ihn und legte ihm die Hand auf den Rücken.

Als er sich gefasst hatte und die beiden sich zum Gehen wandten, trat Leo vor.

»Frau Morgenstern, Herr Fink.«

Er gab beiden die Hand. »Noch einmal mein Beileid.«

Finks Augen waren gerötet, doch er hatte sich in der Gewalt. »Ich danke Ihnen, Herr Wechsler. Es ist sehr freundlich, dass Sie gekommen sind.«

»Ich bin nicht nur hier, um Ihnen mein Beileid auszusprechen. Haben Sie schon die Morgenzeitungen gelesen?«

Fink schüttelte den Kopf. »Nein … keine Zeit. Mir war auch nicht danach. Du?«, fragte er seine Frau.

»Die Geiselnahme im Nikolaiviertel? Ich habe es nur flüchtig gesehen.«

Leo nickte. »Ich bin gekommen, um Ihnen etwas

zu sagen.« Er warf einen Blick auf das frische Grab. »Wir haben gestern Ernst Janson verhaftet. Er hatte seine Frau und seine Dienstboten als Geiseln genommen, weil er aus Berlin fliehen wollte. Wir konnten ihn überwältigen. Er wurde wegen Totschlags an Rainer Vogt festgenommen und sitzt in Untersuchungshaft.«

Er und Lotte Morgenstern streckten spontan die Hände aus, um Fink zu stützen, als dieser einen Schritt nach vorn machte und blass wurde.

»Es geht schon, danke. Warum Janson?«

Leo sah, wie sich Frau Morgenstern zu der Trauergemeinde umdrehte. »Das erzähle ich Ihnen in Ruhe. Sie sollten es nicht aus der Zeitung erfahren.« Er zuckte mit den Schultern. »Es ist kein Trost, aber ich dachte …«

»Doch«, unterbrach ihn Fink. »Das ist es. Etwas Besseres hätte mir heute nicht passieren können.«

»Dann verabschiede ich mich. Sie hören von mir.« Leo wollte gehen, zögerte aber noch einen Moment. »Die Presse wird nach den Hintergründen fragen. Ich kann nicht versprechen, dass …«

Fink schaute seine Frau an und ergriff ihre Hand. »Sie brauchen nichts zu versprechen. Ich stehe zu ihm.« Dann drehte er sich abrupt um und ging mit Lotte Morgenstern davon.

Karl Boehse war ein drahtiger, muskulöser Mann mit Aknenarben, der den beiden Jungen ein Bier in die Hand drückte, bevor er ihnen einen Platz auf dem durchgesessenen Sofa anbot. Er trug ein Hemd ohne Kragen und eine alte Hose. Am Schrank im Wohnzimmer, in dem er auch schlief, hing seine perfekt gebügelte Uniform, als gebührte ihr der Ehrenplatz. Die Schirmmütze hing von ihrem Band darüber.

Er bemerkte Georgs Blick. »Mein bestes Stück. Die bügle ich selbst, da lasse ich die Zimmerwirtin nicht ran.«

Georg nickte. Er war verlegen und wusste nicht recht, was er zu dem Fremden sagen sollte.

Wolfgang hingegen lehnte sich betont lässig zurück und trank einen Schluck aus seiner Flasche. »Georg ist ein prima Kerl, Karl, ich hab dir ja schon von ihm erzählt.«

Karl musterte Georg prüfend. »Du bist bei den Adlern?«

»Ja.«

»Und wie gefällt es dir da?«

»Sehr gut. Es ist aufregend, vor allem die Nächte im Zelt. Ich habe eine Menge gelernt. Spurenlesen und so.«

Boehse schaute zwischen den Jungen hin und her, während er sich eine selbstgedrehte Zigarette anzündete. »Wolfgang hier will zu uns kommen, sobald er vierzehn ist. Du weißt, was ich meine?«

Georg nickte zögernd.

»Er sagt, du willst mitmachen, wärst aber noch keine vierzehn. Er wartet mit dem Eintritt auf dich, weil du sein Freund bist.«

Georg schluckte. Am liebsten wäre er aus dem schäbigen Zimmer zurück in die Emdener Straße gelaufen, in die warme Wohnung seiner Eltern, in der er sich immer noch geborgen fühlte. Doch das würde ihm Wolfgang, der ihm vertraute, der ihn mit hierhergenommen und als seinen Freund vorgestellt hatte, sicher übelnehmen.

»Ja, das will ich«, sagte er mühsam.

Boehse schien seine Unsicherheit nicht zu bemerken. »Jungs wie euch, die nicht nur starke Muskeln, sondern auch Grips im Kopf haben, werden dringend gebraucht. Was euch noch zum Kämpfer fehlt, bringen wir euch bei. Marschieren ist nicht weiter schwer.« Er grinste und enthüllte vom Tabak verfärbte Zähne.

»Erzähl noch mal von der neuen Zeit«, bat Wolfgang und stieß Georg in die Rippen.

Boehse trank aus der Flasche und wischte sich den Mund mit dem Handrücken ab. »Es beginnt etwas Neues, schon bald. Und alle, die jetzt mitmachen, werden ganz vorn sein, wenn unsere Zeit gekommen ist. Wir werden es mit allen aufnehmen, die uns im Weg stehen. Mit denen, die Deutschland klein und schwach gemacht haben. Im letzten Krieg hat man unsere Helden verraten, ihnen den Dolch in den Rücken gestoßen. Aber diesmal wehren wir uns, lassen uns nicht länger von den feigen Jasagern unterdrücken, die immer nur kuschen. Die immer noch für den Krieg zahlen wollen, den wir nicht verschuldet haben. Die kriechen und sich ducken. Die Zukunft gehört den Starken, die klug sind und kämpfen können, die sich nicht einschüchtern lassen. Die Schwachen halten uns nur auf. Wollt ihr dabei sein?«

Wolfgang rief so begeistert ja, dass Georg gar nichts anderes übrigblieb, als zu nicken.

»Und dann kriegen wir auch eine Uniform«, sagte Wolfgang und stieß ihm schwungvoll gegen den Oberarm. »Sollst mal sehen, wie die anderen dann schauen. Mit einer Uniform kommt dir keiner mehr dumm. Frag Karl, der kennt sich damit aus.«

Als sie die Wohnung verließen, war Georg flau im Magen, und das nicht nur von den zwei Flaschen Bier, die er getrunken hatte.

»Wir sollten Ilse und Herrn Dohm am Sonntag zum Kaffee einladen«, sagte Leo und strich sanft über Claras nackte Brust. Als er nach der Arbeit nach Hause gekommen war, hatten er und Clara einander im Flur hungrig angesehen und waren ins Schlafzimmer gestolpert.

»Gute Idee.« Sie stützte sich auf den Ellbogen und sah Leo prüfend an.

»Sag mal, was war das gerade?«

»Hat es dir nicht gefallen?«

Clara tat, als dächte sie nach. »Hm, doch. Durchaus. Ich war nur überrascht.«

Er verschränkte die Hände hinter dem Kopf. »Auf der Beerdigung heute Morgen ist mir wieder einmal klar geworden, dass man wichtige Dinge nicht aufschieben sollte.«

»Wie war es überhaupt? Ich hatte gar keine Gelegenheit, dich zu fragen.«

»Carl Fink sah aus wie jemand, der einen Menschen verloren hat, den er über alles liebt. Aber er war gefasst. Und seine Frau scheint ihm eine wirkliche Freundin zu sein. Ich war froh, dass ich ihm von der Festnahme des Täters berichten konnte.«

»Wird Janson vor Gericht alles preisgeben?«, fragte Clara nachdenklich.

Leo zuckte mit den Schultern. »Ich habe Fink gewarnt, er ist sich dessen bewusst. Andererseits hat Janson dadurch nichts zu gewinnen.«

»Du hast gesagt, er hasst Fink.«

»Wohl wahr. Aber wenn sein Anwalt klug ist, wird er ihm zur Zurückhaltung raten. Es würde keinen guten Eindruck machen, wenn Janson einen Skandal lostráte, nur um sich selbst in einem besseren Licht zu zeigen. Nicht nach einem Totschlag, Beihilfe zur Körperverletzung und der Geiselnahme seiner eigenen Frau. Nein, ich bin eigentlich ganz zuversichtlich.«

»Gut gemacht.« Sie küsste ihn auf die Stirn. »Und ich bin gespannt, was aus Ilse und ihrem Musiker wird. So habe ich sie noch nie erlebt. Das ist Liebe, das kann ich spüren.«

Leo zog Clara an sich. »Sie hat es verdient, endlich ihr Glück zu finden.«

Eine Viertelstunde später setzte Clara sich auf und sah auf den Wecker. »Oh, Marie kommt gleich.«

Leo nickte und griff nach seinen Kleidern, die in einem unordentlichen Haufen neben dem Bett lagen. »Wo ist Georg?«

»Ich habe gesagt, er darf bis halb zehn bei Wolfgang bleiben.«

Bevor sie in die Küche gingen, zog Leo sie noch einmal an sich und küsste sie auf den Mund. »Es hat durchaus sein Gutes, wenn die Kinder größer werden.«

Nachwort

Wie immer möchte ich zum Schluss ein bisschen über die historischen Hintergründe des Romans erzählen. Bei *Es geschah in Schöneberg* beschäftige ich mich vor allem mit zwei Themenbereichen: Berlin als Modestadt und der Situation Homosexueller in den Jahren der Weimarer Republik.

Berlin war vom 19. Jahrhundert bis weit ins 20. Jahrhundert das Zentrum der deutschen Konfektion. Hier entstand Mode für jeden Geldbeutel, von billiger Massenproduktion bis hin zur Haute Couture. Die meisten Firmen siedelten sich um den Hausvogteiplatz und in den umliegenden Straßen an. Durch die Machtübernahme der Nationalsozialisten wurden viele Firmen und ihre jüdischen Inhaber in den Ruin, die Emigration und den Tod getrieben. Daran erinnert heute ein Mahnmal auf dem Platz und den Stufen der U-Bahn-Station.

In den zwanziger Jahren entstanden auch zahlreiche Modeateliers um den Kurfürstendamm, das aufstrebende Zentrum im Westen der Stadt, und einige der alteingesessenen Firmen eröffneten dort Dependancen. Diese Tradition hielt sich auch nach dem Krieg im Westen der Stadt.

Bei meiner Recherche waren die Bücher *Berliner Konfektion und Mode. 1836–1939. Die Zerstörung einer Tradition* von Uwe Westphal und *Berlin Hausvogteiplatz. Bei den Kleidermachern an der Spree* von Brunhilde Dähn von großem Wert.

Die Firma Köln-Rottweil AG in Premnitz und ihre Kunstseide Vistra haben tatsächlich existiert. Es gab auch eine Zusammenarbeit mit einer Berliner Modefirma, die der Verkaufsförderung dienen sollte und die, stark verändert, in die Romanhandlung eingeflossen ist. An dieser Stelle danke ich meinem Mann Axel Klinkenberg, der Textilingenieur ist und nach der Wende das Nachfolgeunternehmen Märkische Faser besucht und mir davon erzählt hat (http://www.maerkische-faser.com/produkte/geschichte.html).

Das andere Thema, um das es im Roman geht und das mich sehr beschäftigt hat, ist die Situation homosexueller Männer und Frauen im Berlin der Weimarer Republik. Aufgrund ihres toleranten Umgangs mit Homosexualität war die Stadt ein Anziehungspunkt für homosexuelle Männer und Frauen aus aller Welt. Christopher Isherwood, Autor des Buches *Lebwohl, Berlin*, das später zur Grundlage des berühmten Musicals *Cabaret* wurde, ist nur ein Beispiel dafür: »Für Christopher bedeutete Berlin ›Jungs‹«, schrieb er später in *Christopher und die Seinen*.

Trotz des gesetzlichen Verbots durch den § 175 wurden viele Aktivitäten von der Polizei geduldet, und es gab sowohl zahlreiche Lokale und Vergnügungsstätten als auch politisch aktive Organisationen, die sich für ein Ende der Diskriminierung einsetzten. Beispiele dafür sind das im Buch erwähnte Institut für Sexualwissenschaft von Dr. Magnus Hirschfeld und der von Friedrich Radszuweit geleitete Bund für Menschenrecht.

Auch diese Entwicklung nahm 1933 ein abruptes Ende. Am 6. Mai 1933 wurde Hirschfelds Institut zerstört, viele Lokale mussten schließen, homosexuelle Männer und Frauen verließen das Land oder kamen in Gefängnisse und Konzentrationslager. Vor dem U-Bahnhof Nollendorfplatz erinnert heute ein Mahnmal an diese verlorengegangene Kultur.

Bei der Recherche hat mir vor allem Andreas Pretzels Buch *Historische Orte und schillernde Persönlichkeiten im Schöneberger Regenbogenkiez. Vom Dorian Gray zum Eldorado* sehr geholfen.

Beim Recherchieren und Schreiben wurde mir sehr deutlich bewusst, dass es zunehmend dunkler wird in Leos Welt. Die Parallelen zwischen der Zerstörung der Homosexuellenkultur und der Konfektionsbranche, die aus ideologischen Gründen erfolgten, sind bedrückend. Und das gilt auch für die ersten schweren Ausschreitungen der SA, die im Roman vorkommen. Aber ich habe mir diese Epoche ausgesucht und werde Leo auf seinem Weg begleiten. Und ich freue mich über alle, die uns dabei folgen.

Verzeichnis realer Personen, die im Roman auftreten oder erwähnt werden

Elisabeth Bergner, Schauspielerin
Otto Böger, Wirt des Hollandais
Albert Dettmann, Kriminalbeamter in Gennats Kommission
Ernst Gennat, Kriminalrat
Fritz Götz, Wirt des Nationalhofs
Prof. Fritz Haber, Chemiker
Dr. Magnus Hirschfeld, Arzt und Sexualforscher
Dr. Clara Immerwahr, Chemikerin und Ehefrau von Fritz Haber
Kurt Korff, Zeitungsredakteur
Dr. Hans Marwede, Physiker
Friedrich Radszuweit, Vorsitzender des Bunds für Menschenrecht
Walther Rathenau, bis zu seiner Ermordung 1922 deutscher Außenminister
Sascha Schneider, Maler
Trudchen Steiner, Gennats Sekretärin
Otto Trettin, Kriminalbeamter in Gennats Kommission

Die Firmen Kersten & Tuteur und Simon & Block haben tatsächlich existiert.

Danksagung

Mein Dank gilt den vielen Menschen, die mich bei der Arbeit unterstützt und in vielfältiger Weise zum Roman beigetragen haben:

Dr. Bärbel Fest, Polizeihistorische Sammlung Berlin
Prof. Dr. rer. nat. Wim Wätjen
Brendan Nash, http://www.cabaret-berlin.com
MANEO – das schwule Anti-Gewalt-Projekt in Berlin
Roland Müller-Flashar, Prinz Eisenherz Buchladen Berlin
Meinen Testleserinnen Sabine Esch, Rebecca Gablé und Angelika Maschke
Petra Knobel und Walter Jauernich für die Dialektberatung
Meinen Lektorinnen Kristina Arnold und Ulrika Rinke und meinem Agenten Bastian Schlück

und wie immer natürlich meiner Familie:

Lena und Felix Klinkenberg
Axel Klinkenberg
Hanne und Bernd Goga
Marianne und Horst Klinkenberg